Carly Wilson

Myriad High
Was Hannah nicht weiß

Carly Wilson

Myriad High

Was Hannah nicht weiß

dtv

Ausführliche Informationen über
unsere Autoren und Bücher
www.dtv.de

MIX
Papier aus verantwortungsvollen Quellen
FSC www.fsc.org
FSC® C083411

Originalausgabe

Dieses Werk wurde vermittelt durch die
Literaturagentur Kai Gathemann
Umschlagbild und -gestaltung: Carolin Liepins
Gesetzt aus der Arno pro 11/14˙
Satz: Fotosatz Amann, Memmingen
Druck und Bindung: CPI – Ebner, Ulm
Gedruckt auf säurefreiem, chlorfrei gebleichtem Papier
Printed in Germany · ISBN 978-3-423-74031-9

WIKIPEDIA
Die freie Enzyklopädie

Myriad Campus (Stemford, Kalifornien)

Myriad Campus ist der Unternehmenssitz der **High-Tech Myriad Corporation** und befindet sich in **Stemford**, Kalifornien. Er entstand in den Jahren 1995–2012 unter der Leitung von **Prof. John Montgomery (*1967–2017)** und **Dr. Deborah Steiner (*1970)**.

Prof. John Montgomery setzte sich sein Leben lang dafür ein, technische Erfindungen zum Wohl der Menschheit nicht nur den großen Konzernen zugänglich zu machen, sondern den Endnutzern selbst. Hierbei verzichtete er bewusst auf die riesigen Profite, die möglich gewesen wären, und ließ Firmengewinne wieder in den Campus zurückfließen oder unterstützte soziale Projekte. Seine Vision war eine Welt, in der die Technik jedem Menschen, egal aus welcher sozialen Schicht, zu einer erhöhten Lebensqualität verhilft.

Die **Myriad Corporation** ist weltbekannt für ihre bahnbrechenden technologischen Erfindungen, die das Leben von Menschen auf der ganzen Welt revolutioniert haben. Zu erwähnen sind hier insbesondere die **Myriad-Mini-Drohnen™** mit Wärmebildkamera, die mittlerweile weltweit eingesetzt werden, um Vermisste zu finden, und die **Myriad-Zell-Drohnen™**, die seit einigen Jahren erfolgreich im menschlichen Körper nach Krankheitsherden suchen. Ebenfalls auf medizinischer Ebene helfen die weltberühmten **Myriad-USB-Zell-Sticks™**, die ein mit dem Gehirn verbundenes **Add-on–**

Memory für Alzheimerpatienten und Amnesiepatienten bieten.

Mit der Einführung von **My-Movie™** hat sich Myriad Corp im Jahr 2016 daneben auch einen Löwenanteil auf dem Unterhaltungsmarkt gesichert. **My-Movie™** macht es jedem möglich, einen nach persönlichen Vorlieben zusammengestellten Film in jedem beliebigen Genre zu produzieren. Die ursprünglich nur auf populäre Schauspieler ausgerichtete Version A wurde von den Nutzern nahezu sofort durch Version B ersetzt, in der Freunde und Bekannte aus den eigenen Handy-Kontakten sämtliche Rollen besetzen und als mittelalterliche Krieger, außergalaktische Wesen, Abenteurer, Wikinger, Detektive oder Liebespaare auftreten.

Für das Jahr 2017 hat **Myriad-Corp** die innovative Technik **My-Wave**™ angekündigt, welche laut Dr. Deborah Steiner das Erlebnis Computerspiel in eine völlig neue Dimension katapultieren wird.

Die Büroflächen, Privathäuser, Forschungslabore und Service-Einrichtungen sowie die dazugehörige **Myriad Highschool** nehmen eine Fläche von zwanzig Quadratkilometern ein. Die Anlagen umfassen die Highschool mit dem dazugehörigem Internat, Parks und Grünflächen, einen künstlich angelegten See, Labore, Büros und Forschungseinrichtungen, davon vier Gebäude mit Zugangsbeschränkung und unterirdischen Bereichen.

Weiterhin befinden sich Restaurants, ein Kino, eine Eissporthalle, diverse Sportanlagen, Fitnessclubs, mehrere Schwimmbäder, Supermärkte und verschiedene Service-Einrichtungen auf dem Campus. Außerdem ein Krankenhaus, ein Campus-Security-Service und die Wohnviertel für die Angestellten. Zum Campus gehören auch ein kilometerlanger Strand sowie ein botanischer Garten und ein Meerwasseraquarium. Die beiden letzteren befinden sich auf dem Gelände der **Myriad Highschool**. Im gesamten Campusgebiet gibt es kostenloses WLAN und sämtliche Anlagen werden mit Solarenergie betrieben.

Den Mitarbeitern sowie den Highschool-Schülern werden kostenlose E-Autos, Fahrräder und Segways zur Nutzung auf dem Campusgelände zur Verfügung gestellt.

Myriad Highschool

Ort: **Stemford, Kalifornien**
Trägerschaft: Privat
Gegründet: 1999
Direktor: Stan Malleroy
Schüler: 500
Maskottchen: Weißer Hai
Website: www.Myriadhigh.com

Motto: *Changing lifes forever through Technology.*

Geschichte: Myriad High wurde im Jahre 1999 gegründet, um den Kindern der **Myriad**-Angestellten eine Bildung auf modernstem Niveau unter Nutzung aller technischen Möglichkeiten der Corporation zu bieten. Drei Jahre später kam das **Myriad** Internat hinzu, um eine vom Aufenthaltsort der Eltern unabhängige Schulbildung zu gewährleisten. Ein Besuch der **Myriad Highschool** ist nur Kindern von **Myriad-**Angestellten gestattet, gilt als Privileg und bietet außerordentliche Möglichkeiten des Lernens und der Persönlichkeitsentfaltung.

Unterrichtsangebot: Myriad High bietet neben den traditionellen Fächern jede Menge neuer und innovativer Wahl-

oder Pflichtkurse. Dazu gehören *Produkt-Testing, Bio-Fuse, Kultprodukte, Offline leben* oder *Cyberspuren.* Ein wichtiger Schwerpunkt des Lehrplanes sind die eigenen Erfindungen der Schüler.

8 **Sport:** Myriad High hat ein erfolgreiches Footballteam, die *White Sharks.* Zusätzlich zu den üblichen Sportarten wie Baseball, Fußball, Schwimmen, Cheerleading, Basketball und Langstreckenlauf gibt es ein Angebot an Risikosportarten wie Parcoursklettern, Mountainbiking, Tauchen, Bungee-Jumping, Rafting und Paragliding.

Traditionen: Alljährlich finden in **Myriad High** der Homecoming-Ball (Oktober), eine Talentshow, mehrere Theateraufführungen, das Halloween-Spektakel, der Tolo-Ball (März), der Debattierwettbewerb, das Schulsportfest, die Austauschwochen mit internationalen Schülern sowie der jährliche Abschlussball Prom (Juni) statt.

Hannah

»Einen Latte macchiato, bitte«, sagte Hannah nun zum bereits dritten Mal mit fester Stimme und presste ihre Hand auf den Scanner. Das verdammte Ding erkannte ihren Fingerabdruck einfach nicht, es war zum Verrücktwerden. Hinter ihr hatte sich bereits eine Schlange gebildet, in der erstes Murren zu hören war.

»Mann, mach hin«, sagte jemand. »Wir stehen hier nicht zur Polonaise an.«

»Bitte rechten Daumen auflegen«, ertönte die sanfte und melodische Stimme aus dem Lautsprecher. Zeitgleich dazu erschien ein Bild auf dem Display, das demonstrierte, welches der rechte Daumen war und wie man ihn auf den Sensor pressen sollte. Für die ganz Dummen wahrscheinlich, dachte Hannah entnervt, die links nicht von rechts unterscheiden konnten und ihren Daumen nicht von ihrem großen Zeh. Und zu denen sie offensichtlich gehörte, denn der Coffeestar spuckte immer noch keinen Kaffee für sie aus.

Großartig, wirklich großartig, sich gleich am ersten Tag vor versammelter Mannschaft so zu blamieren. Herzlich willkommen an der Myriad Highschool, Hannah. Du hast deinen Status als technisch minderbemittelte Vollidiotin bereits in den ersten zwei Minuten erfolgreich etabliert. Ein neuer Schulrekord!

»Komisch, bei mir ging es. Wir können uns meinen teilen, wenn du willst«, bot ihre Freundin Sophie an. Sie wartete neben ihr, in der Hand einen großen Becher mit Haselnusskaffee, der seinen spektakulären Höhepunkt in einer Milchschaumkrone mit Krokantstreuseln und Karamellsirup fand. Supersüß, genau wie Sophie mit ihren seidigen blonden Haaren, den immer leicht erstaunten dunklen Augen und dem kleinen Schmollmund.

»Ist lieb von dir, aber danke.« Hannah biss die Zähne zusammen und presste ihre Hand so hart auf den Scanner, dass es fast wehtat. Sophies Zuckergebräu würde sie sowieso nicht runterbekommen. »Ich schaff das schon.«

»Dein Latte macchiato, Hannah Montgomery«, säuselte die elektronische Stimme jetzt endlich. Ein kurzes Zischen ertönte, die kleine Glastür öffnete sich und ein dampfender Kaffeebecher erschien. Hannah atmete auf.

»Wird ja auch Zeit.« Der Junge hinter ihr drängte Hannah zur Seite. »Doppelter Espresso-Schoko-Frappuccino, extra large«, befahl er der Maschine und legte seine Hand auf den Scanner.

»Overwrite. Nur in mini möglich, Kyle Larson«, kommentierte die sanfte Stimme, als die Maschine sein Getränk ausspuckte.

»Scheiße, Mann, was soll das?« Wütend blickte der Junge auf die lächerlich kleine Tasse.

»Tja, Kyle, das bedeutet, dass deine Eltern dein Konsumprofil bearbeitet haben«, neckte Hannah ihn. »Wahrscheinlich sollst du nicht so viel Süßes naschen.« Gelächter ertönte um sie herum, die wartende Horde hinter ihnen hatte einen neuen Quell der Belustigung gefunden. Kyle Larson war schon in der Middleschool für seine Fresssucht bekannt gewesen, er futterte ständig Chips aus riesigen Tüten, schlang nebenbei mal fix eine Portion Pommes in sich hinein, die so groß war, dass sie einen afrikanischen Kleinstaat ernährt hätte, und trank gallonenweise neonfarbige Softdrinks, die den Zuckergehalt von sechs Pfund Marshmallows enthielten. Dass Kyle nicht fett wie ein Sumoringer war, lag einzig und allein daran, dass er mit genau demselben Enthusiasmus, mit dem er futterte, auch Football spielte. Mehrere Stunden lang, jeden Tag.

»Du kannst was von meinem haben.« Sophie hielt nun auch Kyle ihr Getränk hin. Sie konnte einfach niemanden leiden sehen.

Zu Hannahs Überraschung blinzelte Kyle nur stumm, obwohl er doch sonst nie um eine Antwort verlegen war. Stattdessen guckte er für den Bruchteil einer Sekunde sehnsüchtig, allerdings nicht auf Sophies Drink, sondern auf Sophie selbst. Hoppla, dachte Hannah. Hatte sie das jetzt richtig mitgekriegt? Sollte Kyle eine Schwäche für die Freundin seines besten Freundes haben? Sophie schien allerdings nichts bemerkt zu haben und Kyle schwenkte bereits wieder albern seinen Mini-Becher und rief laut: »Dafür ist bei mir ein Shot Wodka drin«, sodass die Schülerschar um ihn herum erneut begeistert losgrölte.

»Na, dann prost, Kyle.« Hannah zwinkerte Sophie zu und sie schlenderten weiter. Durch die gläserne Eingangshalle der Highschool hindurch, in der überall bunte Sitzsäcke vor Monitoren herumlagen und die neuen Schüler einluden, sich niederzulassen und eine virtuelle Tour durch die Myriad Highschool zu starten. *Changing Lifes forever through Technology* flackerte auf den Bildschirmen das Motto von Myriad auf. Aber Hannah und Sophie blieben nicht stehen, sondern durchquerten die Halle, um auf den großen, von Ahornbäumen umgebenen Parkplatz dahinter zu gelangen.

»Kneif mich mal«, flüsterte Sophie. »Da stehen sie.«

Hannah nickte nur stumm. Yep. Da standen sie. Aufgereiht wie Perlen auf einer Kette, alle hellgrün und mit dem Myriad-Logo an der Seite – die E-Autos für die Freshmen aus der neunten Klasse. Letztes Jahr hatte sie noch voller Neid die älteren Schüler beobachtet, die mit ihren E-Autos über den Campus düsten, die Fenster weit offen, Ellenbogen lässig aus dem Fenster hängend, Musik bis zum Anschlag aufgedreht, während Hannah und ihre Freundinnen im Sportunterricht der 8. Klasse unter Aufsicht eines Irren mit Trillerpfeife – der größenwahnsinnige Sportlehrer Mr Bell – zum endlosen Dauerlauf durch die Campus-Anlagen gezwungen wurden. Aber jetzt, jetzt waren sie endlich an der Reihe. Sie wechselten mit unzähligen anderen Neuntklässlern aus den drei Middleschools des Campus in die Myriad Highschool und damit in das zugehörige Internat auf dem Campus über. Und damit konnten sie den Campus endlich in vollen Zügen genießen und erkunden, denn als Achtklässler durfte man so ziemlich gar nichts und brauchte für jeden mickrigen Schritt abseits der Schule die Genehmigung der Eltern. Mit der Highschool jedoch begann nun die Freiheit und das wahre Leben. Für Hannah war es außerdem der Anfang eines völlig neuen Lebensabschnitts. Sie war von nun an vollkommen auf sich selbst gestellt. Seit ihr Vater im Frühjahr so plötzlich gestorben war, hatte sich ihr ganzes Leben komplett geändert. Am Morgen hatte er ihr noch ein Buch empfohlen und begeistert von einem neuen Forschungsprojekt erzählt, am Nachmittag lag er tot in seinem Büro. Gestorben an einem anaphylaktischen Schock. An seiner Erdnussallergie, eine Sache, die Hannah bis heute nicht verstand. Ihr Vater hatte sein Leben lang aufgepasst wie ein Luchs, dass er nichts zu sich nahm, was auch nur mikroskopisch kleine Spuren von Erdnüssen enthielt. Außerdem hatte er in jedem seiner Lebensbereiche einen Epi-Pen deponiert. Wie also hatte das nur passieren können? Es wurden auch keinerlei Hinweise darauf gefunden, dass ihr Dad etwas mit Erdnüssen gegessen hatte – kein Einwickelpapier, kein Cookie – gar nichts. Was man aber ebenfalls nicht gefunden hatte, war sein Epi-Pen, obwohl Hannah doch wusste, dass der immer in der obersten Schreibtischschublade lag. Immer! Es ergab einfach keinen Sinn.

Die folgenden Monate waren schrecklich gewesen, nicht zuletzt, weil Hannahs Mutter plötzlich wieder aufgetaucht war und noch bis zum Sommer versucht hatte, Hannah zu überreden, doch mit ihr nach New Orleans zu kommen, um dort mit ihr und ihrem neuen Mann zu leben. Aber das wollte Hannah auf keinen Fall. Eher riss sie nach San Francisco aus und lebte dort auf der Straße, als dass sie zu ihrer Mutter zog. Die war vor ein paar Jahren einfach abgehauen, um mit ihrem Lover ein neues Leben zu beginnen. Sogar in diesem schrecklichen Sommer hier in Kalifornien hatte sie dauernd mit ihrem Mann telefoniert, ihn »Schatzi« genannt, was Hannah kaum aushalten konnte, und sich überdies die ganze Zeit als eine Art Krisenmanager gebärdet. Dabei kam Hannah prima alleine klar. Thanks, Mom. Kein Bedarf.

Das Myriad-Internat war daher das absolut Beste, was Hannah passieren konnte, und sie war heilfroh, endlich hier einzuziehen. Ihr Blick schweifte wieder über die E-Autos, dann stieß sie Sophie an.

»Und nun stell dir einfach mal vor, wir wären heute nicht hier, sondern müssten auf irgendeine dusslige Schule in Oklahoma gehen.« Hannah betonte Oklahoma so spöttisch, als wäre der ganze Bundesstaat ein Zufluchtsort für debile Bergbauern.

»Warum gerade Oklahoma? Du beleidigst die armen Leute dort.«

»Sag ich ja: die armen Leute!«

Sie kicherten beide.

»Und stell dir vor, wir müssten da hin und dürften in der Neunten natürlich noch nicht Auto fahren und hätten komische Fächer wie Hauswirtschaftskunde oder Holzarbeit.«

»Und die Jungs hätten alle Holzfällerhemden oder Tarnanzüge an und wären nicht so süß wie Ben oder wie …« Sophie sah sich um. »Der da.« Sie deutete auf einen Jungen mit strubbeligen blonden Haaren, schwarzen Jeans und Sneakers, der einen Rucksack aus braunem Leder auf dem Rücken trug und zielstrebig zur Ausgabe für die E-Autos lief.

»Der war definitiv nicht auf unserer Middleschool, oder? Der wäre uns aufgefallen.« Hannah stieß ihre Freundin an, die dem Jungen hinterherstarrte. »Und zu deiner Ehrenrettung hast du

Ben schnell noch erwähnt.« Sie lachte und sah sich um. »Wo ist er denn eigentlich? Und wo bleibt Chloe?«

»Die kommt später, sie musste noch mal alles neu packen, weil sie ihren Koffer nicht zugekriegt hat.«

»Zu viele Ballkleider, was?«, witzelte Hannah. Ein Ballkleid wäre das Letzte, was ihre gemeinsame Freundin Chloe in den Koffer stopfen würde. Klamotten waren ihr ziemlich egal, und der Grund, warum sie ihren Koffer nicht zubekam, waren wohl eher die ganzen Bücher, die sie eingepackt hatte. Chloe verbrachte so viel Zeit vor diversen Bildschirmen, dass sie nicht auch noch Romane in elektronischer Form lesen wollte, so erklärte sie immer.

Sophie lachte. »Sie hat gesagt, wir sollen unbedingt das beste Zimmer für uns drei organisieren und notfalls mit den Fäusten verteidigen, falls irgendwelche Zicken es uns streitig machen.«

»Wenn man vom Teufel spricht …« Hannah deutete ein Kopfnicken nach links an. Vier Mädchen in identischen dunkelroten T-Shirts, kurzen Röckchen und Tennisschuhen kamen dort angelaufen und lachten so übertrieben laut, dass allen, die einigermaßen auf Zack waren, klar sein musste, dass es überhaupt nichts Lustiges gab und sie lediglich eine Show abzogen. *Seht, wie absolut cool und übersprudelnd witzig wir sind. Wie unglaublich viel wir miteinander zu kichern haben. Vielleicht lachen wir ja gerade über dich, du Loser.*

Die vier Mädchen beruhigten sich etwas, brachen aber sofort wieder in hysterisches Gelächter aus, als sie an einem dümmlich grinsenden Jungen mit Basecap vorbeiliefen, als ob allein die bloße Gegenwart eines Vertreters des männlichen Geschlechts einen Heiterkeitsausbruch rechtfertigen würde. Fast alle Jungs auf dem Parkplatz starrten den Mädchen jetzt hinterher, selbst der fette Mann, der die E-Autos verwaltete, blickte kurz auf. Der Junge mit dem Lederrucksack hingegen nicht. Aus irgendeinem Grund freute Hannah das.

»Komm, wir gehen. Bevor die vier noch in Gehopse und Getanze ausbrechen.« Sie zog ihre Freundin am Arm.

»Hm«, machte Sophie. Es klang halbherzig. Hannah wusste, dass Sophie sich nichts mehr wünschte, als ins Cheerleaderteam zu kommen. Bei der Tanzgruppe hatte sie es letztes Jahr schon versucht und war im Gegensatz zu den vier Grazien in Rot nicht genommen worden. Beim Vortanzen war eins der Mädchen neben ihr ins Stolpern geraten, und während alle anderen ungerührt weitertanzten, hatte Sophie dem Mädchen geholfen, damit es nicht hinfiel. Allerdings mit dem Erfolg, dass Sophie aus dem Takt kam und irgendwie nicht wieder in den Rhythmus hineinfand. Das Mädchen, eine rothaarige Schnepfe namens Caitlin, hatte es dann ins Team geschafft und sich zu allem Überfluss nicht mal bei ihr bedankt.

»Dieses Jahr schaffst du es. Neuer Start und neue Schule heißt neues Leben. Kann nur besser werden.« Hannah setzte sich in Bewegung und suchte die Umgebung dabei unauffällig mit ihren Blicken ab. War Matt hier irgendwo? Sie musste ihn unbedingt sprechen. Herausfinden, was los war, denn seit einer knappen Woche hatte sie so gut wie nichts mehr von ihm gehört – nachdem sie den ganzen Sommer lang per SMS, nun ja, geflirtet hatten. So konnte man das durchaus nennen. Aber warum meldete er sich jetzt nicht mehr? Auf ihre Nachfragen waren auf einmal nur noch blöde, einsilbige Antworten gekommen. Ja, es ging ihm gut. Nein, er hatte jetzt keine Zeit zu schreiben. Nein, er war nicht sauer. Und so weiter. Hatte er etwa jemand anderes kennengelernt? Aber wo und wen, verdammt noch mal? Und ging sie das was an? Sie waren schließlich nicht zusammen, nicht richtig jedenfalls. Leider. Hannah wäre gern mehr als nur »eine« Freundin für Matt gewesen. Sie stellte sich sein Gesicht vor und lächelte unwillkürlich. Matt. Der kleine Junge, den sie als Dreijährigen vor zwölf Jahren im Wald neben dem Spielplatz gefunden hatte, als ihr Ball ins Gebüsch geflogen war. Er hatte unter einem Mammutbaum gesessen und lautlos geweint. Bis heute wusste niemand, wie er dahin gekommen war und wer seine Eltern waren oder was um alles in der Welt sie veranlasst hatte, einen kleinen Jungen in einem Redwood-Wald auszusetzen. Und ausgesetzt haben mussten sie ihn, denn niemand hatte ihn als vermisst gemeldet. Deborah Steiner, Myriad-Mitbegründerin und Studienfreundin von Hannahs Vater, adoptierte Matt zusammen mit ihrem damaligen Mann. Zum Glück für Hannah. Denn seitdem gab es Matt in ihrem Leben, er gehörte dazu wie die Sonne am kalifornischen Himmel. Aber seit dem letzten Jahr hatte sich etwas zwischen ihnen verändert. Auf schöne, knisternde, völlig verrückt und glücklich machende Weise verändert. Eine zufällige Berührung hier und da, eine kumpelhafte Umarmung, die einen Tick zu lange dauerte. Die Art, wie er sie ansah, wenn er glaubte, sie würde es nicht merken. Dann folgte der flirtige Sommer und jetzt seltsamerweise das große Schweigen.

»Was grinst du denn so in dich hinein?« Sophie legte prüfend den Kopf schief. »Darf ich mitlachen?«

»Der Typ da, der bei den Autos.« Hannah zeigte rasch auf den fetten Mann, der aussah wie zu prall aufgepumpt. »Glaubst du, der passt in so ein E-Auto überhaupt rein?«

Chloe

»Ich verstehe nicht, warum du einen Koffer mitschleppen musst«, klagte Chloes Mutter. »Du kannst doch jederzeit heimkommen und dir holen, was du brauchst. Ehrlich gesagt verstehe ich auch immer noch nicht, warum du überhaupt ins Internat ziehen musst. Ich in deinem Alter wäre froh gewesen, ein Zimmer für mich alleine zu haben.«

»Ach, Mom.« Chloe unterdrückte ein Augenrollen und umarmte ihre Mutter kurz. »Weil es cool ist, im Internat zu wohnen. Weil alle im Internat wohnen. Weil da was los ist.«

»Und bei uns ist nichts los?«, fragte ihre Mutter gekränkt.

»Nein. Nicht direkt. Also eher weniger …« Chloe lachte los und zu ihrer Erleichterung lachte ihre Mutter mit.

»Ich weiß schon, ich weiß schon.« Sie winkte ab. »Du kannst ja jederzeit kommen, wenn die anderen dich nerven. Oder uns zumindest von Weitem zuwinken.«

Das würde Chloe sicher. Der Campus hatte zwar die Ausmaße einer kleinen Stadt, aber die Wahrscheinlichkeit, irgendwo auf ihre Eltern zu treffen, war ziemlich groß, schließlich war ihr Vater mittlerweile Chef von mehreren Campus-Instandhaltungsteams, auch wenn Chloes Mutter ihn immer noch lapidar als »Hausmeister« bezeichnete. Dass ihre Eltern vor drei Jahren den Job auf dem Campus bekommen hatten, war der größte Glückstreffer in Chloes Leben gewesen, denn normalerweise hätten sich ihre Eltern eine solche hochkarätige Internatsschule niemals leisten können. Wenn sie in Chicago geblieben wären, dann hätten ihre Eltern einen Job in einem Krankenhaus oder Altersheim als Hausmeisterehepaar angenommen, und Chloe wäre in irgendeiner unterdurchschnittlichen Middleschool in der Pampa nie mit den Dingen in Berührung gekommen, die sie bei Myriad entdeckt hatte. Und garantiert wäre sie jetzt niemals auf dem Weg, einer der besten und jüngsten Hacker der Welt zu werden. Aber davon wussten ihre Eltern selbstverständlich nichts. Sie freuten sich einfach nur darüber, dass ihre Tochter in einer schönen Umgebung und in einem milden Klima aufwuchs und bereits mit fünfzehn Jahren kostenlos ein eigenes E-Auto zur Verfügung gestellt bekam.

»Hier.« Chloes Mutter reichte ihr eine Chipkarte.

Chloe riss die Augen auf. »Mom! Echt jetzt?«

»Ja. Aber verrat es niemandem. Du weißt schon.« Chloes Mutter wirkte etwas verlegen, immerhin war das hier nicht ganz im Sinne der Campusordnung, und Chloes Mutter war niemand, der leichtfertig gegen das Gesetz verstieß. Es sei denn natürlich, es ging um das Wohlergehen ihres einzigen Kindes, und das sicherte man eben am besten mit einer solchen Chipkarte. »Ich bin beruhigter, wenn ich weiß, dass du uns jederzeit erreichen kannst und überall Zugang hast.«

Chloe nickte. Mit der Chipkarte ihrer Eltern kam man in so ziemlich alle Bereiche, lediglich die unterirdischen Forschungslabore mit Zugangsbeschränkung waren davon ausgeschlossen. Aber mit der Chipkarte konnte man zum Beispiel alle E-Autos auf dem Campus benutzen, man kam kostenlos ins Kino, in die Eishalle und in den nicht-öffentlichen Bereich des botanischen Gartens, in dem neben allerlei grusligen und gefährlichen Pflanzen, seltenen Spezies und waghalsigen Neuzüchtungen unter anderem auch die Hanf-Plantage für medizinische Forschungszwecke vor sich hin wucherte. Chloe kannte eine Menge Leute, die sonst was dafür gegeben hätten, sich dort mal ausgiebig bedienen zu können.

»Was soll mir denn passieren, Mom?«, fragte sie trotzdem. »Wir sind doch hier nicht in der Bronx.« Sie lachte, aber ihre Mutter lachte nicht mit.

»Es gibt da Gerüchte über … Dinge, die nachts im Internat passieren«, erklärte ihre Mutter stockend.

»Was denn für Dinge?«, fragte Chloe verblüfft. Konnte es tatsächlich sein, dass ihre Mutter etwas über das Myriad-Internat wusste, das Chloe noch nicht in Erfahrung gebracht hatte? Unmöglich.

»So genau weiß ich das nicht. Aber du kennst doch Jay, den Sohn meiner Kollegin. Der sich letztes Jahr im September beide Beine gebrochen hat?«

Chloe erinnerte sich. »Der nachts aus dem Fenster im Internat gesprungen ist? Weil er irgendwohin abhauen wollte?«

»Er wollte nicht *irgendwohin* abhauen, sondern *vor* etwas. Etwas … jemand … etwas, was *drinnen* war. Das hat er gesagt, als er aus der Narkose aufgewacht ist, aber später hat er es wieder abgestritten.«

»Vor was denn?« Gegen ihren Willen verspürte Chloe jetzt einen leichten Grusel.

»Was immer es war – er hatte Angst davor und wollte nicht mehr darüber reden, hat seine Mutter gesagt.«

»Okay.« Genug davon. Chloe nahm die Chipkarte. Sie war ein rationaler Mensch und glaubte eher, dass dieser Jay zu dämlich gewesen war, sich beim Abhauen geschickter anzustellen, und hinterher eine Ausrede gebraucht hatte, aber das behielt sie für sich. Sie wollte nicht im letzten Moment mit ihrer Mutter herumdiskutieren, außerdem war es ja verdammt nützlich, so eine Chipkarte zu haben. Dennoch nahm sie sich vor, sich online ein wenig nach diesem Jay umzusehen. Diskret natürlich.

»Komm, ich fahr dich zum Internat.« Ihre Mutter hielt die Tür auf. »Ich schwöre auch bei meinem Leben, dass ich dich nicht noch bis in dein Zimmer begleiten werde. Hoffentlich findet ihr drei ein schönes.«

Oh ja, das würden sie. Chloe konnte es kaum erwarten, mit

Hannah und Sophie zusammenzuziehen. Und außerdem würde sie nun jeden Tag Connor in der Schule sehen, sie hatten sogar einen Nachmittagskurs zusammen, das hatte sie bereits in Erfahrung gebracht, ebenso diskret natürlich. Offiziell bekamen alle Schüler ihre Stundenpläne erst morgen mitgeteilt. Okay, es war der simpelste Kurs in ihrer ganzen Jahresplanung – *Geschichte der Computerspiele von den Anfängen bis zur Gegenwart* –, aber Connor hatte es eben nicht so mit den Leistungskursen. Und ihm zuliebe hörte Chloe sich gern einmal in der Woche an, wie die technischen Neandertaler sich vor vierzig Jahren für ein komplett dämliches Computerspiel namens *Pong* begeistert hatten.

Schade war nur, dass Connor nie den wahren Grund erfahren würde, warum Chloe mit ihm in diesem Kurs saß. Eher biss sie sich nämlich die Zunge ab, als dass sie ihm jemals ihre Gefühle gestand.

Evan

Die beiden Mädchen sahen gut aus. Eine goldblond, durchtrainiert und makellos: Cheerleadertyp. Die andere grazil, mit einem herzförmigen Gesicht, dunklen Haaren, Schnürstiefeln, einem kurzen Samtkleid und einem Haufen Lederketten um den Hals: Künstlertyp. Aber genau genommen sahen fast alle Mädchen hier gut aus. Das machten wohl die kalifornische Luft, das laue Wetter und die ganze Bio-Ernährung. Oder vielleicht waren es auch nur die reichen Eltern, dachte Evan. Ein Leben ohne materielle Sorgen und im Sonnenschein verhalf sicher auch dem käsigsten Pickelgesicht zu einem strahlenden Teint.

Nun, er würde ja bald erfahren, wie es sich anfühlte, bei der nächsten Generation der Elite mitzumischen. Schon der erste Eindruck des Campus versetzte ihn in ehrfürchtigen Schwindel. Der Campus glich einer Kleinstadt, ähnlich der, aus der er kam, zumindest was die Größe anging. Alles andere hätte allerdings nicht unterschiedlicher sein können. Wo in seinem alles wiederkäuenden Kaff von Heimatstadt lärmende Hinterwäldler in rostigen Pick-up-Trucks mit Hirschgeweihen am Kühler durch die Straßen röhrten, glitten hier lautlose E-Autos voller attraktiver Teenager durch die Gegend.

Der Campus hatte alles, was der Mensch brauchte, und wahrscheinlich auch noch etliches mehr, was er nicht brauchte. Sportanlagen, einen See komplett mit Schwänen und Ruderbooten, einen künstlich angelegten Fluss für Rafting, ein Stück Strand, Kletterfelsen, zahllose Cafés und Restaurants, Bürogebäude, Forschungslabore, einen botanischen Garten, ein Krankenhaus, ja sogar eine Wintersporthalle, sollte jemand das Bedürfnis verspüren, mitten im September in Kalifornien Schlittschuh zu laufen oder Ski zu fahren. Auf seiner Fahrt über den Campus hatte er einen Golfplatz und ein IMAX-Kino gesehen sowie eine Art runden Roboter, der durch den Park gefahren und einem immer lauter werdenden Signal gefolgt war, bis er eine offenbar entlaufene

Katze aufgespürt hatte.

Endlich war Evan genau da, wo er hingehörte. Heute war Montag, ein Tag, den er bislang gehasst hatte. Montag war der schlimmste unter allen Wochentagen, der Tag, an dem alles Schreckliche immer wieder neu seinen Anfang fand. Die Angst vor dem Montag ruinierte außerdem bereits jegliche Freude an den Sonntagen. Aber das war ein für alle Mal vorbei.

Er warf den Mädchen erneut einen Blick zu. Die Blonde war ganz nach seinem Geschmack. Ein sexy California-Girl von der Sorte, wie man sie normalerweise nur im Fernsehen oder in Magazinen sah. Von der Sorte Mädchen, wie er nie im Leben eins kennengelernt hätte, wenn er in seinem beschissenen Kaff geblieben wäre. In gewisser Weise konnte er also dankbar für die schrecklichen Ereignisse im letzten Schuljahr sein, denn ohne sie wäre er nicht hier gelandet. Trotzdem hätte er sich das letzte Jahr liebend gern aus dem Gedächtnis geschnitten. Vielleicht erfand einer von den Genies hier bei Myriad ja etwas, womit man traumatische Erinnerungen einfach auslöschen konnte? Das wäre doch mal was.

Evan straffte sich. Seine Vergangenheit hatte hier nichts verloren und würde verdammt noch mal nie bis in den sonnigen und lichtdurchfluteten Campus vordringen. Dafür würde er schon sorgen. Ein neuer Start, eine neue Schule, ein neues Leben. Es konnte nur besser werden. Und jetzt musste er sehen, wo die Blonde hinging.

Ryan

Die neue Schule war großartig, ohne jeden Zweifel. Der ganze Campus war verdammt großartig. Trotzdem vermisste Ryan seine alte Schule schmerzlich. Seine Freunde, seine Unbeschwertheit. Sein früheres Leben, in dem er nicht ständig auf der Hut sein musste.

Seinen richtigen Namen.

Er vermisste Sarah aus der Band und die Art, wie sie ihn in letzter Zeit während der Proben immer angesehen hatte. Es hätte was mit ihnen beiden werden können, aber nun war es zu spät, alles hatte ganz schnell gehen müssen und jetzt gab es kein Zurück mehr. Jetzt war er hier und musste das Beste draus machen, auch wenn es ihn fast umbrachte.

In letzter Sekunde wich er vier Mädchen in dunkelroten T-Shirts und kurzen Röckchen aus, die ihn ungeniert anstarrten und kicherten. Eine zwinkerte ihm zu.

»Augen auf beim Verkehr«, sagte sie. »Ups, ich meinte *im.*« Sie grinste. Ihre Freundinnen krümmten sich vor Lachen.

»Sorry. War abgelenkt.« Ryan grinste automatisch zurück, ging weiter und reihte sich in die Schlange für die E-Autos ein. Er wusste, dass er gut aussah und bei den Mädchen gut ankam. Das würde ihm das Einleben hoffentlich erleichtern. Und hier gab es jede Menge hübscher Mädchen. Zum Beispiel die zwei da, die sich jetzt weiter hinten in der Schlange anstellten. Die Blonde war richtig klassisch schön, aber die mit dem Samtkleid gefiel ihm noch besser. Sie war unglaublich süß, wenn sie lachte. So unaffektiert. So sorglos. Wahrscheinlich hatte sie keine größeren Sorgen als das perfekte Outfit für den nächsten Tag. Und sicher total nette Eltern, die hier arbeiteten und die sie sehen konnte, wann immer sie wollte. Wie alle hier. Außer ihm. Er schluckte. Denn das, was er am schmerzlichsten von allem aus seinem alten Leben vermisste, war …

»Hey«, riss ihn plötzlich der unglaublich fette Mann, der die Chips für die Autos verteilte, aus seinen Gedanken. »Hoffentlich döst du beim Fahren nicht auch so. Nachname?«

»… Sutter.« Verdammt. Ryan hatte einen Tick zu lange überlegen müssen, der neue Name kam ihm einfach noch nicht glatt genug über die Lippen. Im Gegenteil, er fühlte sich sperrig in seinem Mund an, wie eine viel zu große Zahnspange. Der Dicke scrollte gleichmütig mit dem Finger eine Namensliste auf einem Tablet herunter. Er hatte nichts gemerkt. Oder es war ihm egal. Hier rannten alle möglichen Freaks herum – Playboys und Models, Hippies und Hipster, Genies und Nerds, Asperger-Typen, die die Entfernung zum Mond in Zentimetern wussten, aber nicht merkten, wenn sich ihre Pullover aufribbelten, und nun eben auch einer, der seinen eigenen Namen nicht kannte. Alles schon mal da gewesen.

»Sutter. Führerschein?«

»Wird noch ausgestellt. Ich bin erst gestern hier angekommen.«

»Von woher?«

»N… Nordkalifornien.« Ryan wurde es ganz heiß. Er räusperte sich. »Das müsste eigentlich da stehen.«

»Eigentlich«, murmelte der fette Mann, »eigentlich müsste ich jetzt auf Hawaii in einer Hängematte liegen.« Er wischte auf dem Tablet herum. »Dein Auto ist das mit der Nummer 35.« Er reichte ihm einen Chip. »Next.«

Ryan atmete auf. Er musste von jetzt an immer auf der Hut sein. Immer! Solche Schnitzer durften ihm einfach nicht passieren.

Hannah

Der fette Mann hieß Mr Howard und erledigte auf seinem Drehsessel mehrere Jobs auf einmal. Die Führerscheine der Neuankömmlinge zu checken und jedem ein E-Auto zuzuweisen, eine wagenradgroße Pizza zu essen und dazu einen Milchshake aus einem Zweiliterbecher zu trinken, auf einem Tablet herumzuwischen, auf dem Bildschirm eines Computers etwas zu verfolgen, das aussah wie eine Fantasy-Schlacht, auf einem zweiten Bildschirm endlose Zahlenreihen zu begutachten und über Kopfhörer einem Unbekannten von einem Ausflug an die südkalifornische Küste zu berichten, der »voll beschissen war, weil die Primaten da unten nicht mal flächendeckendes WLAN haben«.

Er reichte Hannah einen kleinen Chip und ein Armband und deutete ihr pantomimisch zwischen zwei Bissen an, den Chip in das dazugehörige Armband zu stecken und Auto Nummer 34 zu suchen.

Als sie das Auto erreichte, gab es ein kleines Begrüßungshupen von sich, offenbar identifizierte es seinen Besitzer elektronisch.

»Hallo, mein Schatz«, grüßte sie fröhlich.

»Hallo zurück«, sagte eine Stimme.

Sie fuhr herum. Hinter ihr stand der Junge mit den strubbeligen blonden Haaren. Er hatte seinen Rucksack neben sich auf dem Boden abgestellt und musterte sie belustigt.

»Dich hab ich nicht gemeint«, sagte sie schnell.

»Ach. Wen denn dann?« Er sah sich suchend um.

»Mein ... Auto.« Sie verschluckte das letzte Wort in einem verlegenen Räuspern.

Er hatte es trotzdem gehört und grinste jetzt noch breiter. »Na dann, frohes Fahren. Soll ich so lange warten, bis du dich aus der Parklücke gequält hast? Meins ist Nummer 35, gleich daneben.«

»Quälen? Das dauert keine Sekunde«, gab sie zurück. Was fiel dem ein? Sie hatte ihren Campus-Führerschein ja wohl nicht ohne Grund ausgestellt bekommen.

Um sie herum füllte sich der Parkplatz jetzt mit Schülern, die alle ihre Autos suchten – da konnte der Typ erst mal erleben, wie katastrophal einige von den anderen fuhren. Sie warf die Haare zurück, stieg ein, drückte auf den Startknopf, genoss das kleine Summen, das eine ganze Abfolge von Systemüberprüfungen in Gang setzte, lächelte beim Anblick des Smileys auf dem Bildschirm, der »Fahr vorsichtig, Hannah Montgomery« sagte, und stieß dann rückwärts aus der Parklücke hinaus. Na bitte, geschmeidig wie ein Leopard. Zufrieden sah sie im Rückspiegel, wie der Junge anerkennend die Augenbrauen hochzog. Und jetzt weg hier, damit sie auf schnellstem Wege zum Internatsgebäude kam und mit Sophie das beste Zimmer organisieren konnte.

Sie gab Gas. Eine Zehntelsekunde zu spät merkte sie, dass sie immer noch den Rückwärtsgang drin hatte und geradewegs auf den fremden Jungen zufuhr, der erschrocken zur Seite sprang. Sie überfuhr etwas Buckeliges und krachte den Fuß auf die Bremse. Hastig schaltete sie das Auto aus.

»Bist du okay?«, rief sie dem Jungen zu.

»Ich schon«, sagte er. »Aber ... « Er ließ den Rest des Satzes unausgesprochen in der Luft hängen und deutete unter Hannahs Auto.

»Hm?« Hannah stieg aus und bückte sich. Shit. Das durfte doch nicht wahr sein, sie hatte den Rucksack von dem Typen überfahren. Sie kniete sich auf die Straße und zog das Ding unter dem Auto hervor. »Ich hoffe, du hast keine Marmeladenbrote da drin«, versuchte sie einen lahmen Witz und reichte ihm den seltsam deformierten und platt gedrückten Rucksack.

»Nee. Nur meinen Hamster Benny.«

»Was?« Hannah wurde es ganz kalt. »Oh Gott.«

»Das war ein Scherz.« Der Junge zog etwas aus der Tasche heraus, von dem Hannah im ersten Moment glaubte, es handele sich um eine Art Landkarte aus Metall, auf der Flüsse und Krater verzeichnet waren. Im nächsten Moment erkannte sie einen Laptop. Einen platt gequetschten und komplett zersplitterten Laptop. Oder besser das, was davon noch übrig war.

»Das tut mir echt leid. Das tut mir so was von leid«, stammelte sie. »Ich weiß gar nicht, wie das passieren konnte.«

»Tja.« Der Junge drehte seinen zertrümmerten Laptop etwas ratlos in den Händen. »Da kann man wohl nichts mehr machen.«

Um sie herum verrenkten sich die anderen Neuntklässler die Hälse und tuschelten, lachten, rissen die Augen auf. Ein Kichern erklang von rechts. »Upsi«, sagte jemand. Es klang hämisch. Hannah erkannte dunkelrote T-Shirts und sorgfältig geglättete Haare. Die Tanzzicken. Die hatten ihr jetzt gerade noch gefehlt.

»Hannah hat *was* gemacht?«, hörte sie eine Stimme, der zischelnd geantwortet wurde und die daraufhin in ein begeistertes Kreischen ausbrach.

»Da sollte wohl jemand lieber noch Fahrrad fahren«, bemerkte ein Junge aus dem Hintergrund, ein Kommentar, der mit grölendem Gelächter belohnt wurde. Kyle Larson, wer sonst. Fast jeder Myriad-Schüler kannte Hannah zumindest vom Sehen, wegen ihres Vaters. Die meisten beneideten sie. Dachten, dass es irgendwie total geil wäre, die Tochter des Myriad-Gründers zu sein. Wahrscheinlich glaubten sie, dass Hannah ihre ganze Kindheit damit verbracht hatte, im Hochsicherheitsbereich von Myriad Dreirad zu fahren, dass sie jede technische Neuerfindung als Erste hatte ausprobieren können und dass ihr seit ihrer Geburt eine Kompanie von Robotern oder Drohnen zur Verfügung stand, die ihr jeden Wunsch von den Augen ablasen. Oder von der Chipkarte, wie auch immer. Aber nichts davon traf zu. Hannahs Vater hatte immer darauf geachtet, dass Hannah wie ein ganz normales Mädchen heranwuchs, mit Büchern, Teddys, frischer Luft und nur einer Stunde Fernsehen am Tag.

»Ich ersetze dir den Laptop selbstverständlich«, versicherte Hannah dem Jungen jetzt, wobei sie inständig hoffte, dass das Ding nicht ein funkelnagelneues und teures Teil der Supergeneration war.

»Ach, lass mal gut sein«, erwiderte er zu ihrer Verblüffung.

»Aber ich muss doch irgendetwas tun. Willst du meine Versicherungsnummer aufschreiben?«

»Mir wird schon was einfallen, wie du das wiedergutmachen kannst«, sagte er. Ein winziges, kaum wahrnehmbares Zwinkern huschte von ihm zu Hannah hinüber. Dann lächelte er und Hannah stand da wie gelähmt.

Er hat total schöne blaue Augen, fast wie ein Husky, flatterte es ihr durch den Kopf. Unwillkürlich formte sich ihr Mund ebenfalls zu einem Lächeln. Was genau passierte hier?

»Bis demnächst dann, Hannah«, sagte der Junge und stieg in sein Auto.

Hannah

»Ich fahre nie wieder Auto. Du hättest es sehen sollen, Sophie. Die Tanzgruppenzicken haben sich gar nicht mehr eingekriegt vor Schadenfreude. Die halbe Schule hat gelacht. Und dabei hab ich in der ganzen Zeit, als ich Fahren gelernt habe, noch nie irgendwas umgefahren oder auch nur gekratzt. Ich bin erledigt.« Hannah hatte ihr Auto neben dem von Sophie geparkt und zum Aufladen angeschlossen. Ein Wunder, dass sie es überhaupt bis zum Internat geschafft hatte, so durcheinander, wie sie nach dem Vorfall mit dem Rucksack war. Außerdem wanderten ihre Gedanken ununterbrochen zu dem Jungen, dessen Namen sie nicht einmal kannte und dessen Laptop sie auf dem Gewissen hatte.

»Red keinen Müll. Natürlich fährst du wieder. Und es ist doch nett von dem, dass er dich nicht angenölt hat oder verklagen will oder was weiß ich. Es gibt eben noch freundliche Menschen auf der Welt.«

»Ja, aber er hat gesagt, dass …« Hannah hielt verwirrt inne. Der Junge hatte auf so eigenartige Weise davon gesprochen, dass sie das wiedergutmachen könnte. Mit so einem Zwinkern, als ob sie aus Glas wäre und er genau erkannte, dass sie sich in diesem Moment an seinen schönen Augen gar nicht sattsehen konnte. Aber das erwähnte sie Sophie gegenüber lieber nicht. Und überhaupt. Heute musste Matt ja wieder auftauchen, schließlich war es der erste Schultag. Und dann würde sie endlich erfahren, was mit ihm los war. Ihr Herz machte einen kleinen Hüpfer. Vor Freude? Oder aus Angst vor dem, was er vielleicht zu sagen hatte?

»Los, komm. Noch ist kaum einer da. Wäre doch gelacht, wenn

wir nicht die Luxus-Suite ergattern.« Sophie zog sie mit sich und gemeinsam rannten sie über die Wiese zum Internat, einem futuristischem Gebäude aus Stahl und Glas, das aus irgendeinem Grund von innen heraus grünlich schimmerte. Als die Mädchen den Eingangsbereich erreichten, sahen sie auch, warum.

»Wow.« Hannah blieb stehen und legte den Kopf in den Nacken. Sämtliche Wände waren innen von oben bis unten mit hellgrünen Farnen, immergrünen Gewächsen und kleinen Buchsbäumchen bepflanzt. Man kam sich vor wie im Regenwald, ein Eindruck, der durch einen Wasserfall und mehrere Sitzecken aus Bambus noch verstärkt wurde.

»Lebende Wände«, erschallte es neben ihnen, »reduzieren Stress und vermitteln ein Gefühl der Verbundenheit mit der Natur. Es wird empfohlen, in Prüfungszeiten und anderen Zeiten mentaler Herausforderung unser Atrium aufzusuchen.«

Hannah und Sophie drehten sich um. Die Stimme kam von einem metergroßen Bildschirm, auf dem eine Frau mit kurzen schwarzen Haaren und einer hellblauen Brille freundlich zu ihnen hinunterlächelte.

»Sieht die uns?«, flüsterte Sophie.

»Lebende Wände«, sagte die Frau statt einer Antwort, als zwei neue Schüler den Eingangsbereich betraten, »reduzieren Stress und vermitteln ein Gefühl der Verbundenheit mit der Natur.«

»Nein.« Hannah musste lachen. »Das ist MISSI.«

»Du kennst die?«, fragte Sophie überrascht.

»Ja, also … nein. Die ist nicht echt. MISSI steht für *Menschliches Informations-System mit Sozialer Integration.*«

Sophie sah sie staunend an.

»Sie ist ein Computersystem«, erklärte Hannah. »Sie macht Ansagen im Internat und in der Schule, daher auch soziale Integr…«

»MISSI reicht mir völlig«, murmelte Sophie.

»Eine der letzten Erfindungen von meinem Dad«, fügte Hannah hinzu, als ob das jetzt noch wichtig wäre.

Ihr Dad … Sie wünschte, er könnte sie jetzt sehen – am Anfang ihrer Highschool-Zeit bei Myriad, die den Grundstein für ihre spätere Karriere als Forscherin legen würde. Ein Kloß formte sich in Hannahs Hals. Nicht losheulen. Nicht jetzt. Sie lief los, quer durch den Raum, an dessen Ende ein riesiger Haufen Taschen, Baseballschläger, Gitarren, Rucksäcke und Koffer lag.

Wenige Minuten später eilte sie mit Sophie durch den langen Gang in der ersten Etage, beide ihre Taschen hinter sich herschleifend.

»Du links, ich rechts«, sagte Hannah. »Wer ein geiles Zimmer findet, schmeißt seine Tasche rein und sucht den anderen.«

»Okay«, rief Sophie zurück, riss die Tür des ersten Zimmers auf und steckte ihren Kopf hinein. »Nur zwei Betten.« Sie rannte weiter.

Hannah warf ihrerseits einen Blick in das erste Zimmer auf der rechten Seite. Drei Betten, drei Schreibtische, in die jeweils bereits ein Tablet-PC integriert war, ein quietschgelbes Sofa und zwei lila Sessel, ein wandgroßer 3-D-Fernseher, an den Wänden gerahmte Nahaufnahmen von etwas, das aussah wie Zellen oder Moleküle, ein Wintergarten, in dem Pflanzen in kleinen Kästen wuchsen, ein Zimmerspringbrunnen sowie eine regelrechte Armee von Kakteen auf einem Podest, das mit Sand gefüllt war. Zögerlich trat Hannah ein.

»Willkommen.« MISSI erschien auf dem Bildschirm an der Wand, der mit Hannahs Betreten des Zimmers zum Leben erwachte. »Dieses Zimmer hat noch drei unbelegte Plätze und eignet sich besonders für Schüler, die ihre Kenntnisse der Biologie vertiefen wollen. Tägliche Pflege der Pflanzen wird erwartet. Bei Vernachlässigung gibt es schulische Konsequenzen.

Wenn du in diesem Zimmer wohnen möchtest, reserviere bitte deinen Platz mit einem Fingerabdruck auf dem Scanner neben der Tür.«

Hannah betrachtete den Scanner. Sollte sie? Eigentlich war das Zimmer ja schön. Aber was, wenn es noch etwas Besseres gab? Und hatte sie Lust, in ihrer Freizeit ständig Topfpflanzen zu versorgen?

Kurz entschlossen machte sie einen Rückzieher und lief weiter. Sophie war nirgends zu sehen oder zu hören. Das nächste Zimmer war nur ein Zweibettzimmer, das danach was für Sportfreaks mit Laufband in der Ecke, einem Ständer für Gewichte und Hanteln und mit Fotos von berühmten Baseballspielern an den Wänden. Dann ein Dreibettzimmer, in dem mehrere Terrarien mit Geckos, Lurchen und Schlangen auf ihre enthusiastischen neuen Versorger warteten. Hannah schüttelte sich unwillkürlich. Sie mochte keine Reptilien, sie jagten ihr Angst ein mit ihren winzigen Augen, gespaltenen Zungen, dem gefährlichen Starren und dem unheilvollen Zischen. Rasch begab sie sich ins nächste Zimmer – ein weiteres Zweibettzimmer in Pink und Gold mit verspiegelten Wänden und einem begehbaren Kleiderschrank. An den Wänden hingen hier Fotos von süßen Hundebabys. Es roch außerdem schwach nach Bubblegum.

»Kleinmädchenzimmer«, murmelte Hannah und stieß die nächste Tür auf. »Wow!«

Das Zimmer war perfekt. Es war luftig und groß, die obligatorischen Sitzgelegenheiten waren in einem warmen Terrakottaton gehalten und an den Wänden hingen Schwarz-Weiß-Fotos von berühmten Filmstars. Das Zimmer hatte eine kleine Frühstücksbar, an der drei Leute bequem Platz fanden, eine Kochnische und einen Kühlschrank. Aber das Beste war der große Balkon, der mit drei Liegestühlen und mehreren Palmen ausgestattet war und direkt auf den schattigen Innenhof des Gebäudes hinausging.

Dort unten konnte man Boccia oder Wikingerschach spielen oder einfach nur auf dem Rasen liegen und lesen.

MISSI erschien auf dem Bildschirm. »Willkommen. Dieses Zimmer hat noch drei unbelegte Plätze und eignet sich besonders für Schüler, die …« Hannah ließ sie nicht ausreden. Sie rannte zum Scanner und wollte gerade ihre Hand auflegen, als aus dem Nichts eine zweite Hand erschien und mit ihrer zusammenstieß.

»Ähm, sorry.« Ein Mädchen mit langen honigfarbenen Haaren stand vor ihr und lächelte sie schief an. »Aber ich habe hier schon einen Platz reserviert. Für mich und …« Sie musterte Hannah von oben bis unten, »andere.«

»Das kann nicht sein«, gab Hannah zurück. »Es sind doch noch drei Plätze frei.«

Das Mädchen schob Hannahs Hand rabiat zur Seite. »Jetzt nicht mehr.«

»Willkommen, Allyssa Snyder. Noch zwei Plätze verfügbar«, kommentierte MISSI auf dem Bildschirm mit ihrem stupiden Lächeln, als ginge hier alles mit rechten Dingen zu.

»Hey!« Hannah trat einen Schritt auf das Mädchen zu. Die war definitiv ebenfalls nicht aus ihrer alten Middleschool, mit den meisten Mädchen dort hatte Hannah sich prima verstanden. Diese Allyssa Snyder war extrem hübsch, keine Frage, aber da war ein lauernder Zug um ihre Augen. Als hätte man Dornröschen mit der bösen Fee gekreuzt. »Was soll der Mist?«

»Wer zu spät kommt, kriegt eben die Besenkammer.« Das Mädchen verzog keine Miene.

In diesem Moment stürzte Sophie ins Zimmer und rief »Sie ist hier« über die Schulter hinweg. »Oh toll, Hannah, das Zimmer ist der Hammer.« Sophie schien überhaupt nicht zu bemerken, dass noch jemand im Raum war, und legte ihre Hand auf den Scanner.

»Willkommen, Sophie Woodrow. Noch ein Platz verfügbar.«

»Das machst du rückgängig«, forderte das Mädchen namens Allyssa. Ihre Augen verengten sich zu kleinen Schlitzen.

»Hä?«, fragte Sophie mit ungespielter Verständnislosigkeit. Hinter ihr tauchte Chloes sommersprossiges Gesicht auf.

»Wir haben voll das beste Zimmer abgefasst«, freute sich Sophie, die immer noch nichts kapiert hatte. Chloe klatschte sich mit Sophie ab und presste ihre Hand so schnell auf den Scanner, dass weder Hannah noch diese Allyssa irgendetwas tun konnten.

»Willkommen, Chloe Walker. Zimmer komplett belegt«, kommentierte MISSI munter.

Das Mädchen namens Allyssa war vor Ärger ganz blass geworden. Aus irgendeinem Grund konzentrierte sich ihre Wut ausschließlich auf Hannah, dabei hatte die doch gar nichts gemacht.

»Das wirst du noch bereuen«, sagte sie leise zu ihr. Es klang wie das Kratzen einer Nadel über Glas und Hannah konnte irgendein viel zu süßes Vanilleparfüm riechen.

»Hör mal«, setzte sie an. »Ich weiß nicht, was dein Problem ist, aber ganz offensichtlich haben jetzt meine Freundinnen das Zimmer mit dir reserviert, also können wir bitte mal in Ruhe darüber reden?«

»Ich schlafe sowieso eher im Sarg als mit so einer Muppet Show zusammen in einem Zimmer«, verkündete das Mädchen, presste ihre Hand auf den Scanner und dann auf die Löschtaste. Danach rauschte sie aus dem Zimmer.

»Goodbye, Allyssa Snyder. Bitte sieh dir auch unsere anderen komfortablen Zimmer an.« MISSI lächelte unverdrossen weiter.

»Wer zum Teufel war das denn?«, fragte Chloe entgeistert.

Hannah holte tief Luft. Der erste Tag an der Highschool kostete sie bereits die Nerven für ein komplettes Schuljahr.

Eine WhatsApp-Nachricht summte auf ihrem Handy herein. Matt. Das musste Matt sein. Rasch klickte sie die Nachricht an. Es war nichts von Matt. Es war ein Foto von ihrem Auto mit der Nummer 34, unter dem der platt gefahrene Rucksack des fremden Jungen lag. Der Absender hatte noch einen roten Kreis um den Rucksack gezeichnet, um extra darauf hinzuweisen. *Herzlichen Glückwunsch zum Schulanfang* stand darunter, daneben ein Smiley, das sich vor Lachen hin und her wälzte. Die Nachricht war von Kyle mit seinem etwas fragwürdigen Humor – natürlich, von wem sonst. Hannah verdrehte die Augen und löschte das Bild.

»Habt ihr Matt irgendwo gesehen?«, fragte sie ihre Freundinnen. Die schüttelten den Kopf. Okay, Hannah hatte sich zwar geschworen, ihm erst mal nicht mehr zu schreiben, weil er so blöd reagiert hatte, aber jetzt hielt sie es doch nicht länger aus: *Hey, bin in Zimmer 112, und du?*

So. Neutral und nicht drängelnd. Nur dass trotzdem keine Antwort kam. Obwohl Matt ihre Nachricht eben gelesen hatte, sie konnte es schließlich genau sehen. Und in dem Moment, sie wusste selbst nicht, warum, machte sie etwas, was sie doch eigentlich selbst total unmöglich fand, weil es was von Stalking hatte. Aber diese Ungewissheit machte sie total fertig und deshalb ortete sie ihn mit der App, die sie vor über einem Jahr noch von ihrem Dad aufgedrückt bekommen hatte. Eine Straßenkarte des Campus erschien, ihr eigenes kleines Foto im Internat, dann zoomte die App plötzlich weg. Raus aus dem Campus, raus aus der Gegend, raus aus Kalifornien. Was …? Hannah runzelte die Stirn. Die App zoomte wieder näher und Matts Foto erschien. Hannah schnappte nach Luft. Matt befand sich mitten in der Wüste von New Mexico.

Ryan

 Der zweite Schultag bei Myriad High begann mit einer Pep Rally in der Turnhalle, wie wahrscheinlich in ziemlich allen Highschools des Landes. Pep Rallys dienten dazu, die Moral der Schüler moralisch anzuheizen: Die Cheerleader tanzten und winkten mit ihren Federbommeln, das Schulmaskottchen Sharky, ein Schüler in einem überdimensionalen Weißer-Hai-Kostüm aus Plüsch, torkelte blind über die Bühne, das Schulorchester blies eine zündende, wenn auch etwas quäkende Melodie. Dr. Mallory, der Direktor, ein hochgewachsener Mann mit kurzem silbergrauen Haar, dem leicht gebräunten Teint eines enthusiastischen Golfers und dem schlauen Blick eines Mannes, der sämtliche Schülerausreden dieser Welt kannte, begrüßte alle im neuen Schuljahr. Ganz besonders natürlich die, die erstmalig in der Geschichte Myriads von außerhalb dazugestoßen waren. Täuschte Ryan sich oder sah Mr Mallory ihn dabei direkt an?

»Ich wette, der meint mich«, sagte da jemand neben ihm.

Ryan musterte den Jungen kurz von der Seite. Er trug ein Sweatshirt der *Golden State Warriors* und sah sich dauernd nach allen Seiten um. Ganz augenscheinlich war er genauso neu hier wie Ryan.

»Oder er meint mich«, sagte Ryan daher und grinste.

»Hey, du bist auch neu hier? Wie cool. Wo warst du vorher?« Der Junge klatschte ihm die Hand auf die Schulter.

»In Nordkalifornien«, antwortete Ryan diesmal wie aus der Pistole geschossen. Sehr gut. Keine Sekunde gezögert. »Und du?«

Zu seiner Verblüffung bekam der Junge jetzt hektische rote Flecken am Hals und winkte betont lässig ab. »Kennst du eh nicht.«

»Wieso?«, fragte Ryan verwirrt. »Homeschooled oder so was?« Das sollte es ja in Kalifornien ziemlich oft geben – Schüler, die zu Hause unterrichtet wurden, weil ihre Eltern irgendwie superalternative oder superreligiöse oder einfach nur superneurotische Freaks waren.

Der Junge schluckte, sein Adamsapfel hüpfte. »Nein, nein«, antwortete er schnell. Irgendwie zu schnell. »Ich war auf einer ganz normalen Schule. Alles ganz normal.«

So richtig normal klang das allerdings nicht, fand Ryan.

Vorn auf der riesigen aufgespannten Leinwand startete jetzt eine spektakuläre 3-D-Show, die auf die Highlights des Schülerlebens bei Myriad hinwies. Die älteren Schüler klatschen und johlten, Sharky hüpfte herum, stolperte, riss beinahe eine Reihe Cheerleader mit sich und fing sich im letzten Moment wieder. Die Massen in der Turnhalle johlten noch lauter.

»Wie heißt du?«, erkundigte Ryan sich bei dem Jungen, während er automatisch mitklatschte.

»Evan.« Der Junge streckte kurz steif die Hand aus, als wollte er sie wie bei einem Geschäftsessen schütteln, und zog sie dann hastig wieder zurück.

»Und weiter?«, fragte Ryan, er wusste selbst nicht, warum, es konnte ihm doch völlig egal sein.

»White«, antwortete der Junge, aber erst nach einem kleinen Zögern, als ob es ihm schwerfiel, seinen ganzen Namen zu nennen. Ryan starrte diesen Evan an. Konnte das sein? Konnte es sein, dass es hier noch jemanden gab, der sich in einer ähnlichen Situation befand wie er selbst?

In diesem Moment erklang ein Tusch, die Pep Rally war zu Ende und die Schüler setzten sich in Bewegung. Da entdeckte Ryan sie wieder. Hannah, das Mädchen, das seinen Laptop überfahren hatte. Heute trug sie ein blaues Sommerkleid, weiße Sneakers und hatte die Haare mit einem bunten Band zurückgebunden. Sie bemerkte seinen Blick und lief feuerrot an. Ryan unterdrückte ein Grinsen, denn er wollte sie nicht noch verlegener machen. Mittlerweile hatte er auch erfahren, dass sie die Tochter des verstorbenen Myriad-Gründers war. Also doch kein so sorg-

loses Leben, wie er sich das vorgestellt hatte. Irgendwie fand er sie jetzt noch interessanter.

Ein leises bewunderndes Pfeifen erklang von links. Es kam von Evan, der sich ihm wie selbstverständlich angeschlossen hatte. Offenbar glaubte der, sie wären jetzt beste Kumpels oder so, nur weil sie beide neu hier waren.

»Ich weiß ja nicht, wie es an deiner alten Schule war«, murmelte Evan jetzt, »aber so was Tolles wie die da gab es bei mir nicht.« Er deutete auf zwei Mädchen, die ein Stück vor ihnen liefen. Eine war schlank und groß, mit honigfarbenen Haaren. Sie sah unglaublich gut aus, wie ein Model. Die andere war ein wenig kleiner und üppiger und rothaarig. Sie plapperte ohne Punkt und Komma auf die andere ein. »Deine Schuhe sind so was von geil, Allyssa«, hörte Ryan sie sagen.

Ja, die sahen gut aus, aber Ryan interessierte etwas anderes. Wo war Hannah abgeblieben? Würde sich noch eine Gelegenheit ergeben, mit ihr zu sprechen? Er checkte seine Umgebung, konnte sie aber nirgends entdecken.

»Wir müssen hier lang.« Evan zog ihn am Ärmel. »Meet and Greet. Kennenlernstunde für alle Freshmen. Kommst du?«

Ryan schüttelte ihn ab. »Geh ruhig, ich muss noch mal wohin.«

Das Meet and Greet fand in der Game Arena statt, wo Mrs Burlinger, die Theatergruppenleiterin, voller Vorfreude auf sie wartete.

»Ich weiß, dass ihr ganz schrecklich aufgeregt seid, weil ihr euch alle noch nicht kennt«, rief sie laut. »Aber nur keine Panik,

Leute, dafür gibt es ja mich!« Die Schüler der neunten Klassen wechselten belustigte Blicke.

»Wir machen jetzt ein paar ganz supercoole Kennenlernspiele«, schrie Mrs Burlinger weiter.

Na toll. Und warum brüllte die eigentlich so? Ryan schlurfte mit den anderen in die Mitte der Arena, befestigte dort einen elektronischen Metallbutton an seinem T-Shirt, auf dem sein Name in diesem Moment wie auf dem Öffnungsschild eines Ladens aufflackerte und wieder erlosch, und stellte sich wie befohlen im Kreis auf. Hoffentlich mussten sie sich jetzt nicht alle an den Händen fassen. Wenn er eins hasste, dann das. Doch dann hellte sein Blick sich auf. Genau ihm gegenüber im Kreis stand Hannah. Sie sah angespannt aus und checkte immer wieder ihr Handy. Endlich blickte sie in seine Richtung und er zwinkerte ihr zu. Sie sah ihn für den Bruchteil einer Sekunde an, fast kam es ihm vor, als formte sich ein Lächeln in ihrem Gesicht, aber dann wurde der schöne Moment durch die lärmende Mrs Burlinger wieder zerstört.

Sie hielt etwas hoch, das wie ein kleines Mini-Flugzeug aussah. »Das hier ist Libby, unsere elektronische Libelle. Sie reagiert auf Klang und Licht, die schicken wir jetzt auf die Reise.« Mrs Burlinger lachte albern. »Passt auf.« Sie blickte sich schelmisch um. »Stacy!«, rief sie dann ohne Vorwarnung. Das Namensschild eines dünnen kleinen Mädchens leuchtete auf und Libby sauste auf sie zu und landete auf ihrem Kopf. Das Mädchen namens Stacy fuchtelte angeekelt in ihren Haaren herum, um Libby wieder loszuwerden, aber die blieb sitzen, wo sie war.

Mrs Burlinger lachte wie über einen guten Witz. »Also passt auf: Eine Minute lang leuchten jetzt die Namensschildchen von allen auf und ihr prägt euch die Namen eurer Mitschüler ein.« Wie auf Befehl leuchteten alle Schildchen auf: Chloe, Allyssa, Ben, Yella, Kyle, Stacy, Natascha … Ryan versuchte, sich rasch ein paar Namen einzuprägen, aber irgendwie blieb »Hannah« als einziger in seinem Gedächtnis hängen. Mrs Burlinger klatschte energisch in die Hände und die Schildchen erloschen wieder. »Also – wer dran ist, schickt Libby zu einem Mitschüler und ruft dessen Namen. Ist es der richtige Name, leuchtet das Schildchen auf, Libby landet auf seinem Kopf und bleibt dort, bis derjenige sie weiter zum nächsten schickt. Nennt er den falschen Namen – dann muss er in die Mitte des Kreises. Dort bleibt er so lange, bis der Nächste einen Fehler macht.« Sie lachte erneut überdreht und Ryan zweifelte langsam an ihrer Zurechnungsfähigkeit. Was für ein dämliches Spiel!

»Ihr werdet sehen, wie schnell ihr eure Namen da lernt. Das wird voll lustig. Du gehst in die Mitte.« Ohne lange zu fackeln, schubste sie freundlich, aber bestimmt einen kräftigen Jungen in die Mitte des Kreises. Der guckte, als habe man ihm gerade mitgeteilt, dass ihm jetzt öffentlich die Weisheitszähne gezogen werden sollten.

»Wa… was?«, stotterte er, aber da rief Mrs Burlinger bereits »Kyle!«, sein Schild leuchtete auf und Libby surrte um ihn herum und landete auf seinem Kopf.

»Los geht's«, jubelte Mrs Burlinger. »Ruf einen Namen!«

»Welchen denn?«, nuschelte Kyle verdrossen und versuchte, das lästige Ding von seinem Kopf zu vertreiben, allerdings ohne Erfolg.

»Such einfach jemanden aus, Kyle!«, schrie Mrs Burlinger. »Nur Mut! Libby ist nicht echt, die sticht nicht!«

Eine Gruppe von Schülern wieherte los, darunter das Mädchen mit den honigfarbenen Haaren und ihre rothaarige Freundin.

Kyle warf der Lehrerin einen genervten Blick zu.

»Ben«, rief er dann. Das Schildchen des Jungen namens Ben leuchtete auf, der stand vor Schreck da wie versteinert, Libby landete surrend auf seinem Kopf. Dann ging es Schlag auf Schlag weiter.

»Sophie!« Das war die hübsche Blonde neben Ben, offenbar Bens Freundin, denn die beiden küssten sich trotz Libby kurz auf den Mund, was ihnen ein empörtes »Hey!« von Mrs Burlinger einbrachte.

»Hannah!« Das Mädchen namens Sophie wählte ihre Freundin Hannah, logisch, die kannte sie ja. Für die Leute, die sich schon kannten, war das hier ein Kinderspiel, für jemanden wie Ryan hingegen bedeutend schwieriger. Hannahs Schild leuchtete auf, Libby sauste zu ihr. Jetzt war Hannah an der Reihe. Nimm mich, bat Ryan im Stillen. Nimm mich. Aber Hannah schickte Libby nicht zu ihm, sondern zu einem Mädchen mit kinnlangen blonden Haaren namens Chloe, die dann wieder Sophie auswählte. Sophie erlitt allerdings jetzt offenbar eine Art geistiges Blackout, denn sie verwechselte ihren Freund Ben mit Kyle, woraufhin Letzterer äußerst zufrieden wirkte, Sophie allerdings in der Mitte landete. Dort kam sie einfach nicht mehr heraus, zumindest so lange nicht, bis Kyle absichtlich einen falschen Namen rief, um Sophie zu helfen. Ryan bemerkte es ganz genau. Schon komisch, dass dieser Kyle ihr half und nicht ihr eigener Freund, dachte er.

Von Kyle sauste Libby zu der Rothaarigen, die Caitlin hieß und wie am Spieß kreischte, danach zu der honigblonden Allyssa, die eiskalt mit der flachen Hand nach Libby schlug wie nach einer lästigen Kakerlake.

»Ryan!« Noch bevor er reagieren konnte, verspürte er ein kleines Prickeln auf seinem Kopf und Allyssa zwinkerte ihm zu.

Okay. Jetzt war er dran. »Hannah!«

Libby landete auf Hannahs Kopf, ein winziges Lächeln huschte über ihr Gesicht. »Ryan!«, rief sie.

Libby flog wieder zu ihm zurück. Hannah hatte sich seinen Namen gemerkt. Sie hatte ihn ausgewählt. Zufall?

»Hannah!« Am liebsten wäre Ryan für immer am Rande dieses Kreises stehen geblieben und hätte dieses lächerliche Metallinsekt hin und her geschickt und sich dabei an Hannahs süßem Lächeln sattgesehen, aber Mrs Burlinger machte ihm hektische Zeichen, auch andere Schüler mit einzubeziehen, und so schickte er Libby zu dem Typen von vorhin.

»Evan!«

Evan zuckte vor der surrenden Libby zurück, als hätte Ryan ihn mit einer Handgranate attackiert. Und während alle anderen langsam auftauten und Spaß an diesem albernen Spiel fanden, machte Evan den Eindruck, als hätte er Angst vor diesem blöden Ding, denn er verwechselte vor Aufregung einen Namen nach dem anderen. Die nächsten zehn Minuten lang hockte er wie ein Kaninchen im Käfig in diesem Kreis und kam einfach nicht wieder heraus, denn diesmal opferte Kyle sich logischerweise nicht.

Hannah

»Uh.« Chloe beäugte voller Horror das dunkelgrüne, dickflüssige Getränk in Hannahs Glas. »Teichgrütze?«

»Spinat, Algen, Acai und Kokosmilch.« Hannah saugte demonstrativ genüsslich an ihrem Strohhalm, obwohl es ehrlich gesagt ein bisschen schräg schmeckte. Wahrscheinlich die Algen. Aber die waren ja gerade das Gesunde. »Solltest du auch mal probieren. Enthält praktisch alles, was du zum Leben brauchst.«

»Leben würde ich das nicht nennen. Überleben höchstens«, murmelte Chloe. Sie sagte auch noch etwas anderes, aber es ging im Lärm der Cafeteria unter, und Hannah war sich ohnehin ziemlich sicher, dass es nicht besonders schmeichelhaft gewesen war. Chloe war eben mehr der Sandwich- und-Cola-Typ.

Zum Glück bot die Cafeteria des Myriad-Internats für jeden Geschmack etwas. Hannah sah sich um. Wohl nirgendwo sonst auf der Welt existierte ein Platz, an dem Teenager ihre Essmacken so exzessiv ausleben konnten. Von glutenfreien Pfannkuchen und Tofuburgern über bunte kleine Sushis, gigantische Steaks und vegane Mandelmilch-Shakes bis hin zum fettfreien Rührei – sogar ohne Ei, wie auch immer sie das schafften: Es gab nichts, was es nicht gab. Die Cafeterias in den Forschungslaboren und Büros waren angeblich noch besser. Dort arbeiteten 5-Sterne-Küchenchefs, die aus exklusiven Restaurants der ganzen Welt abgeworben wurden. Selbst die Knirpse im Campus-Kindergarten hatten ihren eigenen Sushi-Mann, der milde und bunte Sushis speziell für kleine Kinderhände zubereitete. Hannah wusste, dass sie verdammt privilegiert war. Alle hier waren das, denn alle hatten Eltern, die auf dem Campus arbeiteten. Deswegen war es seltsam, dass Mr Mallory bei der Pep Rally irgendwelche Schüler begrüßt hatte, die in diesem Schuljahr erstmalig aus Schulen außerhalb des Campus ins Internat gekommen waren. Das konnte doch eigentlich gar nicht sein. Hannah wusste noch von ihrem Dad, dass niemand jemals von außerhalb dazustieß, weil Myriad High so eine Art Bonus für die Leute war, die hier arbeiteten. Warum sollte irgendjemand von außerhalb, der gar nichts mit dem Campus zu tun hatte, sein Kind hierherschicken dürfen? Die Plätze reichten ohnehin kaum aus. Trotz der zahlreichen Privilegien hätte Hannah alles dafür gegeben, in einer stinknormalen Schule irgendwo in Kalifornien zu sein und dafür ihren Vater noch zu haben. Doch so funktionierte das Leben leider nicht.

Ihn wenigstens noch einen Tag zu sehen … Sein plötzlicher Tod ging wie ein Riss durch ihr Leben, und noch immer wurde es ihr beim Anblick von Erdnüssen so schlecht, dass sie sich hinsetzen musste. Aber das wussten nur ihre engsten Freunde. Die Todesursache ihres Dads war nie offiziell bekannt gegeben worden, damit keine Panik unter den Eltern ausbrach, schließlich hatten viele Kinder eine Erdnussallergie. Offiziell war ihr Dad an Herzversagen gestorben.

Etwas schepperte laut hinter ihnen und Hannah fuhr herum. Evan, der Junge im Sweatshirt der *Golden State Warriors,* war ausgerutscht und hatte sein Tablett fallen lassen. Krachend landete es auf dem Boden, wo der darauf befindliche Burger sofort wie ein befreites kleines Lebewesen davonhopste.

Hannah nahm wahr, wie Evan für den Bruchteil einer Sekunde lang panisch verharrte. Fast als ob er erwartete, dass der ganze Saal in tosendes Gelächter ausbrechen würde. Doch dann breitete Evan die Arme aus und grinste, als hätte er das Ganze absichtlich inszeniert.

»Ich wusste doch, warum ich nicht die Suppe genommen habe«, rief er laut. Ein paar Leute lachten und er verbeugte sich wie ein Zirkusdirektor. »Suppe ist eh was für Weicheier.«

Hannah und Chloe wechselten einen Blick. Hannah verdrehte die Augen. Schulanfang eben. Überall und immerzu versuchten sich die Leute darzustellen und zu profilieren. Sie strengten sich an, laut zu sein, lustig zu sein, cool zu sein, irgendwas zu sein, was aus der anonymen Masse herausstach, damit sie einen unvergesslichen und möglichst grandiosen Einstieg hinlegten. Wenn man den älteren Schülern glauben konnte, hatten die Freshmen eine knappe Woche Zeit, um ihren Status in der Schul-Hierarchie zu etablieren. Wer es bis dahin schaffte, beliebt und tonangebend zu sein, der blieb es auch. Und wer sich bis dahin als Loser disqualifiziert hatte, dem haftete sein Schicksal bis ans Ende aller Tage an. Oder zumindest bis ans Ende des Schuljahrs. Hannah war das egal. Sie wusste mehr über Myriad-Campus als jeder andere hier und das verlieh ihr eine Art unsichtbaren Schutzpanzer. Sie griff nach dem Tablet in der Mitte des Tisches.

»Magst du noch was?«, erkundigte sie sich bei Chloe. »Ich will jetzt endlich mal den Tischservice ausprobieren.« Als die verneinte, tippte sie lediglich für sich auf dem Bestell-Display ein Mineralwasser ein.

»Deine Bestellung kommt in 24 Sekunden«, verkündete eine Sprechblase. »In 23. In 22. In 21 …«

»Ducken«, rief Hannah, denn sie konnte bereits die kleine Servier-Drohne erkennen, die quer durch den Saal auf ihren Tisch zusteuerte.

»… in einer Sekunde. Bestellung geliefert«, verkündete die Sprechblase und erlosch im selben Moment, in dem die Drohne über dem Tisch anhielt, eine Flasche Mineralwasser abstellte und sofort wieder davonschwirrte.

»Absolut geil.« Chloe starrte dem Ding sehnsüchtig hinterher. »Ich wünschte, ich hätte auch eine. Immer, wenn ich was vergessen hätte, könnte ich meinen kleinen Drohnen-Butler losschicken, es zu holen.«

»Mich machen sie eher nervös«, gestand Hannah. »Sehen aus wie Vögel, sind aber keine. Gruslig.«

»Die da drüben sieht auch aus wie ein ganz normales Mädchen und ist keins. Sondern eine B-I-T-C-H.« Chloe deutete kurz zur Salatbar, vor der sich ihre unangenehme Bekannte von gestern gerade erst mit dieser rothaarigen Caitlin vom Tanzteam abklatschte und dann einem anderen Mädchen den rechten Arm um die Schultern legte, um ein Selfie mit herausgestreckter Zunge zu schießen.

»Allyssa Snyder.« Hannah verdrehte die Augen. »Wie es aussieht, hat sie ja doch noch problemlos ein liebevolles neues Zuhause gefunden.«

Chloe kicherte und wandte sich ihrem aufgeklappten Laptop zu, sodass nur Hannah sah, wie diese grässliche und leider extrem attraktive Allyssa Snyder jetzt lachend mit einer weiteren Person ein Foto schoss, diesmal mit Schmollmund und indem sie sich an denjenigen ankuschelte. An Ryan.

»Gefällt der dir?«, fragte Chloe, ohne aufzublicken.

»Ja. Nein. Ich meine – woher weißt du das?«, fragte Hannah verblüfft zurück.

»Weil ich Augen im Kopf habe? Libby, schon vergessen? Das Ding ist wie Amors Pfeil zwischen euch hin- und hergesaust.«

»Blödsinn«, wehrte Hannah ab, aber es klang nicht ganz überzeugend, das musste sie selbst zugeben.

Chloe lachte nur und biss in ihren Schokomuffin.

Sophie kam jetzt an ihren Tisch geschlendert, setzte sich hin und folgte jedem von Chloes Bissen sehnsüchtig mit den Augen. »Lecker?«

»Hm.« Chloe nickte.

Hannah merkte Sophie an, dass diese gern gekostet hätte, sich aber offenbar zurückhielt. Weil sie sich für die Tryouts als Cheerleaderin schlank hungern wollte?

»Hast du Matt nun endlich getroffen?«, riss Sophie Hannah aus ihren Gedanken.

Hannah schüttelte den Kopf. »Wie denn auch?«, antwortete sie. »Er ist immer noch in New Mexico.«

»Und er hat dir immer noch nicht gesagt, warum?«, fragte Sophie ungläubig.

»Nein.« Hannah konnte es ja selbst nicht verstehen. »Ehrlich gesagt hat er mir in der letzten Woche überhaupt nichts mehr gesagt. Geschrieben, meine ich.«

Chloe zog ein mitleidiges Gesicht. »Scheiße. Denkst du, er hat irgendwie doch kein Interesse oder so?«

Hannah zuckte mit den Schultern. Es tat weh, das zu denken, aber ehrlich gesagt fiel ihr keine andere Erklärung ein. Wahrscheinlich ging sie ihm auf die Nerven, und er wusste nur nicht, wie er es ihr sagen sollte.

»Ich könnte ihn für dich anrufen«, schlug Sophie vor, hilfsbereit wie immer.

Bloß nicht. Wie sah das denn erst aus?

»Ich könnte mich in sein Handy hacken und gucken, was er in der letzten Woche so getrieben hat«, bot Chloe an. »Allerdings müssten wir ihm da eine SMS mit einem Virus schicken. Er müsste die SMS dann aber auch beantworten, sonst geht es nicht, und ...«

Hannah traf eine Entscheidung. »Ich ruf ihn an. Ganz einfach.« Sie zog ihr Handy heraus. Was fiel Matt eigentlich ein, sie so abzukanzeln? Langsam wurde sie sauer. Sie waren seit ihrem dritten Lebensjahr befreundet, verdammt noch mal. Er konnte ihr ja wohl wenigstens sagen, was um alles in der Welt er in New Mexico machte und warum er den Anfang des Schuljahres verpasste. Dass seine Mutter ihm das erlaubte, war Hannah sowieso schleierhaft. Ohne lange zu überlegen und ohne auf die verdutzten Gesichter ihrer Freundinnen zu achten, wählte sie Matts Nummer.

»Ja«, hörte sie plötzlich seine Stimme ganz nah an ihrem Ohr. Sie hatte überhaupt nicht damit gerechnet, dass er rangehen würde.

»Matt«, stammelte sie, während sie ihren Daumen in Richtung Chloe und Sophie hochhielt, die sich begierig zu ihr beugten. »Warum bist du in New Mexico und nicht hier? Und warum antwortest du mir nicht mehr?«

»Hast du mir hinterherspioniert?«, fragte er zurück. Seine Stimme klang seltsam tonlos.

Wie peinlich. »Na ja … Ja. Ich hab mir halt Sorgen gemacht.«

»Weißt du, das ist kompliziert mit … «, setzte er an und in diesem Moment hörte Hannah es ganz deutlich. Eine Mädchenstimme im Hintergrund, die »Kommst du, Matt? Ich brauche dich« rief. Reflexartig legte Hannah auf. Verdammt. Verdammt, ihr Bauchgefühl war richtig gewesen. Da gab es jemand anderes, und er hatte ihr gerade erklären wollen, dass es mit ihr und ihm zu kompliziert war oder irgend so was. Sie schluckte.

»Was?« Sophie und Chloe starrten sie erwartungsvoll an.

»Scheint so, als wäre ich nicht mehr aktuell.« Hannahs Stimme war ein einziges Krächzen.

»Jungs.« Sophie tätschelte ihr mitfühlend den Arm.

»Was ist mit uns Jungs?«, fragte eine Stimme hinter ihnen. Hannah fuhr herum. Ben, Sophies Freund, stand da und grinste. Wie lange hatte der da schon gestanden? Hatte er alles mitgekriegt?

»Na, ohne euch kann man nicht leben, mit euch aber auch nicht«, antwortete Sophie geistesgegenwärtig.

»Aha. Gut zu hören.« Ben beugte sich über sie und küsste sie lange und ausgiebig. »Süßes T-Shirt«, murmelte er in Sophies Haare hinein.

Chloe wechselte einen Blick mit Hannah und verdrehte die Augen. Das konnte dauern.

Aus einer Ecke erklang jetzt lautes Johlen. Dort sauste gerade jemand vom zweiten Stock auf einer der gelben Verbindungsrutschen hinunter.

»Connor, hierher«, riefen vereinzelte Stimmen, jemand klatschte, jemand pfiff. Connor Merrell – lebende Legende der Myriad High, obwohl er nur ein Jahr älter als Hannah und ihre Freundinnen war. Aber Connor kannte einfach jeder, nicht zuletzt weil sein Vater ein Multimillionär war, der erfolgreich in den halben Myriad-Campus investiert hatte, und weil Connor zu seinem 16. Geburtstag seinen Flugschein gemacht hatte und seitdem, wenn man den Gerüchten Glauben schenken konnte, gelegentliche Ausflüge mit dem Helikopter seines Vaters unternahm, während normalsterbliche Teenager sich immer noch beim Einparken ihrer E-Autos einen abkrampften. Aber selbst das wäre nicht von Bedeutung gewesen, gäbe es da nicht die legendären Connor-Partys, gegen die sich die glanzvollen Feste des großen Gatsby in den goldenen Zwanzigern wie Pyjama-Partys von Fünfjährigen ausnahmen. Jedes Jahr passierte da irgendwas Spektakuläres, über das sich hinterher die ganze Schule das Maul zerriss. Letztes Jahr zum Beispiel hatte ein völlig betrunkenes Mädchen aus der Zehnten darauf bestanden, mit einem Jungen doppeltes Armdrücken zu machen, woraufhin der ihr aus Versehen beide Arme gebrochen hatte. Der Typ brachte das Mädchen ins Campus-Krankenhaus, wartete stundenlang mit ihr und half ihr dort schließlich sogar noch aufs Klo, weil sie ja ihre Hände nicht benutzen konnte. So wurde es jedenfalls erzählt, und offenbar entsprach es der Wahrheit, denn immerhin gingen die beiden seitdem zusammen und waren bei Weitem nicht das einzige Paar, das sich an diesem Abend gefunden hatte.

Außerdem waren die Leute vom Balkon aus in Connors Pool gesprungen und hatten sämtliche Büsche im Anwesen mit Klopapier dekoriert. Von Weitem sah es aus, als hätte es mitten im

September und nur auf Connors Grundstück geschneit. Zwei Freshmen hatten eine Flasche Myers Rum gekillt und waren danach aus unerfindlichen Gründen im Hundezwinger neben dem Rottweiler von Connors Dad eingeschlafen, und Elise Spey aus der Zehnten hatte alles und jeden gefilmt und das Ergebnis auf YouTube gestellt, was Gott sei Dank noch im Morgengrauen von einem der Hacker aus der Zwölften bemerkt wurde, der das Ganze rasch in ein Video über den Anbau von Tomaten umänderte.

Zu Hannahs Verblüffung setzte sich Connor jetzt aber auf keinen der angebotenen Plätze, sondern kam geradewegs auf ihren Tisch zu. Sie stupste Sophie unter dem Tisch an, die sich daraufhin von Ben löste. Was ging hier vor? *Keine Ahnung,* formte Sophies Mund. Chloe hingegen sah so betont gelangweilt hoch, als ob sich ihnen lediglich ihr Vater näherte, um irgendwo eine Glühbirne auszuwechseln.

»Hey, Con«, sagte sie nur. »Ging es?«

»Yep. Danke noch mal. Bist ein Star. Hab meine Sommerprüfungen damit alle bestanden.« Connor reichte ihr einen USB-Zell-Stick. »Ladys. Gents.« Er nickte ihnen allen kurz zu und drehte wieder ab.

»Du kennst den?«, flüsterte Sophie, sobald er außer Hörweite war. »Er redet mit dir? Und was hat er dir da gegeben?«

»Warum soll er denn nicht mit mir reden? Ich rede ja auch mit ihm«, gab Chloe scheinbar ungerührt zurück, aber Hannah konnte sehen, dass ein kleines zufriedenes Lächeln über ihr Gesicht huschte. »Das war ein USB-Zell-Stick, den ich für ihn präpariert habe. Du weißt schon, damit er eine Extra-Memory-Kapazität hat. Connor kann sich Sachen für Prüfungen so schlecht merken.«

»Die Zell-Sticks dürfen doch nur in der Medizin eingesetzt werden.« Ben betrachtete das unscheinbare kleine Ding verblüfft.

»Theoretisch schon«, erklärte Chloe. »Aber nur die gekauften. Wenn man allerdings selber einen herstellt, also umfunktioniert, was natürlich die wenigsten außer mir können, dann …«

»Oh mein Gott, frag ihn. Frag ihn bitte!«, platzte Sophie dazwischen.

»Frag ihn was?«

»Frag ihn, ob wir alle zu seiner Party kommen dürfen. Er macht doch jedes Jahr im September eine. Bitte, bitte. Und Ben natürlich auch. Ben? Hallo? Ich rede mit dir.« Sie stieß ihren Freund an, der gerade einen etwas zu langen Blick mit einem Mädchen in silbernen Hotpants tauschte.

»Sorry!« Er warf beide Hände hoch und schenkte Sophie sein berühmtes entwaffnendes Lächeln. »Die hat mich an meine Tante Edna erinnert.«

»Deine Tante Edna ist fünfundfünfzig.« Sophie verdrehte die Augen, grinste aber. Ben konnte sie einfach immer um den Finger wickeln.

»Eben.«

Chloe prustete los und sagte nun auch irgendwas, aber Hannah hörte nicht mehr richtig zu, weil sie das Gefühl hatte, dass jemand sie beobachtete. Sie wandte sich nach links. An einem Tisch saß Evan und starrte zu ihnen hinüber. Allerdings nicht zu ihr, sondern zu Sophie. Willkommen im Club, dachte Hannah. Du bist nicht der Einzige, dem Sophie gefällt. Das Gefühl, beobachtet zu werden, war aber immer noch da, und so blickte sie jetzt nach rechts. Genau in zwei huskyblaue Augen. Der Junge namens Ryan lächelte sie an, dabei hatte sie doch seinen Laptop völlig zermalmt. Es war nicht zu fassen. Jeder andere wäre ausgeflippt. Aber Ryan war nicht wie jeder andere, so viel stand schon mal fest.

Chloe

Als die Stundenpläne der Freshmen online waren, brach in der Cafeteria ein regelrechter Tumult aus. Überall standen Schüler herum und checkten ihre Handys oder Tablets. Stöhnen und Jubel erklang. Chloe lehnte sich entspannt zurück, denn sie hatte sich das alles gestern schon heimlich und ausgiebig angesehen.

»*Cyberspuren lesen*. Das ist doch was für dich, Chloe.« Sophie stupste sie an.

»Brauch ich nicht. Weiß ich schon alles.« Chloe winkte ab. »Was habt ihr noch? Haben wir alles zusammen?« Sie las ihren Stundenplan vor: »Erste Stunde heute *Produkt Testing* bei Professor Crawford. Der soll spitze sein, ziemlich streng, aber mit einem trockenen Humor. Zweite Stunde *Kultprodukte* bei Mr Howard. Das ist der Typ von den E-Autos. Der absolute Nerd, weiß alles, kann alles, hat eine direkte Hirn-Internet-Verbindung oder so. Dritte Stunde *Bio-Fuse* bei Mrs Webber. Das ist so eine junge Hübsche. Die ist neu bei Myriad. Vierte Stunde *Offline leben* bei Mrs Gomez. Das ist die, die so aussieht, als ob sie geradewegs aus dem Mittelalter kommt. Manchen meinen, dass das stimmt und dass sie irgendwie durch ein Zeitreiseportal gefallen ist.« Chloe kicherte. »Fünfte Stunde *Cyberspuren lesen* bei Mr Rolling, ehemaliger Hacker, sieht aus wie Jesus. Habt ihr das auch?«

»Ja.« Sophie runzelte die Stirn. »Aber was bitte schön ist Bio-Fuse?«

»Du musst auf das kleine *i* daneben klicken«, erklärte Chloe ihr. »Da gibt es mehr Infos.«

Sophie tat wie geheißen und öffnete ein neues Fenster auf ihrem Tablet. *Bio-Fuse – intelligente Pflanzen züchten.* Sie zog die

Stirn kraus. »Bin immer noch nicht schlauer. Sollen wir da Tulpen züchten, die reden können, oder wie?«

Am Nachbartisch lachte jemand auf. Chloe drehte sich um. Ein punkiges Mädchen mit lila Haaren saß dort, sie hatte einen Schimpansen auf dem Schoß sitzen. Einen Schimpansen!

»Sorry«, sagte das Mädchen. »Die Vorstellung von redenden Blumen ist nur so komisch. Aber auch großartig. Das könnte glatt mein Abschlussprojekt werden. Ich liebe Biologie.« Dann setzte sie zu einer langatmigen Erklärung an, die keinen interessierte, weil alle nur fasziniert auf ihren Affen starrten. Chloe wusste zwar, dass hier eine Menge seltener Haustiere herumliefen, aber ein Schimpanse …

Jetzt warf das Mädchen dem Affen lässig eine Erdnuss in der Schale zu, die dieser auffing und sich in den Mund stopfte. Nur Chloe konnte sehen, dass Hannah blass wurde und sich abwandte. Sie musste ihre Freundin ablenken.

»Mathe bei Mr Rupert, das ist dieser gut aussehende junge Typ, und dann hab ich noch was namens *Eigene Erfindungen*«, sagte sie laut und unterbrach damit den Monolog des Affenmädchens. »Dienstags. Habt ihr das auch?«

»Ja.« Hannah nickte ihr dankbar zu. »Keine Ahnung, was das ist.«

»Kommt sicher drauf an, was sie einen erfinden lassen«, überlegte Chloe.

»*Offline leben* hab ich auch. So ein Scheiß«, machte Ben sich bemerkbar. »Wer braucht denn so was?«

Chloe sagte nichts. Ben mochte gut aussehen und alle Mädchenherzen schwach werden lassen, aber sonderlich viel Ahnung von Technik hatte er nicht.

»Ich hab als Wahlfach noch *Intelligente Mode*«, sagte Hannah. »Klamotten mit integrierten Kameras, mit Pulsmessern oder Heizung und …« Ein Gong ertönte, auf allen Monitoren der Cafeteria erschien MISSI und lächelte ihr schönstes Lächeln. »Es geht los, liebe Myriad-Schüler«, sagte sie und kniff ein Auge zu. »Eure erste Stunde in dieser traditionsreichen Schule beginnt in fünf Minuten. Ich wünsche euch viel Erfolg.«

Wie auf Befehl flogen die Servier-Drohnen hoch in die Luft, bildeten dann eine Reihe und glitten aus dem Saal, fast als wären sie eine Schar von Zugvögeln, die den Schülern den Weg weisen sollten.

»Ihr fragt euch sicher, was um alles in der Welt ihr in diesem Fach namens *Produkt Testing* tun werdet, nicht wahr?« Professor Crawford war um die fünfzig und sah ein bisschen aus wie ein alternder Rockstar. Seine vollen grauen Haare waren zum Zopf gebunden, was bei jedem anderen wahrscheinlich lächerlich gewirkt hätte, aber bei Professor Crawford genau richtig zu sein schien. Er trug Jeans und ein schwarzes Jackett und darunter ein schwarzes T-Shirt.

»Nun, es ist wirklich so simpel, wie es klingt. Ihr werdet Produkte testen. Produkte, die bei Myriad entwickelt wurden und die noch nicht auf dem Markt sind.«

»Geil«, rief irgendjemand, und Chloe hätte schwören können, dass Sophie neben ihr angesichts dieser Neuigkeit erleichtert aufatmete.

»Jetzt fragt ihr euch sicher, was für Produkte das sind. Und wie ihr als Schüler da irgendwas Wichtiges beitragen könnt. Oder ihr fragt euch vielleicht, ob die Produkte gefährlich sind und Myriad bereit ist, ein paar Teenager in der Testphase zu opfern, schließlich laufen hier ja so viele herum.« Gelächter brandete auf.

»Nun – gefährlich kann erst mal alles sein, lasst euch davon nicht in die Irre führen. Aber natürlich werden wir unseren Schülern nichts Explosives oder Giftiges aushändigen. Etwas Wertvolles hingegen schon.« Er griff unter den Tisch und zog etwas hervor. Ein Raunen ging durch die Klasse.

»Drohnen, Leute. Ja, ihr seht richtig. Ihr werdet Drohnen testen. Nur so groß wie ein Frisbee, aber mit dem absolut neuesten Stand der Technik ausgestattet. Ihr braucht keine Fernbedienung mehr, ihr könnt sie per Handy kontrollieren. Außerdem haben sie Gesichtserkennung mit einer Reichweite von hundert Kilometern. Tippt auf ein Foto von euch auf eurem Handy – eure Drohne kehrt zu euch zurück. Tippt auf das Foto eurer Mutter und die Drohne fliegt zu eurer Mom und bringt ihr eure dreckige Wäsche. Also jedenfalls bis zu fünfhundert Gramm. Zu schmutzverkrustet darf sie also nicht sein.« Erneutes Gelächter, jemand klatschte.

Professor Crawford hob die Hände. »Ich bin noch nicht fertig. Jeder von euch bekommt also seine eigene Drohne und ihr werdet über den Zeitraum des Projekts hin Vorgänge in der Natur damit beobachten, filmen, aufzeichnen und auswerten.«

Yes! Eine eigene Drohne. Ihr Traum wurde Wirklichkeit, Chloe konnte es fast nicht glauben. »Oh Mann, ich liebe Myriad«, flüsterte sie Sophie zu. Dann sah sie kurz zu Hannah und ahnte, was im Kopf ihrer Freundin vorging. Hannah spielte garantiert mit dem Gedanken, der Drohne ein Foto von Matt zu zeigen, um zu filmen, was genau der machte. Dumm nur, dass er mehr als hundert Kilometer weit weg war, dachte Chloe. Oder eher: gut so.

Tuscheln erklang um sie herum, wurde lauter und ebbte wieder ab, als Professor Crawford mit einer Handbewegung Ruhe einforderte. »Wer jetzt enttäuscht ist, dass er damit keine Geheimaufträge des CIA erforschen darf, der hat nicht begriffen, worum es geht. Im Zuge der Wissenschaft müssen wir alles erforschen. Und unser größtes Mysterium ist immer noch Mutter Natur. Ihr werdet Wolfsrudel filmen, ihr werdet eine Spinne beim

Netzbau beobachten, ihr werdet insbesondere Raubvögel erforschen können, denn diese sind besonders schwer zu beobachten. Wenn ihr euren Job gut macht, können genau diese Drohnen irgendwann mal Waldbrände im Entstehen erkennen und verirrte Wanderer aufspüren und mit Nahrung versorgen.«

Chloe drehte sich um, um zu sehen, ob die anderen auch so begeistert waren wie sie. Doch in dem Moment fuhr Professor Crawford fort.

»Ach, sagte ich eben jeder?« Ein Lächeln huschte über sein Gesicht. »Nun, das stimmt nicht ganz. Jeder zweite Schüler. Die andere Gruppe wird sich ebenfalls mit Naturbeobachtung beschäftigen. Aber sie widmet sich der menschlichen Natur. Genau genommen dem Phänomen unseres Nachwuchses.« Er griff wieder unter den Tisch und holte etwas hervor, von dem Chloe im ersten Moment glaubte, es handele sich um eine Babypuppe. Sie blinzelte, sah noch einmal richtig hin. Es *war* eine Babypuppe. Was zum …

»iBabys«, verkündet Professor Crawford feierlich. »Täuschend echt im Aussehen und im Verhalten zu ihren menschlichen Pendants. Ihr werdet euch um sie kümmern. Sie haben einen eingebauten Computer-Chip, der jegliche Vernachlässigung registriert.«

»Was genau machen die?«, fragte eine dünne Stimme verwirrt.

Wie als Antwort öffnete das iBaby plötzlich seine Augen und fing an zu schreien. Es klang genauso wie Chloes kleine Cousine, die sie vor ein paar Jahren mal besucht hatte und die ihr trotz ihrer Niedlichkeit nach nicht mal zehn Minuten schon mörderisch auf die Nerven gegangen war.

»Sie simulieren das Leben eines Säuglings.« Professor Crawford wartete einen kleinen Moment. Einen Moment, in dem das Schreien des iBabys anschwoll, lauter wurde und das Köpfchen sich dunkelrot verfärbte. Dann holte er eine kleine silberne Nuckelflasche aus einem Koffer und steckte sie dem Baby in den Mund. Es hörte auf zu schreien, stattdessen erfüllten Schmatzgeräusche den Raum.

»Natürlich ist darin keine echte Milch«, erklärte er. »Das ist eine elektronische Simulation. Nichtsdestotrotz – es ist immer wichtig herauszufinden, was das iBaby will. Hat es Schmerzen? Ist es gelangweilt? Überreizt? Zu kalt, zu warm, zu einsam? Das, liebe Freunde, wird euer zweites Forschungsprojekt. Die iBabys werden auf dem Markt einschlagen wie eine Bombe. Alle, die sich nach einem Kind sehnen, können sich vorher als Eltern ausprobieren.«

»Womit das Problem der Überbevölkerung auf einen Schlag gelöst wäre«, murmelte Chloe. Hannah neben ihr kicherte leise.

Professor Crawford schien sich jetzt wie ein kleiner Junge über irgendwas zu freuen und hielt einen Kasten in der Hand.

»Bei gewissen Sachen bin ich altmodisch«, gestand er und übergab den Kasten an einen Schüler in der ersten Reihe. »Lassen wir daher das Los über euer Produkt entscheiden. Nehmt euch eins der elektronischen Armbänder und legt es euch um.«

Unter Geflüster, Gemurmel und Achselzucken streiften sich die Schüler die weißen Armbänder aus dem Kasten über und warteten gespannt darauf, was als Nächstes passieren würde.

»Haben alle eins?«, fragte Professor Crawford. »Gut. Dann mal los. Oh, und ehe ich es vergesse – die Armbänder lassen sich für die Dauer eures Projektes nicht mehr entfernen. Schummeln geht also nicht.« Er rieb sich vergnügt die Hände. »Drohnen sind rosa, Babys sind blau. Wir wollen ja keine Klischees verwenden.« Er wischte auf seinem Tablet herum und in diesem Moment verfärbten sich die Armbänder an den Handgelenken der Schüler. Jubel und Stöhnen erklang. Chloe schloss kurz die Augen, dann sah sie nach. Blau. Nein! Verdammter Mist. Vorsichtig schielte sie zu Hannah. Blau. Zu Sophie. Blau. Chloe schielte zu Allyssa Snyder und ihrem Gefolge. Alle dort hatten rosa Armbänder. Was für eine himmelschreiende Ungerechtigkeit.

»Ach, und ehe ich es vergesse«, rief Professor Crawford fröhlich in den Lärm hinein. »Die iBabys entwickeln sich natürlich weiter, ganz wie im echten Leben. Sie werden klüger. Sie fangen an zu reden. Und zu laufen. Also schön auf sie aufpassen, meine Freunde.«

Er lachte.

Nach der Stunde draußen auf dem Gang wirkte es, als wäre eine Hälfte der Schüler auf dem Weg zu einer Poolparty und die andere auf dem zu einer Beerdigung. Die Schüler mit den Drohnen jubelten, einige versuchten sich sogar schon an einem kleinen Rundflug, die Schüler mit den iBabys hingegen standen mit langen Gesichtern herum wie eine Gruppe depressiver junger Eltern bei der Paartherapie.

»So ein Müll«, stöhnte jemand neben Chloe. Es war Kyle, der sein iBaby am ausgestreckten Arm von sich hielt und es wütend ansah. »Die war doch getürkt, diese Auswahl. Das kann überhaupt nicht stimmen. Ich hätte eigentlich eine Drohne kriegen sollen.« Wie auf Befehl öffnete sein iBaby die Augen und plärrte los.

Obwohl Chloe Kyle nicht besonders leiden konnte und obwohl sie selber total sauer war, musste sie sich jetzt ein Grinsen verkneifen.

»Ach, ist es ein Junge oder ein Mädchen, Kyle?« Einige Footballspieler kamen grinsend auf ihn zu, alle mit rosa Armbändern. »Gratuliere!« Jemand tätschelte dem iBaby den Kopf. »Ist dir wie aus dem Gesicht geschnitten, Kyle. Wer ist denn die glückliche Mama?«

»Haltet die Fresse«, brummte Kyle, allerdings konnte man ihn kaum verstehen, weil das Geschrei seines iBabys immer mehr anschwoll.

»Kann mal jemand den kleinen Kotzbrocken abstellen?«, rief Kyle wütend, wenn auch mit einer Spur von Hilflosigkeit. Seine Kumpels grölten los und ließen ihn einfach stehen.

Chloe wollte etwas sagen, doch in dem Moment öffnete ihr iBaby ebenfalls seine Augen. Total creepy, dachte sie. Wie so eine dämonische Puppe aus irgendeinem billigen Horrorfilm.

Evan

60 Evan saß in der Cafeteria und presste die Drohne an sich wie einen Schatz. Es war unglaublich, was hier abging. Jetzt hatte er schon am ersten Tag seine eigene Drohne bekommen. Leider, leider betrug die Reichweite der Gesichtserkennung nur hundert Kilometer. Ansonsten hätte er das Ding sofort in die Spur geschickt, um gewisse alte Rechnungen zu begleichen. Das Glück war eben nie vollkommen. Aber die Drohne war das Beste, was ihm bislang bei Myriad widerfahren war.

Und morgen stand *Cyberspuren lesen* auf dem Stundenplan – das bedeutete doch im Klartext nichts anderes, als dass sie einen hier legal zum Hacker ausbildeten. Oder etwa nicht?

»Geil«, entfuhr es ihm, während er sich mit seiner Drohne auf den Weg nach draußen machte. Er würde sich auf die Wiese hinter dem Internat verziehen und das Ding ausprobieren.

»Öhm, meinst du uns?«, fragte eine Stimme.

Evan zuckte zusammen. Vor ihm standen zwei Mädchen, die rothaarige Caitlin und diese unglaublich gut aussehende, aber irgendwie einschüchternde Allyssa.

»Nein, natürlich nicht«, stotterte er.

»Schade«, meinte Allyssa. Sie musterte ihn eindringlich.

Verdammt. Er hatte es schon wieder verbockt. *Natürlich nicht* war die total falsche Antwort. Das war eine Antwort des alten Evan.

»Ihr seid nicht einfach nur geil«, sagte der neue Evan daher rasch. »Ihr seid … rasiermesserscharf.«

Caitlin lachte entzückt, Allyssa verzog keine Miene. »Du bist ja goldig«, bemerkte sie nur.

Evan konnte spüren, dass sie ihn abschätzte wie ein Tier, das

Witterung aufnahm. Cailtin hingegen patschte ihm die Hand auf den Arm. »Du bist einer der Neuen hier, stimmt's?«

»Ja«, krächzte Evan. Er räusperte sich. »Und ich würde mal sagen, ich bin haargenau der Mann, den diese Schule noch gebraucht hat.« Er lachte laut und Caitlin lachte begeistert mit.

»Allyssa ist auch neu«, sagte sie.

»Toll.« Evan lächelte Allyssa an, aber er hätte genauso gut die leere Salatschüssel am Tisch neben ihnen anlächeln können.

Die Drohne hatte ganze Arbeit geleistet. Evan hatte eine Waschbärenmutter mit ihren Jungen auf einem Baum gefilmt, dann den Eingang zu den Sicherheitsbereichen, wo ein dösiger Wachmann sich eine E-Zigarette nach der anderen reinzog, den Pool von oben, wo das Schwimmteam seine endlosen stupiden Bahnen zog, und schließlich – welch ein Glückstreffer – Sophie auf dem Balkon ihres Zimmers mit ihren Freundinnen. Sie sahen alle drei ziemlich angepisst aus und hatten jeder eins von diesen krakeelenden Monster-Babys im Arm. Evan dankte im Stillen dem Schicksal, dass es ihn davor verschont hatte. Das war ein gutes Zeichen. Der alte Evan hätte garantiert so ein beklopptes Baby abgekriegt. Nachdem er sich dann abends immer wieder Sophies Gesicht auf dem Video der Drohne herangezoomt und sich vorgestellt hatte, wie es wäre, wenn sie zärtlich seinen Namen sagen würde, war er in einen unruhigen Schlaf gefallen, aus dem er jetzt halb erwachte, weil er ein Geräusch hörte.

»Evan«, flüsterte eine Stimme. »Evan.«

Einen Moment lang war er so verwirrt, dass er tatsächlich glaubte, das wäre Sophie, doch dann schlug er die Augen auf und sein Herz setzte fast aus.

Direkt vor seinem Bett standen drei vermummte Gestalten in Schwarz. Eine von ihnen beugte sich über sein Bett. »Evan«, zischte die Stimme. »Zeit, aufzustehen.«

Panik ergriff ihn, er war unfähig, etwas zu sagen oder sich auch nur zu bewegen. Träumte er? Das hier konnte doch nicht sein. Das durfte einfach nicht sein! Angst setzte mit der Wucht eines Fallbeils ein. Von irgendwoher erklang ein Wimmern. Es kam aus seinem Mund. Weiter hinten im Zimmer kicherte jemand. Da waren noch mehr Gestalten. Was zum …? Evan hatte keine Zeit mehr, darüber nachzudenken, denn jetzt griffen kräftige Arme nach ihm und zerrten ihn aus dem Bett. Jemand band ein Tuch vor seine Augen und alles wurde schwarz. Etwas zerrte an ihm, eine Tür klappte, etwas quietschte, jemand stieß ihn, er fiel hin, rappelte sich wieder auf, torkelte blind herum, fiel wieder hin. Seine Hände tasteten den Boden ab. Nasses, kaltes Gras. Dann etwas Schleimiges. Er befand sich draußen im Freien.

»Aufstehen«, befahl die Stimme.

Hannah

Hannah war völlig orientierungslos. Sie waren draußen im Freien, auch wenn sie nicht verstand, wie das möglich war, schließlich wurden die Internatstüren doch um Mitternacht zentralverschlossen. Es war kalt und sie hatte nur ihren dünnen Schlafanzug an – ein kurzes Höschen und ein Spaghetti-Top. Irgendjemand in ihrer Nähe klapperte mit den Zähnen, ein Mädchen schluchzte. Was ging hier vor? Seit die vermummten Typen sie, Chloe und Sophie vor zehn Minuten aus dem Schlaf gerissen hatten, herrschte das blanke Chaos – in ihrem Kopf und auch um sie herum.

»Was soll der Scheiß?«, hörte sie jemanden rufen, die Stimme eines Jungen. Etwas klatschte, schnaufende Kampfgeräusche erklangen. Sie hätte gern gewusst, wer so mutig war, sich den Typen entgegenzustellen, aber sie traute sich nicht, die Augenbinde zu entfernen. Endlich hörte das Gezerre und Geschiebe auf und sie hielten an.

»Wer seine Prüfung besteht, darf die Augenbinde abnehmen«, erklang eine Stimme. Genüsslich. Sie kam Hannah bekannt vor. War das nicht …?

Eine Berührung an ihrem Arm ließ sie zusammenzucken. Eine Hand fasste nach ihrer.

»Keine Panik«, hörte sie Chloe flüstern. »Ich weiß, was gleich passiert.«

»Was denn?« Hannah brachte nur ein klägliches Piepsen hervor. Die Stimme … Wer war das nur?

»Jay. Der sich letztes Jahr beide Beine gebrochen hat«, flüsterte Chloe. »Du erinnerst dich?«

»Ja«, zischte Hannah zurück. »Was interessiert der mich jetzt?«

»Hab mich gestern ein bisschen in seinem Computer umgesehen. Er führt Tagebuch, ganz rührend. Egal. Er wollte vor genau dem hier abhauen, deshalb ist er aus dem Fenster gesprungen.«

»Hätten wir auch machen sollen«, flüsterte Hannah. Ein gluckerndes Geräusch erklang. War das Wasser? Oder was anderes? Jemand schrie entsetzt auf und sie quetschte voller Panik Chloes Hand.

»Nein, hätten wir nicht. Das hier ist das Myriad-Ritual«, antwortete Chloe so leise, dass Hannah sie kaum verstehen konnte. »Ich wollte es euch noch erzählen, aber ich hab nicht gedacht, dass es so schnell passieren wird.«

»Was? Was für ein Ritual?« Wieso hatte Hannah noch nie was davon gehört? Sie wusste von ihrem Dad doch alles über Myriad.

»Es ist geheim. Du findest nirgends was darüber. Die aus der Zwölften machen es jedes Jahr mit den neunten Klassen. Wer petzt oder abhaut, wie dieser Jay, bleibt sein ganzes Internatsleben lang ein Aussätziger. So wie Jay. Deswegen erzählt dir keiner was davon.«

Endlich verstand Hannah. »Hazing?«, flüsterte sie schockiert.

»Yep. Dauert nicht lange. Mach einfach gute Miene zum saublöden Spiel.«

In dem Moment, als Hannah endlich wusste, wem die genüsslich-fiese Stimme gehörte, nämlich Mike Gonzales, dem Football-Kapitän, spritzte eiskaltes Wasser so unvermittelt auf ihren ganzen Körper, dass sie entsetzt aufschrie.

»Wann wurde Myriad-Campus gegründet?«, herrschte eine Stimme sie an.

»1995«, presste sie heraus.

»Und Myriad High?«, bohrte die Stimme weiter.

»1999«, antwortete Hannah, schon etwas sicherer. Über Myriad konnten die sie fragen, was sie wollten, sie wusste alles. Fast alles. Von dem Ritual hatte sie nichts gewusst.

»Wie hieß der erste Direktor?«

»Mr Mall …« Hannah biss sich auf die Zunge. Nein. Es war nicht Mr Mallory, das war eine Fangfrage. Der allererste Direktor von Myriad High hatte die Schule nur zwei Monate geleitet und danach ein Forschungslabor übernommen, weil ihm die Laborarbeit mehr lag.

»Mr Gurney«, sagte sie mit fester Stimme.

»Sieh an.« Die Stimme klang spöttisch, aber dennoch beeindruckt. »Trinken«, befahl jetzt jemand und schob ihr einen Becher in die Hand.

Hannah zögerte. Was war das?

»Trinken!« Erneut klatschte ein Wasserstrahl auf sie nieder und so führte sie den kleinen Becher zum Mund, es roch voll eklig und penetrant, war das etwa …« Sie hielt die Luft an, kippte das Zeug hinunter und schnappte sofort nach Luft, um den Würgereiz zu unterdrücken. Es war reiner Essig, verdammter ekliger, perverser Essig!

»Augenbinde abnehmen«, befahl die Stimme. »Und willkommen an der Myriad High.«

Hannah atmete auf, löste das blöde Tuch und sah sich um. Überall standen die schwarz gekleideten vermummten Zwölfer herum und lachten sich halb tot über den Anblick der zitternden Neuen aus der neunten Klasse, die frierend und blind auf der Wiese hinter dem Internat herumtorkelten und versuchten, dem Wasserstrahl zu entkommen. Fragen schossen durch die Luft und trafen die völlig überrumpelten und ahnungslosen Neuntklässler wie Pfeile. Die meisten konnten sie nicht beantworten; ob aus Ahnungslosigkeit oder vor schierer Panik, blieb unklar. *Wie viele Quadratkilometer hat der Campus? Wie viele Forschungslabore gibt es? Welcher Lehrer hat den Spitznamen Zombie? Welche Lehrerin war früher beim CIA?*

Hannah sah nun auch, wovor sie glücklicherweise verschont

geblieben war – ein Mädchen hatte die falsche Antwort gegeben und wurde jetzt mit einem Schlauch abgespritzt und mit Mehl aus einem riesigen Eimer überschüttet. Sie jammerte, durfte aber dann endlich ihre Augenbinde lösen. Hannah erkannte Caitlin. Einer aus der Zwölften machte gerade ein Foto von ihr, wahrscheinlich prophylaktisch, damit sie nicht auf die Idee kam, etwas von heute Nacht verlauten zu lassen. Da hatte Hannah ja noch Glück gehabt. Neben ihr durften jetzt auch Chloe und Sophie ihre Augenbinde abnehmen. Sie waren vom Mehl verschont geblieben, wahrscheinlich weil sie durch Hannah so viel über Myriad wussten, und atmeten ebenfalls hörbar auf. Direkt ihnen gegenüber stand Allyssa Snyder, und Hannah stellte verblüfft fest, dass Allyssa das alles lustig zu finden schien. Sie stand da in ihrem sexy Nachthemd, hielt die Arme hoch und lachte, während Mehl auf sie herunterstäubte. Die war echt nicht ganz dicht. Hannah entdeckte Ryan, der das Ritual ebenfalls ohne Mehl überstanden hatte. Das überraschte und verblüffte sie. Der war doch neu hier, einer der drei Neuen. Er, Allyssa Snyder und dieser Evan. Wie um alles in der Welt hatte Ryan die ganzen Fragen richtig beantworten können? Er war doch gerade mal eine Woche hier. Dann sah sie noch etwas, oder besser jemanden. Es war Evan, er stand als Allerletzter in der Reihe und zitterte, obwohl er noch trocken war. Nein, ganz trocken war er nicht mehr, Hannah konnte deutlich die dunklen, nassen Flecken an seiner Schlafanzughose sehen. Er hatte sich eingepinkelt und voller Angst seine Augenbinde schon abgemacht. Scheiße, wenn das einer mitkriegte, dann war Evan geliefert. Sie würden ihn fertigmachen. Er tat ihr leid, obwohl sie ihn nicht sonderlich sympathisch fand.

Sie wechselte einen Blick mit Sophie, sie hatte es auch bemerkt. Plötzlich marschierte Sophie los.

»Sophie, nicht!«, zischte Hannah, aber Sophie ging einfach weiter, schob sich durch die heulenden Neuntklässler, vorbei an jemandem, der gerade den Essig wieder auskotzte, und ging direkt zu Evan. Dort nahm sie einem verdutzten Zwölfer den Schlauch aus der Hand und spritzte Evan schnell von oben bis unten ab. Jetzt war er überall nass.

»Den hier habt ihr vergessen«, sagte sie laut.

»Verpiss dich!«, rief der aus der Zwölften aufgebracht. »Das dürfen nur wir.« Er schoss wütend noch eine Ladung Wasser auf Sophie ab und wandte sich dann Evan zu.

»Geil. Ich kann es kaum erwarten, bis wir in ein paar Jahren dran sind«, hörte Hannah eine Stimme sagen. Allyssa Snyder. Warum überraschte sie das jetzt nicht?

Hannah

68 Hannah war auf dem Weg zur Club-Messe, wo man aus der Unmenge der Angebote etwas für seine außerschulischen Aktivitäten auswählen konnte. In normalen Schulen würde sich so etwas auf den Spanischclub, den Debattierclub, Schachclub oder die Theatergruppe beschränken. Bei Myriad High jedoch gab es keine Grenzen nach oben. Allein das Sportangebot machte sie ganz schwindlig. Es war einfach gemein, jemandem so viel vor die Füße zu werfen und dann einfach nur »Such dir was aus« zu befehlen. Wofür sollte sie sich nur entscheiden? Sie wollte natürlich weiterhin malen, sich endlich an ein größeres Bild wagen und nicht nur kleine Aquarelle oder Zeichnungen anfertigen, aber Malen war kein Club. Nichts, was man mit anderen unternehmen konnte. Und davon es gab so viel – Parcoursklettern, Mountainbiking, Tauchen, Bungee-Jumping, Rafting und Paragliding. Nicht zu vergessen die ganzen Clubs, in denen man was Interessantes lernte oder die Welt verändern und anderen helfen konnte. Der Delfinclub zum Beispiel, in dem die Schüler kranke Delfine vor der Küste Kaliforniens aus dem Meer fischten und im Aquarium des Campus wieder aufpäppelten, oder der Club zukünftiger Ärzte, die sich angeblich bereits in der zwölften Klasse gegenseitig die Mandeln herausnahmen, oder … Apropos Ärzte. Sie kam an einer der neuen Vitalboxen vorbei, wo Myriad-Schüler täglich einen Gesundheitscheck durchführen konnten. Man legte die Hand auf den Scanner und bekam in Windeseile seine Körpertemperatur, seinen Blutdruck sowie mögliche Anzeichen für eine anstehende Krankheit geliefert. Die Vitalboxen waren extrem beliebt, denn sobald man schriftlich hatte, dass man gesundheitlich nicht ganz auf der Höhe war, bekam man automatisch

eine Freistellung für lästigen Sportunterricht oder ähnliche unangenehme Pflichten. Hannah unterdrückte ein Grinsen, als sie die langen Gesichter von zwei Mädchen entdeckte, die gerade ihren Vital-Ausdruck studierten.

»Alles bestens«, sagte die eine resigniert zu ihrer Freundin. »Müssen wir doch die zweitausend Meter rennen. Mist.«

Neben der Vitalbox befand sich der Schoolshop, in dem man alle möglichen T-Shirts und Sweatshirts mit dem Myriad-Logo kaufen konnte. Außerdem gab es dort immer wieder irgendwelche neuen Erfindungen, lange bevor die Allgemeinheit außerhalb des Campus überhaupt davon erfuhr.

Hannah blieb kurz stehen. Ein Haufen Schüler drängte sich um einen Tisch mit Movie-Shirts. Die waren in diesem Schuljahr offenbar der letzte Schrei – Sweatshirts mit integrierten Videos auf der Vorderseite, meistens Bands beim Konzert oder Szenen aus beliebten Filmen und Serien. Es war eigentlich ein Wunder, dass die Dinger in der Schule noch erlaubt waren, fand Hannah, denn wie sollte man sich auf den Unterricht konzentrieren, wenn einem jemand gegenübersaß, auf dessen Sweatshirt sich gerade Kampfszenen aus *Game of Thrones* abspielten?

Sie überlegte kurz, ob sie sich eins kaufen sollte, als sie sah, wer im Shop war. Ryan. Er betrachtete gerade ein Movie-Shirt, auf dem eine Band spielte. Hannah legte die Hand an die Stirn, blinzelte gegen das reflektierende Licht an und presste dann ihr Gesicht an die Scheibe, um zu erkennen, um welche Band es sich handelte, denn dann, so beschloss sie spontan, würde sie sich genau dasselbe Shirt kaufen. Weil … weil … Weil sie dann eine Gemeinsamkeit mit ihm hatte. Etwas, worüber sie reden konnten. So als Freunde eben. Sie sah, wie Ryan sich eine widerspenstige Haarsträhne aus dem Gesicht strich, dann drehte er sich plötzlich um und bemerkte sie. Wie peinlich! Da stand sie und starrte mit offenem Mund wie ein Karpfen durch die Scheibe zu ihm rein. Er stutzte kurz, dann umspielte ein kleines Lächeln seine Lippen. Oh Gott, ertappt.

Sie zuckte hastig zurück, versuchte rasch, die von ihrem Atem beschlagene Scheibe sauber zu wischen, auf der noch der Abdruck ihrer Nase zu sehen war, und hastete davon. Vorn an der Ecke machte sie jedoch eine Kehrtwendung. Nein, nicht da lang. Dort konnte sie nicht langgehen. Denn dort hatte die Schulleitung nach langem Hin und Her ein Denkmal für ihren Vater aufgestellt. Keins aus Stein, sondern ein Hologramm. Für Professor John Montgomery, den Gründer von Myriad. Und so stand Hannahs Vater nun lebensecht dort und lächelte die vorbeiströmenden Schüler an. Hannah konnte es einfach nicht ertragen, ihn dort stehen zu sehen, so als ob er jeden Moment auf sie zulaufen würde, während irgendwelche Idioten sich einen Spaß daraus machten, dem ewig lächelnden Hologramm zuzuwinken oder »Ey, Alter, wie geht's?« zuzurufen. Sie drehte um und lief wieder zurück, erreichte den Shop genau in dem Moment, als Ryan herauskam. Er wandte sich nach links, weg von ihr. Schade. Oder besser so?

»Hi!« Eine energische, helle Stimme riss Hannah aus ihren Gedanken. Vor ihr stand ein Mädchen mit langen dunklen Zöpfen. Sie befand sich auf einem von Grünpflanzen umgebenen Podest, in der Hand hielt sie einen Flyer. »Lust darauf, die Erde zu retten?«

»Ja«, erwiderte Hannah automatisch. Was sollte sie denn sonst sagen. Etwa Nein?

»Super. Dann bist du bei uns richtig. Wir sind vom Earth Club. Wir kämpfen gegen Umweltverschmutzung, und wenn ich sage kämpfen, dann meine ich das auch.« Das Mädchen kniff konspirativ ein Auge zu.

»Wie genau .. äh … kämpft ihr da?« Vor Hannahs geistigem Auge erschienen ein paar Teenager in Guerilla-Outfits, die nachts wie Spiderman an Gebäuden hochkletterten und LUFTVERPESTER an die Bürowände der großen Chemiekonzerne sprühten.

»Indem wir nichts durchgehen lassen«, erwiderte das Mädchen. »Uns entkommt kein Umweltsünder.«

Das klang geheimnisvoll. Und nützlich. Und cool. Hannahs Hand griff wie ferngesteuert nach dem Flyer.

»Hannah, mach hier mit, das wird super!« Natascha Madison, ein fülliges, freundliches Mädchen, das Hannah noch aus der Middleschool kannte, kam strahlend auf sie zu. »Ich bin auch beim Earth Club. Und dann noch bei Gärten ohne Grenzen, wir werden Grünanlagen für die ärmsten Viertel in Los Angeles konzipieren.«

»Toll«, sagte Hannah. Es klang lahm, selbst in ihren Ohren. Wieso wussten alle anderen immer so verdammt sicher, was sie wollten? Warum war sie selbst nur so eine Zweiflerin, die sich nie entscheiden konnte und die immer alles abwägen musste? Warum hatte sie zum Beispiel nicht den Mumm aufgebracht, Evan neulich nachts auf der Wiese zu helfen, so wie Sophie? Nicht dass der sich dafür bedankt hätte, aber dennoch. Oder besser noch: Warum rief sie Matt nicht einfach an und fragte ihn, warum zum Teufel er den ganzen Sommer lang mit ihr geflirtet hatte, wenn er ganz offensichtlich doch kein Interesse an ihr hatte? Und warum kreiselten ihre Gedanken seit Neuestem dauernd um Ryan? Warum suchte sie seine Nähe und haute dann panisch ab? Warum guckte sie verlegen weg, wenn er sie ansah, nur um sich dann abends im Bett auszumalen, wie es wäre, wenn *sie* ihm diese Haarsträhne aus dem Gesicht streichen dürfte? Und wie sich diese Haarsträhne wohl anfühlte. Wie Ryan sich wohl anfühlte. Hör auf, Hannah!

Jetzt entdeckte sie ihn in der Musikerecke, wo sich all die Leute trafen, die dieses Jahr in einer Band mitmachen wollten, und wo er sich gerade eine Gitarre schnappte und einem der älteren Jungs in den Proberaum folgte.

»Ich mach auch mit. Beim Earth Club«, rutschte es aus ihrem Mund. So. Bitte. Sie hatte eine Entscheidung getroffen.

»Klasse!« Natascha freute sich.

»Ich bin Yella.« Das Mädchen mit den dunklen Zöpfen umarmte Hannah ebenfalls. »Gemeinsam kriegen wir die verdammten Umweltschweine ran.«

»Yeah«, machte Hannah. Sie wusste selber nicht, warum.

Aus dem Proberaum erklang das schrille Fiepen eines Verstärkers und gleich darauf ein paar Gitarrenakkorde. Hannah schlenderte hinüber. Sie würde jetzt ein bisschen zuhören und dann ein belangloses Gespräch mit Ryan anfangen und dabei klarstellen, dass sie normalerweise nicht wie eine Spannerin vor einem Schaufenster stand und gegen die Scheibe atmete, sondern dass sie in dem Moment nur etwas Interessantes in dem Laden entdeckt hatte. Genau so.

An der Tür blieb sie stehen. Sie hatte nicht besonders viel Ahnung von Musik, aber das da klang verdammt gut. Ryan stand vorn auf der Bühne, spielte konzentriert ein paar schnelle Riffs und startete dann ein so unglaubliches Gitarrensolo, dass die andern im Raum in spontanes Klatschen und Pfeifen ausbrachen. Hannah klatschte mit. Wow. Der spielte ja unglaublich. Und mit seiner Lederjacke und den strubbeligen blonden Haaren sah er jetzt schon wie ein Rockstar aus. Als er fertig war, sprang er von der Bühne, redete kurz mit ein paar Leuten und schüttelte ihnen dann die Hand. Natürlich hatten sie ihn in der Band genommen, sonst wären sie ja blöd.

Dann entdeckte er Hannah.

»Da bist du ja wieder«, begrüßte er sie.

Hannah wollte gerade etwas erwidern, da antwortete eine

Stimme hinter ihr: »Tja, wie es aussieht, bin ich immer überall da, wo du auch bist. Wenn das kein Zufall ist.«

Hannah fuhr herum. Allyssa Snyder stand da – in bunt melierten Yoga-Hosen und einem sexy Tanktop mit der Aufschrift »Feel me burn« – und strahlte Ryan an. Hannah hingegen ignorierte sie komplett. Hannah hatte heute Morgen ein selbst genähtes weißes Hängerkleid zu ihren Doc Martens angezogen und vor dem Spiegel gefunden, dass die Kombination individuell und alternativ aussah. Doch neben Allyssa kam sie sich jetzt wie eine ausrangierte Trachtenpuppe vor. Sie spürte, wie sie feuerrot anlief. Hatte Ryan etwa gar nicht sie begrüßt, sondern Allyssa? Wie absolut und unglaublich peinlich!

Ryan lächelte, wobei unklar war, wen von ihnen beiden er genau meinte.

»Du warst super, Ryan«, tönte Allyssa. »Wann kann ich dein Album kaufen?« Sie lachte glockenhell und schob sich an Hannah vorbei, um ihn zu umarmen.

Hannah war hier eindeutig komplett fehl am Platz. Sie drehte sich um und ging.

»Hey, warte doch mal«, hörte sie hinter sich, aber sie blieb nicht stehen. Wahrscheinlich war sie sowieso wieder nicht gemeint. Sie wurde schneller, bog in Richtung Myriad-Shop ab. Oh Gott, da vorn stand Evan und starrte genauso in den Laden hinein wie sie vorhin, allerdings ohne Rücksicht darauf, ob man ihn bemerken könnte oder nicht. Wen beobachtete er? Jetzt leckte er sich auch noch kurz über die Lippen. Der war irgendwie creepy.

Hannah drehte ab und ging in die einzige Richtung, die ihr noch übrig blieb, in Richtung Cafeteria. Abrupt blieb sie stehen. Keine zehn Meter vor ihr lief Matt. Er trug ein schwarzes Sweatshirt mit einem aufgedruckten Adler auf dem Rücken und unterhielt sich mit einem Mädchen aus Hannahs Mathekurs.

Allyssa

74 Zwei Tage später hing Allyssa mit Caitlin auf der Wiese hinter dem Internat ab. Es war ziemlich heiß, aber die großen Bäume spendeten genug Schatten. Die meisten Mädchen trugen Shorts und Bikini-Oberteile, dösten auf einer Decke, blätterten in Magazinen oder checkten ihre SMS. Ein Mädchen aus dem Tanzteam war im Gras eingeschlafen und schnarchte leise mit offenem Mund. Die anderen lachten sich halb kaputt, fotografierten sie von allen Seiten und verbreiteten das Foto in Windeseile auf allen Kanälen. *Schönheitsschlaf dringend benötigt. Kann die endlich mal jemand wach küssen? Träumt gerade vom Märchenprinzen* usw.

Caitlin schrieb: »*Vorletzter Backenzahn braucht eine Füllung*«, grinste und zeigte es Allyssa. Lahm, dachte Allyssa und schüttelte gelangweilt den Kopf. Caitlin löschte ihren Kommentar betreten wieder. »Ich bin so dermaßen froh, dass ich meine blöden Eltern nicht mehr dauernd im Nacken habe. Du nicht auch?«, lenkte sie dann rasch ab.

»Hm.« Darüber wollte Allyssa nicht unbedingt reden.

»Ich kapiere echt nicht, warum einige hier nicht ins Internat wollen und lieber bei ihren Eltern wohnen bleiben«, überlegte Caitlin laut weiter. »Ich meine – hallo? Wie blöd kann man sein, all das hier nicht zu wollen?« Sie vollführte eine schwungvolle Geste, die das ganze Internat, die Wiese, die Sportanlagen und den Pool weiter hinten mit einschloss. »Ich meine, das neulich nachts im Wald war schrecklich und ich …«

Allyssa warf Caitlin einen warnenden Blick zu.

»Okay, sorry. Ich vergesse immer, dass wir nicht darüber reden dürfen. Jedenfalls sind alle, die nicht hier wohnen wollen, die totalen Memmen und Streberleichen. Außer jemand wie Connor

Merrell natürlich«, korrigierte sie sich gleich selbst. »Wenn ich so eine hammermäßige Villa wie der zur Verfügung hätte, würde ich selbstverständlich auch nicht ausziehen wollen. Logisch. Noch dazu, wo Conner mehr oder weniger alleine da drin wohnt. So geil.« Sie seufzte sehnsüchtig.

Connor. Allyssa machte sich in Gedanken eine Notiz. Connor klang interessant.

»Jedenfalls bin ich froh, dass ich endlich im Internat wohnen kann«, plapperte Caitlin weiter. »Meine Eltern sind die absoluten Kontrollfreaks, das glaubst du gar nicht. Sogar jetzt checken sie ständig über die Ortungsfunktion von meinem Handy, wo ich bin. Sind deine Eltern auch so streng?«

»Meine Eltern?« Nein, ihre Eltern waren nicht streng. Dafür waren sie auf ganz andere Weise schrecklich. »Die sind in Los Angeles.« So viel konnte sie immerhin preisgeben.

»Ach ja.« Caitlin schlug sich an die Stirn. »Stimmt ja, die sind ja gar nicht hier auf dem Campus. Wo arbeiten sie denn dann?«

»Die sind Ärzte.«

»Was denn für Ärzte?«

Reichte es jetzt mal langsam? »Immunbiologen.«

»Hä?«

Das war ja klar gewesen! »Ärzte für Immunkrankheiten.«

»Ach. Wie interessant.« Caitlin verstummte für einen Moment. »Und wieso bist du dann hier?«, fragte sie verwirrt. »Das geht doch eigentlich gar nicht.«

»Eigentlich.« Allyssa versuchte, ruhig zu bleiben. »Aber offensichtlich geht es ja doch.«

Endlich ließ Caitlin das Thema fallen und holte einen bereits völlig zerknitterten Plan der Myriad Highschool aus der Tasche. »Ich werde mich nie in der Schule zurechtfinden«, klagte sie. »Es gibt so dermaßen viele Gebäude und Gänge. Wer soll denn da durchblicken?«

»Die ganze Schule ist wie ein Stern angeordnet.« Allyssa strich kurz über den Zettel. »Oberste Zacke Geisteswissenschaften und Bibliothek, rechte Zacke Mathe, Physik und Computer, linke Zacke Cafeteria und Game Arena, untere linke Zacke Büros und Schulleitung und untere rechte Zacke Bio und Chemie mit Zugang zum botanischen Garten. Ist dir das noch nicht aufgefallen?«

»Echt?« Caitlin riss die Augen auf.

»Echt.« Caitlin war wahrlich nicht die hellste Kerze auf der Torte, aber leider unentbehrlich. Zumindest im Moment noch. Allyssa sah sich um. Wo war Ryan, der einzige begehrenswerte Typ in diesem Haufen von hampelnden Freshmen? Ryan war anders. Er war süß, er sah unglaublich gut aus, ohne dass er es zu wissen schien, aber er hatte auch etwas Düsteres an sich. Ein Geheimnis, sie konnte es spüren. Da war etwas, was er zu verbergen versuchte. Während sich die ganzen anderen Jungs die lächerliche Lebensgeschichte ihrer bisherigen fünfzehn Jahre quasi innerhalb von einem Tag gegenseitig aufs Brot geschmiert hatten – in der Beziehung standen sie den Mädchen in nichts nach –, gab Ryan nur unverfängliche Antworten. Allerweltskommentare, die auf jeden und nichts zutreffen konnten. Ja, er fand es hier schöner als in seiner alten Schule. Ja, das Wetter war hier immer toll. Nein, er vermisste seine alten Freunde nicht so sehr, wie er gedacht hatte. Ja, er spielte schon ziemlich lange Gitarre. Er hatte keine Ahnung, wie sehr er ihre Neugier damit reizte.

»Welcher von denen gefällt dir?«, unterbrach Caitlin jetzt prompt ihre Gedanken und deutete auf die Jungs.

Keiner. »Der im grünen T-Shirt«, gab Allyssa dann ohne nachzudenken zurück.

»Echt? Oh Mann, mir auch. Hey, wir werden uns doch nicht in die Haare kriegen, oder? Das ist Evan, der Neue, du erinnerst dich? Ich finde ihn total süß. Der hat was.«

Ja, das hatte er in der Tat. Und zwar den hektischen Blick eines verfolgten Eichhörnchens, das aufgeblasene Getue eines Autoverkäufers aus der Provinz und nebenbei bemerkt einen Haarschnitt wie mit dem Hackbeil verpasst. Allerdings interessierte sie brennend, wieso Evan eigentlich hier war. Er und Ryan und dann sie selbst – die einzigen drei Schüler ohne Eltern bei Myriad. Gab es einen Grund dafür, warum man ausgerechnet bei ihnen eine Ausnahme gemacht hatte? Verband sie irgendwas mit Evan, diesem Weichei? Das wäre ja entsetzlich.

»Kannst ihn haben«, erlaubte sie Caitlin großmütig. »Ich nehme den Mathelehrer, wie hieß er doch gleich?«

»Mr Rupert?«, kiekste Caitlin und hielt erschrocken ihre Hand vor den Mund.

»Mr Rupert ist hot.« Eins der Mädchen vom Tanzteam mischte sich ein. »Ich hab aber gehört, dass er schwul sein soll.«

»Absolut nicht«, erklärte Allyssa so kategorisch, dass die anderen ihre Gespräche unterbrachen und interessiert zu ihr hinübersahen.

»Äh, und woher weißt du das jetzt so genau?«, fragte das Mädchen spöttisch.

»Willst du gern Details wissen, du schlimmes Girl?«, gab Allyssa zurück. Die anderen gluckstEN begeistert auf.

Allyssa hatte keine Ahnung, ob Mr Rupert schwul war oder nicht, und es war ihr auch herzlich gleichgültig. Ein Basketball prallte direkt neben ihrem Lager ins Gras. Man hätte meinen können, eine Atombombe sei gefallen, so hysterisch gebärdeten sich die Mädchen. Gelassen fischte Allyssa den Ball aus der gackernden Menge, kniff ein Auge zu, zielte und warf ihn direkt von der Wiese aus in den Korb. Für den Bruchteil einer Sekunde lang herrschte verblüfftes Schweigen. Dann grölten die Jungs los, die Mädchen fielen mit etwas Verspätung mit ein.

»Warum haben deine Eltern dich eigentlich hierhergeschickt,

Allyssa?«, scherzte jemand. »Dich hätten sie doch mit Kusshand in jedem Sportinternat an der Westküste genommen?«

Allyssa versuchte ein Lächeln. »Sie hatten ihre Gründe.«

»Aber echt mal jetzt«, erkundigte Caitlin sich leise und vertraulich. »Wenn sie Ärzte in L.A. sind, wieso bist du dann hier?«

Innerlich schäumte sie, versuchte aber, sich nichts anmerken zu lassen. Offenbar war Caitlin doch nicht ganz so blöd, hatte eins und eins zusammengezählt und fragte sich nun, warum Allyssa hier war.

»Beziehungen«, antwortete sie knapp.

»Echt? Na, so was. Wie schön.« Damit war die Sache für Caitlin offenbar erledigt. Gut so. Denn die Wahrheit war – Allyssa wusste es selbst nicht. Also sie wusste natürlich, warum sie hier war, warum ihre Eltern sie brennend hatten loswerden wollen. Aber wie um alles in der Welt sie es geschafft hatten, die Internatsleitung zu überreden, ihre Tochter hier aufzunehmen, das wusste sie nicht. Und dass sie nicht die einzige Neue von außerhalb war, irritierte sie irgendwie am meisten.

»Was steht denn da eigentlich?«, riss Caitlin sie plötzlich aus ihren Gedanken und deutete auf die kleine Tätowierung an Allyssas Unterarm. »Das versuche ich schon die ganze Zeit zu entziffern.«

»Nichts.« Allyssa winkte ab. »Nichts Besonderes«, sagte sie leichthin, obwohl sie innerlich zusammenzuckte. Mist. Daran hatte sie gar nicht mehr gedacht. Zum Glück gab Caitlin sich mit dieser Antwort zufrieden, denn eher ließ Allyssa sich die Tätowierung ohne Betäubung weglasern, als dass sie Caitlin ihr schlimmstes Geheimnis anvertraute.

Matt

»Du kannst mir alles erzählen, was du möchtest. Nichts von dem, was du sagst, wird diesen Raum verlassen. Ich nehme die Therapiestunden nur für mich selbst auf, damit ich sie mir später in Ruhe noch einmal anhören und mir ein paar Notizen machen kann, danach werden sie gelöscht.« Die Frau deutete auf ihr Handy mit der eingeschalteten Kamera, das wie ein fünftes Auge am Tisch hockte, und lächelte dann. Wahrscheinlich hoffte sie, damit sein Vertrauen zu gewinnen.

Matt rührte sich nicht und er lächelte auch nicht zurück. Er hatte keinen Bock auf diese Psychotante. Was wusste die schon! Ihr Name allein war der Hammer schlechthin – Miss Abercrombie. Wenn sie jemanden mit Nachnamen Fitch heiratete und sich zu einem Doppelnamen entschloss, dann ... Er verkniff sich ein Grinsen.

Sie hatte es trotzdem bemerkt. »Ist dir was Lustiges eingefallen?«

»Nein.« Mist, jetzt wurde er auch noch rot. Unbehaglich rutschte er auf seinem Stuhl herum. Würde ihm diese beknackte Schulpsychologin jetzt wegen dieser Sache in New Mexico das ganze Schuljahr lang auf den Keks gehen? Sein ganzes Leben lang? Würde er auch noch im College in Zimmern mit blöden Aquarellen an der Wand sitzen und in das betont interessierte Gesicht irgendeines Seelenklempners blicken müssen, während der Rest seiner Freunde Billard spielte und Partys schmiss? Herzlichen Dank, Mom. *Adoptivmom.*

»Ich weiß, warum du lachst. Mein Name, stimmt's?« Die Frau wirkte einen Moment lang trotz der langen Strickjacke mit den Katzen-Applikationen und der absurden korallenroten Modekette richtig sympathisch. »Ich habe mich als Model dort beworben, aber die wollten mich leider nicht.« Sie hob entschuldigend die Schultern, die winzigste Andeutung eines Lächelns im Gesicht.

Matts Mundwinkel verzogen sich gegen seinen Willen nach oben. Okay – eins zu null für dich, Lady.

»Du musst auch nichts sagen«, fuhr Miss Abercrombie fort. »Wir können uns auch anschweigen. Ich persönlich finde nur, dass die Zeit schneller vergeht, wenn man sich unterhält. Ich weiß, dass du nicht so richtig freiwillig hier bist. Wir können also das ganze Schuljahr lang eine qualvolle Stunde lang still sein oder uns ein bisschen unterhalten. Das ist deine Entscheidung. Je kooperativer du dich zeigst, umso schneller hören unsere Treffen hier wieder auf.«

Matt nickte unmerklich. Ein kleines Zugeständnis. Die idiotische Therapiestunde fiel genau in die Zeit, in der die anderen eine Freistunde hatten. Er könnte jetzt mit Hannah über den Campus schlendern und versuchen, ihr zu erklären, wieso er es einfach nicht geschafft hatte, sich bei ihr zu melden. Miss Abercrombie hatte recht. Je eher er das hier beenden konnte, umso besser.

»Was wollen Sie denn wissen?«, fragte er.

»Zum Beispiel könntest du mir erzählen, warum du einfach nach New Mexico abgehauen bist und den Anfang des Schuljahres verpasst hat. Deine Mutter hat sich Sorgen gemacht und hätte beinahe die Polizei alarmiert.«

»Das halte ich für ein Gerücht.« Fast hätte Matt aufgelacht. Seine Adoptivmutter würde definitiv niemals die Polizei einschalten. Die Myriad-Security-Leute vielleicht, aber niemals die *richtige* Polizei.

»Was hältst du für ein Gerücht?«

»Dass sie sich Sorgen gemacht hat.« Er sah, wie Miss Abercrombie missbilligend den Mund verzog, nur andeutungsweise, aber er nahm es dennoch wahr. Du hast ja keine Ahnung, dachte er.

»Ich wollte etwas herausfinden«, setzte er nach einer unbehaglichen Minute des Schweigens stockend an. »Und im Übrigen stimmt es nicht, dass ich nicht Bescheid gesagt habe. Ich hab ihr eine SMS geschrieben, dass ich in New Mexico einer Sache nachgehe, die mit … mir zu tun hat.«

»Mit deiner Kindheit?«, hakte Mrs Abercrombie nach. Sie war bestens informiert.

»Ja.«

»Und was hast du herausgefunden?«

Er schwieg.

»Warum erzählst du mir nicht erst mal, woran du dich in Bezug auf deine Kindheit erinnerst? Was dich beschäftigt.« Sie beschloss offenbar, eine andere Taktik einzuschlagen.

Was dich quält, meinte sie wohl eher. Er verstand auch so. Da gab es so einiges: dunkle, wirre Erinnerungen. Seltsame Träume, die ihm nachts den Schlaf raubten. Panikattacken. Was man eben so vorzuweisen hatte, wenn man als Kind aus irgendwelchen Gründen allein im tiefen Wald landete. Hänsel und Gretel waren wenigstens zu zweit gewesen.

»Manchmal erinnere ich mich an ein Bett. Darüber hing so ein Ding, so mit Federn und Perlen.«

»Ein Traumfänger.«

»Ja, genau. Und an eine Frau. Vielleicht meine Mutter. Also meine … echte. An ihre langen schwarzen Haare. An ihr Gesicht, so … lieb.« Er räusperte sich. Die Frau in seinen Träumen hatte die mandelförmigen Augen einer Indianerin und war wunderschön. Wahrscheinlich ein Produkt seiner Fantasie, weil er zu viele Filme und Internet-Videos über Indianer gesehen hatte. »Und an Lärm«, fuhr er fort. »Es war irgendwie immer furchtbar laut dort. Und ich sehe mich als kleinen Jungen, wie ich spiele, wie ich herumlaufe. So als ob ich mich selbst die ganze Zeit beobachte.« Er hielt verwirrt inne. »Aber das kann ja nicht sein.«

Miss Abercrombie nickte unmerklich.

»Und dann erinnere mich an irgendwann nachts. Ich lag auf

einer weichen Decke. Erst war es warm, dann war es auf einmal kalt. Und dunkel. Schrecklich dunkel.« Er holte tief Luft. Immer, wenn er sich zwang, alte Erinnerungen zuzulassen, wurde er von dieser lähmenden Angst befallen. Dann wollte er nur noch eins: sich irgendwo verkriechen.

»Ich habe deshalb totale Angst vor der Dunkelheit«, fuhr er fort. »Ich kann nur bei Licht schlafen, wie ein Kleinkind. Sobald es abends dunkel wird, werde ich unruhig. Manchmal rolle ich mich zu einem Ball zusammen und kneife mich selbst, damit ich nicht losschreie. Mit fünfzehn. Sie können sich ja vorstellen, wie gut das in einem Internatszimmer voller Jungs ankommt, die nichts geiler finden, als in der Dunkelheit irgendwelchen Blödsinn zu machen.« Er hielt abrupt inne.

»Hast du deiner Mutter davon erzählt?«

»Adoptivmutter«, verbesserte er automatisch. Seine Adoptivmutter, die berühmte Dr. Deborah Steiner, hatte keine Zeit für seine wirren und halbgaren Träume und Flashbacks. Wenn er es recht überlegte, so schien es ihm fast, als vermied sie alles, was mit seiner Herkunft zu tun hatte. Wieder und wieder hatte sie ihm gesagt, dass er sich glücklich schätzen konnte, hier auf dem Campus aufzuwachsen. Und dass er dort, wo immer er auch herkam, niemals so ein schönes Leben gehabt hätte. Dass er dankbar sein sollte, klang immer unterschwellig mit. Und dass seine biologischen Eltern verantwortungslose, egoistische Kriminelle gewesen waren. Wer sonst – verdammt noch mal – merkte denn nicht, dass er sein Kind im Wald verloren hatte? Aber das sprach seine Adoptivmutter natürlich nicht wirklich aus. Das wäre ja auch viel zu emotional gewesen. Sie war kühl und beherrscht und seit ihrer

Scheidung von Matts Adoptivvater vor einigen Jahren verschmolz sie mit ihrer Arbeit, mit ihren Laboren und Computern. Das war ihr Lebenszweck, ihr Ein und Alles. Myriad war ihr Crack.

»Ich glaube nicht, dass sie das sonderlich interessieren würde«, antwortete er endlich. »Es würde sie nerven. Wenn ich ein Computer wäre, dann hätte sie sicher schon längst meine Festplatte erneuert.«

Miss Abercrombie sah ihn schockiert an.

»Und darüber, ob meine echten Eltern verantwortungslose Kriminelle sind oder nicht, wollte ich mir schon lieber selbst ein Urteil bilden.« Er kam jetzt richtig in Fahrt. »Deswegen war ich in New Mexico.«

Ihre Augen rundeten sich. »Du hast deine biologischen Eltern gefunden? Wie denn?«

»Ich …«, setzte er an. Ach Gott, was war das alles für eine verfahrene Scheiße. Er holte tief Luft.

Hannah

 Ein paar Tage später parkte Hannah ihr Auto vor dem Internat, wobei sie sich akribisch bemühte, genug Abstand zu den anderen Autos links und rechts zu lassen. Sie stieß mehrmals vor und wieder zurück, verrenkte sich den Hals, um nach hinten zu sehen, weil sie dem Display der Kamera nicht traute, und manövrierte das Auto millimeterweise weiter nach rechts. Nicht auszudenken, wenn ihr schon wieder ein Malheur widerfuhr. Sie stieg aus und sah sich um, ob sie Sophie irgendwo entdeckte, denn die war eben noch hinter ihr gewesen. Offenbar suchte sie weiter vorn eine Parklücke, Hannah konnte sie jedenfalls nirgendwo entdecken – dafür aber jemand anderes: Ryan. Er stand entspannt an sein Auto gelehnt eine Reihe weiter und grinste sie an. Wie lange stand der da schon? Hatte er ihr mühseliges Einparken beobachtet? Hannah nestelte an ihrer Kette herum.

»Hi, Hannah«, rief er. »Verdammt gut eingeparkt. Hat mich ein bisschen an die Landung einer Raumsonde erinnert.«

»Wenigstens ist diesmal niemand zu Schaden gekommen.« Hannah schlenkerte angriffslustig ihre Tasche. Mist, das klang irgendwie zickig. Außerdem hatte sie mit dem wilden Geschlenker gerade ihre Ölfarben aus der Tasche katapultiert. Herrgott noch mal!

»Schaden ist immer relativ«, erwiderte Ryan, hob die Ölfarben auf und reichte sie ihr, wobei seine Hand ihre streifte. Eine Berührung, die nicht mal eine halbe Sekunde dauerte und Hannah dennoch wie ein Stromstoß durchzuckte.

»Ich hab zwar jetzt einen kaputten Laptop«, fuhr er fort, »aber dafür redest du mit mir. Das hättest du sonst vielleicht nicht getan.«

»Doch, sicher hätte ich das«, stammelte Hannah. »Ich bin nämlich ein sehr freundlicher Mensch.« *Ich bin nämlich ein sehr freundlicher Mensch*? War sie von allen guten Geistern verlassen? Was für eine dämliche Bemerkung war das denn?

Ryan lächelte abwartend und sie hatte wieder das Gefühl, dass er sie durchschaute, dass er ganz genau wusste, was in ihr vorging. Er strahlte Selbstbewusstsein aus, aber nicht das übliche Macho-Gehabe der Jungs, die sich dauernd mit »Ey, Alder« anstießen und idiotische Pseudo-Rangeleien miteinander abzogen, immer in der Hoffnung, dass es genug weibliche Zeugen für ihre hormongesteuerte Show gab. Nein – Ryan ruhte in sich selbst. Seine hellen Augen fixierten sie, wichen ihrem Blick nicht aus, er verhaspelte sich nicht beim Reden oder trug extra dick auf wie die meisten. Er wusste einfach genau, was er wollte. *Nämlich mich,* dachte Hannah eine Sekunde lang verblüfft. *Ich glaube, er will mich*. Gleich darauf kam sie sich unsagbar blöd vor. Was für ein lächerlicher Gedanke. Ryan konnte wahrscheinlich das komplette Cheerleaderteam daten, wenn er wollte. Oder Allyssa. Ganz besonders Allyssa.

»Willst du was malen?«, fragte er jetzt und deutete auf die Tuben mit den Ölfarben, die sie in der Hand quetschte. »Oder willst du mich gleich damit vollspritzen?«

»Ich … Ja. Also ich hab vor, die Wand in unserem Internatszimmer zu bemalen.«

»Cool. Das würde ich gern mal sehen. Meine Mutter ist auch Künstlerin. Sie soll neue Skulpturen für den Campus erschaffen, deswegen sind wir hergezogen.«

»Na ja, ich und Künstlerin … Vielleicht wird es ja ganz grässlich aussehen und meine Freundinnen werden ausziehen und mich mit dem Horror-Wandgemälde alleine lassen.« Es hatte ein Witz sein sollen, aber irgendwie hatte Hannah ihm jetzt die Vorstellung vermittelt, dass sie eine Art krakelige Höhlenmalerei veranstaltete. Dabei konnte sie doch wirklich gut malen, egal was – Porträts und Stillleben und Landschaften und Tiere. Sie hätte auch ihn mit seinen faszinierenden Augen gern gemalt, aber zu dem Zweck hätte sie ihn ja stundenlang ansehen müssen, und allein der Gedanke daran verwirrte sie total.

»Ich muss dir auch noch meine Versicherungsnummer geben«, wagte sie einen Vorstoß, um von ihrer eigenen Nervosität abzulenken. »Ich meine, wegen deinem Laptop. Also deinem ehemaligen Laptop. Viel ist ja nicht mehr davon übrig.«

»Ich brauche keine Versicherung. Wir …« Er stockte kurz. »Wir machen nie was über die Versicherung.« Kurz sah es aus, als ob er noch eine Erklärung liefern würde, doch dann überlegte er es sich offenbar anders. »Meine Mutter hat einfach einen neuen gekauft.«

»Oh.« Sie machten nie was über die Versicherung? Wie merkwürdig. Hannah war sich zwar im Klaren darüber, dass einige Schüler auf dem Campus aus extrem wohlhabenden Verhältnissen stammten, aber einen teuren Laptop so mir nichts, dir nichts abschreiben? Seltsam.

»Wie bist du denn eigentlich bei Myriad reingekommen?«, rutschte es ihr heraus. Täuschte sie sich oder zuckte er zusammen? »Ich meine, es geht mich ja nichts an«, fuhr sie hastig fort. »Aber eigentlich kommt hier ja niemand rein, dessen Eltern nicht hier arbeiten.«

»Meine Mutter arbeitet doch hier.«

»Als Künstlerin.«

»Ja.« Er vermied ihren Blick.

Da stimmte was nicht. Myriad hatte noch nie irgendwelche Künstler angestellt, das wusste Hannah zufälligerweise ganz genau. Wenn sie auf dem Campus irgendeine Skulptur oder ein Bild wollten, dann traten sich die Kunststudenten aus San Francisco und L.A. sofort gegenseitig auf die Füße, um ihre Arbeiten an den Mann zu bringen. Und berühmte Künstler verkauften ihre Werke an den Campus, die hatten es nicht nötig, hier angestellt zu sein. Aber Ryans Mutter war nicht berühmt, Hannah hatte jedenfalls noch nie von ihr gehört.

Sie standen sich beide gegenüber, eine verlegene kleine Stille zwischen ihnen, und Hannah durchstöberte in Windeseile ihr Gehirn, sie wollte jetzt unbedingt noch irgendwas Witziges oder Interessantes sagen, um das Gespräch wieder aufzulockern, aber in diesem Moment ging das Geschrei los. Erst konnte sie es gar nicht einordnen, dann begriff sie, dass es aus ihrer Tasche kam. Das verdammte iBaby!

»Entschuldigung«, quetschte sie heraus. »Ich muss … mein iBaby … also …« Das Schreien wurde immer lauter, sie riss hastig ihre Tasche auf und holte das iBaby heraus, dessen Augen weit aufgerissen waren und dessen weicher Plastikmund sich anklagend öffnete und schloss, während echtes Säuglingsgeschrei von irgendwo aus den Tiefen seines Bauches herausplärrte. Was jetzt? Hatte das blöde Ding Hunger? Durst? Obwohl sie das dusslige iBaby nun schon seit ein paar Tagen mit sich herumschleppte, wusste sie immer noch nicht richtig, was sie damit anfangen sollte. Den meisten Schülern ging es so – die iBaby-Besitzer erkannte man mittlerweile an ihren verdrießlichen, genervten Gesichtern und weil sie ständig neurotisch zusammenzuckten und in ihre Rucksäcke guckten, wenn irgendwo Babygeschrei ertönte. Die Drohnen-Besitzer hingegen stolzierten wie ausgeruhte Generäle im Ruhestand über den Campus und unterhielten sich über Flugweiten und Luftaufnahmen. Hatte Ryan auch ein iBaby bekommen? Sie schielte auf sein Handgelenk. Rosa, natürlich. Das iBaby gurgelte gestresst weiter, und am liebsten hätte Hannah es in den Brombeerbusch am Parkplatz geschmissen, aber dann konnte sie sich gleich selbst ein F aufs Zeugnis schreiben. Zögernd hob sie es hoch und hielt es auf Augenhöhe.

»Du musst es kurz herumtragen, dann beruhigt es sich wieder«, hörte sie auf einmal Sophie sagen, die sich unbemerkt zu ihnen gesellt hatte. »Ging bei meinem auch.«

»Echt?« Hannah nahm das iBaby in den Arm, schuckelte es und lief ein bisschen hin und her, so wie Sophie vorgeschlagen hatte. Tatsächlich, es wurde leiser und hörte schließlich ganz auf zu schreien.

»Na, dann noch viel Spaß, Hannah«, sagte Ryan. Er schien sich köstlich zu amüsieren. »Da will ich dem jungen Familienglück nicht länger im Wege stehen.« Er ging weg, allerdings nicht, ohne sich immer wieder grinsend umzudrehen.

Hannah nickte nur kurz, so groß war ihre Panik, dass eine zu laute Antwort oder eine zu schnelle Bewegung das idiotische iBaby wieder aufwecken könnte. »Ich glaube nicht, dass ich das lange aushalte«, zischte sie dann Sophie zu.

»Ach, das wird schon. Ich finde es eigentlich interessant. Ich wollte schon immer eine kleine Schwester haben.«

»Ich auch«, murmelte Hannah. »Aber nicht aus Plastik. Und nicht erst mit fünfzehn!«

»Komm, wir gehen ins Atrium. Da soll schon ein Plakat für den Homecoming-Ball hängen, hab ich gehört.«

Um das Thema des Homecoming-Balls, der in wenigen Wochen stattfinden sollte, wurde jedes Jahr ein riesiges Geheimnis gemacht. Wenn es aber schon ein Plakat gab, dann waren das Thema und das Datum offenbar entschieden. Hannah spürte ein Kribbeln im Bauch. Das Thema mochte entschieden sein, die wahre Geheimniskrämerei ging aber jetzt erst los, und zwar darum, wer von wem eingeladen wurde. Nicht von einem einzigen Jungen eingeladen zu werden war eine Schmach, die man nicht so schnell wieder loswurde, ungefähr nur mit der unsterblichen Blamage gleichzusetzen, wenn man am Valentinstag keine einzige Rose ins Klassenzimmer geliefert bekam. Oder – noch schlimmer – eine Rose, die mit einem Kärtchen versehen war, auf dem stand: *Von mir, für dich.* Das sollte mysteriös und charmant klingen, aber alle wussten, dass diese Art Rose und Kärtchen von der Schulsekretärin Mrs Higgings verschickt wurde, die jedes Jahr eine Liste der bedauernswerten Geschöpfe anlegte, für die niemand eine Rose vorbestellt hatte. Natürlich machte sie damit alles nur noch schlimmer, aber Mrs Higgings war eine unverbesserliche Romantikerin, die offenbar in ihrer Jugend selbst ein Valentinstag-Trauma erlitten hatte und sich nun auf diese Weise therapierte.

Wenn man keine Einladung zum Homecoming-Ball bekam, konnte man sich natürlich wahlweise abgebrüht oder blasiert gebärden und verkünden, dass einen das alles nicht interessierte oder dass man seit gestern lesbisch war, oder man konnte mit einer Horde gleichfalls verschmähter Freundinnen zum Ball gehen, aber es war nicht dasselbe und jeder wusste das.

Hannah folgte Sophie ins Atrium des Internats. »Willkommen, Hannah Montgomery und Sophie Woodrow«, begrüßte MISSI sie von ihrem Bildschirm aus. »Im Abschnitt C sind noch zwei Plätze frei.«

»Die kennt jetzt unsere Namen?«, fragte Sophie entsetzt. »Ich glaube es ja nicht. Soll denn jeder gleich mitkriegen, wenn wir hier reinkommen?«

Allerdings, dachte Hannah. Ringsherum im Atrium hatten die Schüler, die dort saßen, sich automatisch zum Eingang umgedreht. Und da vorn, bei einem Moosgeflecht am Fuße der lebenden Wand, waren zwei Leute rasch auseinandergeschreckt, die ziemlich eng beieinandergesessen hatte. Ben und ein blondes Mädchen, das jetzt dümmlich grinste und sich auf die Lippe biss. So ein verdammter Playboy, es war echt unglaublich! Hannah hatte nie richtig begriffen, warum Sophie so verknallt in Ben war. Ja, er war witzig, er nahm das Leben leicht und schaffte es irgendwie, dass jedes Mädchen sich in seiner Gegenwart sexy und begehrenswert fühlte, aber das Wort Treue schien es in seinem

Wortschatz nicht zu geben. Sie schielte nach links. Zum Glück hatte Sophie nichts mitgekriegt. Sie betrachtete gerade einen Reinigungsroboter, der sich, beladen mit frischen Handtüchern, Wischmopp und Handfeger, seinen Weg in die Zimmer des Erdgeschosses bahnte. Dort wohnten die aus der 12. Klasse. Mit jedem Highschooljahr bei Myriad gab es neue Privilegien im Internat und in der Schule. Ein Reinigungsroboter, der alle zwei Tage das Internatszimmer aufräumte und auf Hochglanz polierte, stand einem aber leider erst im letzten Schuljahr zur Verfügung. Man musste ihn sich mit konstant guten Noten verdienen und bis dahin gefälligst selbst sein vermülltes Zimmer aufräumen. Hannah hatte mittlerweile über den Flurfunk erfahren, dass sie auf der Waldwiese noch verdammtes Glück gehabt hatten. Die neunte Klasse aus dem Jahr zuvor hatte bei ihrem Ritual die total verdreckten Zimmer der Zwölftklässler sauber machen müssen.

»Da.« Hannah deutete auf das bunte Plakat an der Wand, auf dem *Come with me to paradise* stand. Sophie wandte ihre Aufmerksamkeit jetzt der Ankündigung zu und gab damit der Blonden neben Ben Gelegenheit zu verschwinden. Das Plakat informierte darüber, dass der diesjährige Homecoming-Ball das Thema »Tropisches Paradies« hatte, womit ganz offensichtlich Hawaii gemeint war, denn jemand mit begrenztem Talent hatte Palmen und Hula-Mädchen dazugemalt. Weiterhin erfuhr man, wo man Tickets kaufen konnte, dass es einen Luau gab und welche Band spielen würde, dass die Stimmen zur Wahl des Homecoming-Königshofes bis zu einem Tag vorher abgegeben werden konnten und dass zwei zusammengebundene Kokosnussschalen nicht als exotisches Bikini-Oberteil zählten, sondern dass ein formeller Dresscode herrschte.

»Suchst du noch einen Partner?«, fragte da jemand hinter ihnen. Hannah drehte sich um. Evan. Er starrte Sophie an. »Ich würde mich da voll gern zur Verfügung stellen.«

»Hä?«, fragte Sophie. Sie sah irritiert zu Hannah. »Partner?«

Evan wackelte jetzt andeutungsweise mit den Hüften. »Du, ich kann astrein Hula tanzen«, behauptete er. »Mein Hüftschwung ist auf allen Inseln Hawaiis bekannt.«

Er demonstrierte ihn – von locker und elegant konnte keine Rede sein.

»Du willst, dass wir zusammen zu Homecoming gehen?«, fragte Sophie zurück, bei der offenbar gerade der Groschen gefallen war.

»Also wenn du mich so direkt fragst, dann sag ich natürlich nicht Nein.« Evan lachte und sah Sophie dabei nicht an.

War das Evans Art, sich dafür zu bedanken, dass Sophie ihm neulich beigestanden hatte?

»Ähm, tut mir leid, aber ich gehe sicher mit Ben dahin«, erwiderte Sophie. In ihrer Stimme schwang Mitleid mit und Hannah fragte sich, ob Evan das bemerkte. »Den kennst du ja vielleicht.«

»Hm.« Evans Blick ließ keine Schlüsse darauf zu, was er von Ben hielt. »Ich glaub, ich hab ihn gerade gesehen, da drüben. Mit so einem blonden Mädchen, das warst aber nicht du.«

»Aha.« Sophie lächelte Evan an. »Na ja, er kann ja reden, mit wem er will.«

»Ach ja?«

Halt einfach die Klappe, dachte Hannah. Halt die Klappe und zieh Leine. Aber Evan wirkte wie elektrisiert, geradezu manisch, seine Augen saugten sich regelrecht an Sophie fest und jetzt trat er auch noch einen Schritt auf sie zu.

»Komm, wir gehen.« Hannah griff nach Sophies Arm, aber er schob sie einfach zur Seite.

»Kann ich dir meine Nummer geben? Falls du es dir anders überlegst.«

»Okay.« Sophie speicherte pflichtbewusst Evans Nummer in ihrem Handy, wahrscheinlich, damit er endlich Ruhe gab.

Hannah staunte einmal mehr über die Gutmütigkeit ihrer Freundin, sie selbst hätte das nie getan.

»Mein Angebot steht. Immer.« Evan konnte sich einfach nicht lösen, wie es aussah.

»Das ist nett von dir, Evan. Aber sicher nicht nötig«, gab Sophie zurück. »Tschüss dann.« Und damit zog sie Hannah mit sich. Als sie um die Ecke gebogen waren, brachen sie beide in prustendes Gekicher aus.

»Nee, oder«, meinte Sophie kopfschüttelnd. »So was. Und was quatscht der da überhaupt? Da ist Ben doch.« Sie winkte ihrem Freund zu, der lächelnd näher kam.

»Na, mein Schatz«, begrüßte er sie. »Ich hab mich schon den ganzen Nachmittag lang nach dir gesehnt.«

Hannah sah schnell weg. Irgendwie war es schon fies, was Ben machte.

»Was wollte Evan denn eben von dir? Ein neuer Verehrer?« Ben grinste.

»Ach, nichts.« Sophie winkte ab. »Wollte nur wissen, wo man Tickets für Homecoming kaufen kann.«

»Steht doch hier.« Ben deutete auf das Plakat. »Kann Evan nicht lesen? Ist das nicht 'ne Grundvoraussetzung, um bei Myriad reinzukommen?«

»Nö«, konterte Sophie. »Sonst wärst du ja auch nicht hier.« Sie lachte hell auf und rannte weg, während Ben die Verfolgung aufnahm und sie natürlich einfing und kitzelte und dann irgendwas in ihr Ohr flüsterte. Die beiden zogen sich in eine kleine künstliche Höhle bei den Indoor-Wasserfällen zurück.

Hannah seufzte, drehte sich um und prallte genau mit Matt zusammen. Sie sah sich panisch nach Sophie um, aber die war aus ihrem Blickfeld verschwunden. Jetzt gab es kein Entkommen mehr.

»Hallo«, grüßte sie ihn steif. »Du bist ja wieder da.« Volltreffer. Absolut dämlichste Bemerkung des Jahrhunderts, immerhin hatten sie sich schon mehrmals im Unterricht gesehen, aber Hannah war ihm immer ausgewichen und er hatte sich auch nicht übernommen, um mit ihr zu reden.

»Ja, bin ich«, erwiderte Matt genauso wenig einfallsreich.

Sie betrachtete ihn unauffällig. Er sah nicht aus wie jemand, der in neuer Zuneigung zu jemandem erglüht war. Eher müde.

»Was hast du denn nun in New Mexico gemacht?«, platzte sie heraus. Sie konnte sich einfach nicht länger beherrschen.

»Ich hab dir was mitgebracht«, sagte er anstatt einer Antwort. Er zog etwas aus seiner Tasche.

»Was?« Hannah sah ihn verständnislos an, ließ ihren Blick dann zu dem Ding gleiten, das er in der Hand hielt. Irgendwas mit Federn. Was sollte das jetzt?

»Ein Traumfänger«, sagte Matt.

»Ein Traumfänger«, wiederholte sie fassungslos.

»Handgemacht«, erklärte er stolz, als habe er selbst endlose Stunden in seinem Zimmer gesessen und gebastelt. Hannah wusste nicht, was sie dazu sagen sollte. In dem Moment fuhr Matt fort: »Du weißt doch noch, was du mir am Anfang des Sommers erzählt hast?«

Bei der Erinnerung an das Gespräch mit Matt zu Beginn der Sommerferien konnte Hannah ihre Tränen nur mühsam zurückhalten. Sie hatten in dem Frozen-Yogurt-Shop auf dem Campus was gegessen und er hatte sie nach ihrem Dad gefragt. Wie sie klarkam ohne ihn. Matt war der einzige Mensch, dem sie sagen konnte, dass sie überhaupt nicht klarkam und ständig nur so tat, als ob. Und dass sie oft von ihrem Dad träumte, was das Aufwachen jedes Mal von Neuem grausam machte. Matt hatte ihre Hand festgehalten und ihr gestanden, dass er selbst auch immer noch Albträume hatte und dass er in letzter Zeit häufig sich selbst als kleinen Jungen in seinen Träumen sah und nicht verstand, wieso. Und nun hatte er ihr, quasi als Lösung, einen Traumfänger mitgebracht, der ihre bösen Träume abfangen sollte – so wie man einem Kind was zum Spielen von einer Reise mitbrachte?

»Danke«, sagte sie. »Aber es würde mich trotzdem noch interessieren, warum du mich seit zwei Wochen komplett ignorierst. Hab ich dir was getan? Wenn du jetzt eine Freundin hast, dann kannst du mir das ruhig sagen. Ich werd's überleben.«

»Freundin?« Überrascht zog Matt die Augenbrauen hoch.

»Ich hab sie gehört, Matt.« Jetzt reichte es Hannah. »Als ich dich angerufen habe.«

»Bist du bescheuert?« Matt schüttelte irritiert den Kopf. »Das war doch nur Charissa, sie ist auch Indianerin.«

»Ach so? Es war nur Charissa, die Indianerin? Schön für dich. Leider hab ich absolut keine Ahnung, wer das ist, denn du erzählst es mir ja nicht.« Hannah spürte, wie sie immer wütender wurde, wie die Tränen nun doch in ihre Augen traten. Links neben ihnen starrten schon ein paar Mädchen ungeniert zu ihnen hinüber, wohl in der Hoffnung, gleich Zeugen eines aufregenden Beziehungsspektakels zu werden. Das brachte sie wieder zu Besinnung. »Vergiss es«, sagte sie kurz angebunden. »Es ist nicht so wichtig. Ich wünsche dir viel Glück. Danke für das hier.« Sie wedelte mit dem Traumfänger.

»Du hast es nötig«, brach es da auf einmal aus Matt heraus.

»Wie bitte?« Hannah, schon halb im Abgang, fuhr herum.

»Du und dieser Ryan? Ich hab euch vorhin gesehen, auf dem Parkplatz. Wie ihr rumgetuschelt und gelacht habt. Wie er dich angesehen hat. Warum sagst du mir nicht lieber, ob du jetzt einen Freund hast?« Er machte ihre Stimme nach. »Ich werd's überleben.«

Hannah verschlug es die Sprache. Was fiel ihm ein? Das war alles so lächerlich, so absurd, so … falsch, so idiotisch. Sie musste jetzt sofort hier weg, ehe sie noch anfing zu heulen. Ohne ein weiteres Wort stürmte sie davon.

Chloe

In ihrem Zimmer stand die Tür zum Balkon offen und ließ milde Spätsommerluft hinein. Es roch nach Äpfeln und auch schon ein kleines bisschen nach verbranntem Laub. September eben. Chloe hockte wie ein Vogelbaby in einem High-Tech-Nest aus unzähligen Kabeln und Steckern und las aufmerksam die Anleitung von jemandem, der sich *The Clown* nannte und akribisch im Darknet beschrieb, wie er die Website einer rechtsradikalen Vereinigung lahmgelegt und mit Bildern von Spongebob gefüllt hatte. Chloe grinste in sich hinein. Der Hacker namens Clown machte seinem Namen alle Ehre.

»Toll, was du in meiner Abwesenheit hier gezaubert hast«, sagte eine Stimme hinter ihr. Hannah stieg über einen Stapel Bücher, der den Fußboden schmückte. »Du wirst mal ’ne gute Hausfrau.«

»Aber klar doch.« Chloe kicherte und schickte dem Clown eine Message, um ihm zu gratulieren.

»Was genau machst du da eigentlich?«, wollte Hannah wissen.

»Ich chatte mit meinen Freunden. Denen von der dunklen Seite des Lebens.«

»Hä?« Sophie kam zur Tür rein.

»Wollt ihr lieber nicht so genau wissen.« Chloe klappte den Laptop zu.

Irgendwo im Haus rumste es laut, gefolgt von begeistertem Quieken. Gelächter erklang, kurz und aufbrausend wie ein Regenguss, dann verstummte es und jemand rief: »Jaaaaamiieee, wo bist du? Wir wollen anfangen!«

»Überall ist was los, nur bei uns nicht«, klagte Sophie und stieg über die Kabel. »Ich hab aber einen geilen Katalog hier, den können wir uns ansehen. Homecoming-Kleider. Was für dich, Chloe.«

»Haha.« Homecoming, als ob. Und auch noch in so einem tuffigen Ballkleid … Connor würde sie sowieso nicht fragen und jemand anderes schon gar nicht. Also brauchte sie auch kein Kleid.

»Und, hast du Connor schon gefragt wegen seiner Party?«, erkundigte sich Sophie plötzlich, als hätte sie ihre Gedanken gelesen.

»Noch nicht.« Chloe runzelte die Stirn. Was war eigentlich mit Hannah los? Sie sah total sauer aus und stopfte gerade irgend so ein fedriges Ding in ihre Schublade. Einen Traumfänger oder so etwas.

»Mach doch mal. Das hier sieht geil aus.« Sophie durchblätterte den Katalog. »Und das hier auch. Zieht man eigentlich lang oder kurz an?«

»Homecoming immer kurz«, erwiderte Chloe. »Prom immer lang. Tolo meistens im Kostüm.«

»Woher weißt du das denn?«, fragte Sophie verblüfft.

»Weil ich gestern für Connor die Fotos und Videos von all seinen Partys vom letzten Jahr aus dem Netz getilgt habe. Irgendein Vollpfosten hat sie da reingestellt. Wenn Connors Vater sieht, was in seiner Abwesenheit zu Hause so los ist, zieht er glatt wieder richtig dort ein.« Sie lachte bei der Vorstellung und Sophie lachte mit, selbst Hannah verzog jetzt das Gesicht zu einem Lächeln. Connors Vater war so gut wie nie zu Hause, er flog in der Welt herum und besuchte seine verschiedenen Freundinnen, das wusste die ganze Schule. Als »Aufpasserin« ließ er immer lediglich seine mexikanische Haushaltshilfe Alberta für Connor zurück.

»Ich hoffe, Ben und ich werden Homecoming-Prinz und -Prinzessin«, murmelte Sophie jetzt wie zu sich selbst. Die schönen Ballkleider erfüllten offenbar ihren Zweck.

Hannah zog die Schublade wieder auf. Betrachtete den Traumfänger und stopfte ihn zurück. Sollte Chloe fragen, was da los war? Lieber nicht. Ihr schwante nichts Gutes.

»Übrigens – drei Leute aus unserem Jahr haben schon ihre E-Autos gecrasht«, fuhr Sophie fröhlich fort. »Und Kyle wollte keinen Mathe-Test schreiben und hat versucht, vor der Stunde eine Ohnmacht zu faken. Er hat einfach ganz lange die Luft angehalten. Und dann …« Sie machte eine dramatische Pause.

»Was dann?«, fragte Chloe und sah hoch.

»Dann ist er tatsächlich ohnmächtig geworden. Aber vorher hat er noch total laut gefurzt.«

Hannah lachte los. »Idiot.«

»Guckt mal, da unten ist voll was los.« Sophie begab sich auf den Balkon hinaus. »Auf der Wiese. Die spielen irgendwas.«

Chloe gesellte sich zu ihr. Tatsache. Da unten ging irgendein Ballspiel ab, eine wilde Interpretation von Völkerball, wie es aussah, begleitet von viel Lärm und Gelächter. Eine Menge Leute saßen auf der Wiese und hatten ihre Haustiere mitgebracht. Ein paar Hunde tollten herum, auf einer Decke konnte Hannah eine Katze entdecken und im Gras schob sich eine Schildkröte träge voran. Etwas abseits saß das Mädchen mit dem Schimpansen, ein Stück weiter weg konnte Chloe diese Öko-Tussi Yella erkennen, die mit etwas spielte, was verdächtig nach einer weißen Ratte aussah. Einige der Tanz-Zicken mischten im Spiel mit, rannten sich gegenseitig gackernd über den Haufen und kreischten schrill auf, wenn sie vom Ball getroffen wurden. Eins der Mädchen hatte allerdings einen verdammt harten Schuss. Chloe kniff ein Auge zusammen. Es war Allyssa Snyder, die ohne die Miene zu verziehen gerade einen der Jungs aus der Neunten dermaßen hart abschoss, dass er kurz vor Schmerz das Gesicht verzog und dann an den Rand humpelte.

»Connor ist auch da, sieh mal.« Sophie zeigte nach unten.

»Los, lasst uns auch runtergehen. Du könntest uns endlich mit ihm bekannt machen und dann können wir gleich das mit seiner Party regeln.«

Tatsache. Da unten stand Connor, von einer Mädchentraube umringt wie immer. Lauter Sportfreaks, soweit Chloe das sehen konnte. Da würde sie ja glänzen, wenn sie sich da unten mit ins wilde Treiben mischte. Sport war nicht gerade ihre Stärke. »Auf gar keinen Fall. Niemals gehe ich da runter und hoppele bei so einem bekloppten Ballspiel herum. Vergiss es.«

»Ach, nun komm schon.« Sophie stupste die Freundin an.

Hannah stellte sich neben sie und heftete ihren Blick auf Ryan, der da unten gerade mit viel Tamtam von den Mädchen begrüßt wurde. Allyssa Snyder zog ihn sofort neben sich aufs Spielfeld, die anderen surrten wie ein Bienenschwarm um ihn herum. Ryan war gleich voll dabei, wich geschickt dem Ball aus, als hätte er sein Leben lang nichts anderes gemacht, lachte mit den Mädchen, klatschte sich mit den Jungs ab. In kürzester Zeit war er zu einem der beliebtesten Schüler der neunten Klasse geworden. Chloe schielte heimlich zu Hannah, die sich ganz offensichtlich nicht von seinem Anblick lösen konnte. Trotz Matt … Oder gerade wegen Matt? Seltsam.

»Ich hab auch Lust, runterzugehen«, hörte sie Hannah jetzt sagen. »Wir müssten nur unsere iBabys mitnehmen.«

Ach Gott. Das verdammte iBaby. Chloe konnte ein Stöhnen nicht unterdrücken und wie als Antwort erklang dumpfes Schreien aus ihrem Kleiderschrank.

»Dein iBaby weint«, informierte Sophie sie.

»Ich weiß. Ich habe es selbst in den Schrank gesperrt. Ich hab es übrigens Chucky getauft. Wie die Puppe aus dem Horrorfilm.«

»Ich glaube nicht, dass wir die iBabys einsperren dürfen.« Sophie schielte nervös zum Schrank, in dem es rumpelte, als hätte Chloe tatsächlich einen Poltergeist dort eingeschlossen. »Das wäre doch irgendwie unmoralisch.«

Chloe schnaufte verächtlich. »Chucky ist eine bekloppte Monsterpuppe aus Plastik. Mit dem kann ich machen, was ich will.« Trotzdem stand sie widerwillig auf, holte Chucky aus dem Schrank und stopfte ihm die Nuckelflasche in den Mund. Schmatzen erfüllte den Raum. Eine Weile lang sagte niemand etwas, nur von draußen erklang das fröhliche Geschrei der anderen wie aus einem parallelen Universum. Nein, hier oben zu hocken war keine sehr berauschende Alternative. Und vielleicht konnte sie da unten Connors Aufmerksamkeit ja doch mal einen Moment lang gewinnen. Sie traf eine Entscheidung.

»Okay«, sagte sie, nachdem sich Chuckys Augen wieder geschlossen hatten. »Wir gehen runter. Wir nehmen die kleinen Scheißer mit. Aber ich mach das nur euch zuliebe.« Sie stopfte Chucky in ihren Rucksack.

Als sie unten auf der Wiese ankamen, war das grässliche Ballspiel Gott sei Dank vorbei. Chloe atmete auf. Leider hatten dafür die meisten jetzt ihre Drohnen rausgeholt und ließen sie hoch am Himmel Kreise ziehen oder im Sturzflug auf ahnungslose Mädchen runtersausen. Das mitansehen zu müssen tat weh, zumal Chucky in ihrem Rucksack schon wieder gurgelnde Geräusche von sich gab.

»Halt bloß die Klappe«, murmelte Chloe leise. Sie trottete Hannah und Sophie hinterher, die sich zu einer Gruppe von Schülern begaben, die unter einem großen Kastanienbaum saßen und gebannt auf irgendwas blickten. Ach Gott! Kyle hatte seinen Laptop mitgebracht und zeigte allen sein neues My-Movie, das er mit der ihm eigenen Finesse zusammengeschustert hatte. Der Film war ein Gemisch aus Footballspiel und Fantasy, in dem hässliche fette Monster in roten Trikots von einem unglaublich starken Recken, nämlich Kyle selbst, in einem Stadion mit gezielten Football-Schüssen bombardiert wurden. Jedes Mal, wenn ein Monster getroffen wurde, erklang ein Schmatzen, Blut spritze, My-Movie-Kyle verbeugte sich nach allen Seiten und auf der

Tribüne des Stadions klatschten alle Mädchen von Myriad High wild dazu. Die echten Mädchen unter dem Kastanienbaum hingegen lachten sich halb kaputt.

»Spitzen-Movie, Kyle«, rief eine.

»Ich sehe da saufett aus«, murrte eine andere. Es war Caitlin, die Popcorn aus einer Tüte aß. Nein – in sich hineinschlang.

»Wartet, es wird noch besser«, rief Kyle aufgeregt.

»Ich kapier immer noch nicht richtig, wie man die My-Movies macht«, hörte Chloe jemanden sagen. Es war Connor, der sich vom Gemetzel auf Kyles Laptop nicht abschrecken ließ und ihm interessiert über die Schulter guckte.

Chloe hätte es ihm gern erklärt, aber sie stand zu weit weg. Es war gar nicht so schwer, immerhin hatte selbst Kyle es geschafft. Man lud seine ganzen Handy-Kontakte in die My-Movie-App, daraufhin speicherte die App sämtliche Videos und Fotos dieser Personen. Anschließend wählte man Thriller, Action, Horror oder welches Genre man eben wollte, und entschied, wer von den Kontakten in Haupt- oder Nebenrollen mitspielen sollte. Man konnte das Ganze natürlich noch endlos verfeinern, sich eigene Geschichten ausdenken, beendete Liebesbeziehungen filmisch wieder aufleben und in einer Hochzeit enden lassen oder verhasste Feinde in einem Horrorfilm mit einer Kettensäge zerkleinern: Die Möglichkeiten waren endlos.

My-Movie-Kyle hatte das Stadion jetzt verlassen und lief über den Campus, wo ihm aus Gründen, die nicht näher erklärt wurden, eine Armee römischer Gladiatoren entgegenkam, die Kyle sofort anfing abzuschlachten.

»Geil!«, rief einer der Jungs begeistert und Kyle lächelte stolz.

»Achtung«, rief er dann. »Jetzt kommt das Beste!«

Quer über den Film-Campus lief nun eine Art Godzilla im Tarnanzug, so hoch wie ein Wolkenkratzer. My-Movie-Kyle warf eine Handgranate nach ihm und eine Explosion erfüllte das ganze Bild. Ein letzter Kameraschwenk führte zur Tribüne, wo eine Film-Sophie außer sich vor Begeisterung auf und ab hüpfte. Die Kamera verharrte ein bisschen zu lange auf ihr, fand Chloe, aber das schien niemand zu bemerken. Die Jungs klatschten und johlten, die Mädchen verdrehten die Augen, rissen Grashalme ab und bewarfen die Jungs damit.

»Du musst mir mal zeigen, wie das geht«, wandte Connor sich jetzt an Kyle.

»Chloe weiß das auch«, hörte Chloe plötzlich Hannahs Stimme. »Sie war eine von den zehn Myriad-Schülern, die die App mitentwickeln durften. Wenn du es richtig lernen willst, dann frag Chloe.« Danke, Hannah, dachte Chloe gerührt. Du bist eine wahre Freundin.

»Natürlich – Chloe«, sagte Connor. »Hätte ich auch selber drauf kommen können. Das Mädchen weiß schließlich alles. Der blanke Wahnsinn.«

Chloe duckte sich augenblicklich weg, damit Connor ihre glühenden Wangen nicht sah.

»Und jetzt?«, fragte jemand. »Was machen wir jetzt?«

»Was Cooles«, antwortete ein anderer und ein paar Leute lachten.

»Wollt ihr wissen, wer etwas wirklich Cooles gemacht hat?« Chloe wagte sich wieder hoch. »Norman Chiang aus der Zwölften, ihr wisst schon, dieser ungewöhnlich große Asiate. Na ja, egal. Also, der hat sich in die Schulwebsite gehackt. Wo die Fotos der Lehrer sind. Und hat das Foto von jedem in einen Character aus der Muppet Show eingebaut, also mit einem kleinen Video. Professor Montgomery war Kermit und Mrs Gomez war

Miss Piggy, Mr Howard war das Krümelmonster und Mr Rupert Gonzo und so weiter. Es hat zwei Tage gedauert, ehe sie es gemerkt haben. Sie haben es überhaupt nur mitgekriegt, weil sich irgendwelche Eltern von zukünftigen Schülern gewundert haben,

was um alles in der Welt in Myriad High los ist.«

»Krass«, kommentierte Allyssa Snyder bewundernd.

»Und Stella Biggs aus der Zwölften, die hat auch was Supercooles gemacht, nämlich ein total geiles My-Movie, also noch besser als deins, Kyle, nicht sauer sein«, meinte Ben. »Sie hat eine Version von *Game of Thrones* gefilmt, in der alle Lehrer mitspielen, hab ich gehört. Sie hat sie aus alten Schulvideos gesammelt. Soll total witzig sein, aber sie will es erst öffentlich zeigen, wenn sie ihren Schulabschluss im Juni in der Tasche hat, damit sie keinen Ärger kriegt.«

»Was manche Leute so draufhaben …« Sophie seufzte. »Toll.«

Chloe fing Connors Blick auf. *Du hast es drauf*, las sie darin. *Du kannst alles.*

In diesem Moment erwachte der Bildschirm an Kyles Laptop, der immer noch aufgeklappt im Gras stand. MISSI erschien, heute war ihre Brille grün. »Hallo, liebe Freshmen. Kyle Larson, der Abgabetermin für deinen Geometrie-Eignungstest war gestern. Dir wurden bereits automatisch zehn Punkte abgezogen. Yella West, du hast morgen ein Referat, um Sponsoren für den Earth Club zu gewinnen. Bitte noch die Gliederung bei Professor Crawford einreichen. Hannah Montgomery, Chloe Walker und Sophie Woodrow, ihr habt eure Essays zum Thema *Offline leben* noch nicht gemailt. Abgabetermin ist heute um 18.30 Uhr.« MISSI strahlte, als hätte sie allen gerade eine Einladung zu einer von Connors legendären Poolpartys überbracht, und verschwand so plötzlich, wie sie aufgetaucht war.

»Hausaufgaben«, stöhnte Sophie.

Wie als Antwort fingen die iBabys in ihren Rucksäcken an zu quengeln. Chloe verdrehte die Augen und bückte sich, um Chucky irgendwie zum Schweigen zu bringen. Die anderen zerstreuten sich kichernd. Die Glücklichen, dachte sie.

»Du, Chloe?«, erklang es da hinter ihr. Connor. Sie drehte sich um. »Hättest du morgen mal Zeit?« Er sah sie fragend an. »Wegen der My-Movie-App«, fügte er hinzu, als sie vor Überraschung nicht gleich reagierte.

»Ja, klar. Kein Problem«, antwortete sie über Chuckys immer lauter werdendes Gejammer hinweg. Dann fiel ihr ein, dass morgen Samstag war. Sie würden sich also nicht in der Schule treffen können. Wo dann?

»Willst du ins Internat kommen?«, fragte sie zögerlich. »Wir könnten uns vormittags im Atrium treffen und …«

»Nee, lass mal. Komm du zu mir, da können wir mein erstes My-Movie gleich auf der großen Leinwand in Dads Media-Room ausprobieren. Und lieber nachmittags. Da bin ich wenigstens wach.«

»Aber hat er da nichts dagegen?«, stotterte Chloe. »Dein Dad, meine ich.«

Connor grinste sie an. »Der ist doch eh nie da.«

»Okay.« Sie grinste zurück. Was war das jetzt genau? Ein Date?

Caitlin

 Caitlin merkte, wie zwei Jungs Allyssa unverhohlen hinterherstarrten, und ärgerte sich. Klar, sie selbst sah auch gut aus, mal abgesehen von den leidigen paar Pfund zu viel, aber wenn sie neben Allyssa stand, dann verblasste sie einfach. Neben Allyssa zu stehen war sozusagen Aufmerksamkeits-Selbstmord. Alle verblassten neben ihr. Es war nicht nur ihr Aussehen, es war irgendwie auch ihre Ausstrahlung, ihr riesiges Selbstbewusstsein. Wie machte sie das nur? Selbst wenn Allyssa einen walnussgroßen Pickel auf der Stirn gehabt hätte, wären die Jungs noch verrückt nach ihr gewesen. Caitlin seufzte. Ihr Magen knurrte, obwohl sie doch eben eine ganze Tüte Popcorn gefuttert hatte. *Popcorn light*, besser gesagt, wahrscheinlich war sie deshalb noch hungrig. Popcorn war ja ohnehin schon superleicht und die Lightversion dann eigentlich so, als ob man Luft aß. Der Gedanke war tröstend, besonders nachdem sie ihren dicken Hintern in Kyles behämmertem Video gesehen hatte.

Plötzlich ertönte ein leises Ping. Ihr Handy. Sie zog es heraus. Eine Nachricht über MatchMe. Wow. Das ging aber schnell. Sie hatte da schließlich erst gestern ein Profil angelegt. MatchMe war die Dating-App des Colleges in der Nähe. Für die Nummer des Studentenausweises, die man da als Eintrittshürde angeben musste, hatte sie einfach den ihrer Schwester genommen. Die würde nie im Leben eine Dating-App nutzen, weil sie dauernd nur lernte. Und so war Caitlin dort jetzt als 18-jährige Studentin der Neurobiologie mit einem durch Photoshop aufgepeppten Foto vertreten, dazu einer coolen Beschreibung von sich und der Versicherung, dass sie keine Spaßbremse war. Wäre das nicht der Hammer, wenn sie bald einen Studenten als Freund hätte? Das hatte noch nicht mal Alyssa geschafft. Dann konnten die Milchbubis hier einpacken. Sie ließ sich hinter Allyssa zurückfallen, die das ohnehin nicht merkte, weil sie mit diesem Ryan flirtete. Die Nachricht war von einem Typen namens Damian.

Hey Caitlin, tolles Profil, noch tolleres Foto. Wie kann es sein, dass du mir im College noch nicht über den Weg gelaufen bist?

Caitlins Herz machte einen kleinen Sprung. Noch zwei andere Jungs hatten sie angeschrieben, aber keiner so süß wie dieser Damian. Was sollte sie zurückschreiben? Was schrieben sich Studenten so? Da kam schon eine neue Nachricht, wieder von Damian.

Bist du auch im Shakespeare-Club? Du kommst mir so bekannt vor.

Shakespeare-Club? Okay ... Caitlin zermarterte ihr Gehirn nach irgendetwas, das im Englischunterricht über Shakespeare bei ihr hängen geblieben war. Sie wurde fündig.

Klar. Da war ich ein paarmal. Romeo und Julia ist mein Lieblingsbuch.

Als ob. Hoffentlich war das kein Fehler. Hoffentlich fing er jetzt nicht an, sie über Literatur auszuquetschen. Aber Damian hatte anderes im Sinn.

Lust auf eine Runde Billard im Studentenclub heute Abend?

Shit. Da konnte sie natürlich nicht hin. Und überhaupt, wie sollte sie Damian eigentlich je treffen? Sie kam ja hier nicht weg.

Geht leider nicht.

Schade. Ein andermal? Woanders? Bald? Ungeduld begleitet wahre Leiden. ☺

Hä? Was schrieb er da? War das was von Shakespeare? Egal. Damian war süß.

Klar. Total gern.

Ihr würde schon etwas einfallen.

Chloe

Am nächsten Nachmittag fuhr Chloe über den Campus, auf dem auch am Wochenende das Leben pulsierte. Sie erinnerte sich daran, wie ihr der ganze Campus vor drei Jahren wie ein Traum vorgekommen war. Sie war mit ihren Eltern aus dem bitterkalten, winterlichen Chicago hierhergekommen und hatte mit großen Augen die grüne, freundliche, helle Campuswelt betrachtet – die gut gelaunten Menschen, die gepflegten Anlagen, die unzähligen kostenlosen Einrichtungen und Angebote. Und vor allem hatte sie der Pioniergeist beeindruckt, der hier förmlich durch die Luft schwirrte. Nichts schien unmöglich. Anfangs war Chloe ziemlich gehemmt; die perfekten, ewig strahlenden kalifornischen Mädchen schüchterten sie ein. Doch dann lernte sie Hannah und ihren unheimlich netten und klugen Vater kennen. Chloe hatte noch nie einen Menschen wie John Montgomery getroffen. Er hatte großartige Visionen und Ideen und im Gegensatz zu den meisten Leuten setzte Hannahs Vater nahezu alle davon um. Es war unfassbar traurig, dass er nicht mehr lebte, und Chloe hatte sich geschworen, Hannah immer beizustehen. Genau wie Hannah ihr in der Anfangszeit vor drei Jahren beigestanden hatte, als sich einige Mädchen in der Middleschool über Chloes biedere Winterkleidung und die Tatsache, dass sie keine Ahnung von gesunder Ernährung hatte und weder schwimmen, tanzen noch Tennis spielen konnte, lustig gemacht hatten.

Links lag die Baustelle zu einer neuen Multimediahalle, rechts erstreckten sich die Anlagen mit den unterirdischen Bereichen. Dort kam man nur mit besonderer Chipkarte rein, denn dort befand sich das Gehirn von Myriad. Die absolut geheimen, neuen Erfindungen wurden dort konzipiert. Chloe war ein einziges Mal mit ihrem Vater bis an die Tür vorgedrungen, aber alles, was sie hinter der Glasscheibe hatte erspähen können, waren weitere endlose Gänge gewesen, von denen Räume abgingen. Chloe hatte die verschlossenen Türen betrachtet und in diesem Moment in-

stinktiv gewusst, dass sie eines Tages hier arbeiten wollte. Genau hier, am Puls des Universums. Da, wo die neuen Welten entstanden. Und das würde sie auch.

Wenig später fuhr sie die kiesbestreute Auffahrt zu Connors pompöser Villa hinauf. Connor musste sie schon auf den gefühlten fünfzig Security-Kameras gesehen haben, denn sämtliche Tore öffneten sich wie von Geisterhand für sie. Lässig stand er in der Eingangstür, die linke Hand in der Gürtelschlaufe, einen dampfenden Becher Kaffee in der rechten. Ganz offensichtlich war er vor noch gar nicht allzu langer Zeit erst aufgestanden. Er winkte ihr zu. »Hey, super! Komm rein.«

»Kann ich denn hier einfach vor der Tür parken?«, fragte Chloe.

Connor winkte ab. »Mann, das ist mein Haus. Park, wo du willst. Von mir aus im Pool.«

Sie parkte ihr E-Auto etwas schief vor der Tür der riesigen Villa, wo es wie das weggeworfene Spielzeug eines Kleinkinds wirkte. Unauffällig musterte sie die ganze Umgebung. Großer Gott. Die Villa, die Gartenanlagen, der Pool, die Kronleuchter, die ganzen Zimmer … Es übertraf noch ihre kühnsten Erwartungen. Der Stil war allerdings, nun ja …

»Mein Alter hat eine Vorliebe für potthässliche teure Antiquitäten«, informierte Connor sie ungefragt, während er voranging und schließlich einen Raum betrat, in dem eine große Leinwand die halbe Wand einnahm und bequeme Ledersessel und Beanbags sowie eine Couch für die Zuschauer herumstanden. Ein Beamer wartete auf Filme, die Fenster ließen sich komplett verdunkeln.

Connor sank auf die Couch, Chloe hingegen blieb etwas unentschlossen stehen, weil sie nicht sicher war, wo sie sich hinsetzen sollte. Direkt neben ihn, wo es doch so endlos viele Sitzgelegenheiten gab? Ihm gegenüber in einen Beanbag, in den sie tief einsinken und dann nur ungraziös wieder herauskommen würde? Es hing einfach davon ab, was genau das hier werden sollte, und sie hatte immer noch nicht die leiseste Ahnung. Connor bemerkte ihre Verlegenheit nicht, er trank einen Schluck Kaffee, schlug sich dann an die Stirn und drückte auf eine Art Fernbedienung, worauf die Haushälterin Alberta hereinhuschte, eine weitere Tasse Kaffee brachte, Chloe zunickte und die Tasse zu Connors Kaffee auf den Tisch stellte. Okay, damit war das wenigstens geklärt. Alberta hatte entschieden und Chloe setzte sich neben Connor. Die kleine Kette, für die sie sich kurz vor ihrer Abfahrt entschieden hatte, kratzte ungewohnt am Hals und ihre Lippen fühlten sich seltsam klebrig an von dem Lipgloss, den sie ganz entgegen ihrer Gewohnheit in letzter Minute noch aufgelegt hatte.

Sie räusperte sich. »Okay. Hier ist die App.« Sie wischte auf Connors Handy herum. »Welches Filmgenre willst du haben?«

Connor überlegte einen Moment lang. »Historischer Film«, sagte er dann. »Mittelalter oder so.«

Chloe ließ sich ihre Verblüffung nicht anmerken. Sie hätte bei ihm eher auf Action getippt. »Okay. Wer sind deine Verbündeten in dem Film? Feinde? Irgendwelche schönen Gespielinnen?« Sie gab sich locker und sah ihn dabei nicht an. Connor wählte aus und innerhalb weniger Minuten hatte Chloe für ihn die Schauspieler aus seiner Kontaktliste zusammengestellt. Sie entschied sich für eine Burgbelagerung als erste Szene, mixte diese rasch in der App zusammen und projizierte sie dann auf die große Leinwand. Connor ritt jetzt in einer Rüstung auf einem weißen Pferd über eine Wiese, hob den Arm und signalisierte dem halben Footballteam in Ritterrüstungen, ihm zu folgen. Vom Burgwall oben flog jemand mit einem lauten Angstschrei herunter, es war Mike Gonzales, der Football-Kapitän, den Chloe seit der Hazing-Nacht ganz besonders gefressen hatte.

Connor fiel beim Anblick der Szene vor Lachen fast von der Couch. »Ist das klasse«, japste er und dann ließ er sich wieder und wieder von ihr erklären, wie genau man die App benutzte, wie man seine eigene Storyline einbrachte und wie man die Szenen schnitt. »Mensch, Chloe, du bist der Hammer. Wenn ich dich nicht hätte. Du bist die Beste.« Er streckte den Arm aus, fast machte es den Anschein, als wolle er ihr um den Hals fallen. Chloe hielt unwillkürlich den Atem an. War es das jetzt? War es der Beginn von etwas mehr als nur einer Freundschaft?

Doch dann versetzte er ihr nur einen gutmütigen Knuff. »Du bist einmalig. Ein echter Kumpel.«

Sein Handy summte, er las eine SMS und kriegte deshalb Gott sei Dank nicht mit, wie Chloe sich schnell abwandte, zur Seite sah und sich den idiotischen Lipgloss von den Lippen wischte.

Connor las seine Nachricht und verdrehte die Augen. »Stephanie«, sagte er dann. »Will mit mir heute Abend zu einer Party.«

»Wie schön.« Chloe hatte keine Ahnung, wer Stephanie war.

Es summte wieder. »Jetzt nerv doch nicht«, murmelte Connor. »Was ich gerade mache?« Er tippte schnell eine Antwort. »Ich sitze hier mit meinem besten Kumpel und jage durch das Mittelalter.« Er kicherte.

Chloe löste auch noch unauffällig die kratzende Kette von ihrem Hals. Kumpel. Natürlich, was sonst.

»Das kapiert sie mal wieder nicht«, kommentierte Connor genervt, der inzwischen zwei weitere Nachrichten gelesen hatte. »Manche Mädchen haben doch echt keine Ahnung. Na ja, wenigstens sieht sie gut aus.«

Du sagst es, dachte Chloe. Manche Mädchen haben keine Ahnung davon, wie gut sie es haben.

Hannah

Hannah schlängelte sich an den Schülern vorbei, die den Gang in der Schule verstopften. Es war Montagmorgen und sie war auf dem Weg zum ersten Treffen der Earth-Club-Krieger und schon mächtig gespannt. Die meisten Leute um sie herum beobachteten gerade begeistert ein Wettfliegen von drei Drohnen. Erst sausten diese wie gigantische Insekten dicht unter der Decke im Gang entlang, dann schwirrten sie elegant zum offenen Fenster hinaus in den Innenhof, wo sie im Zickzack herumdüsten und dann haarscharf über das Schulmaskottchen Sharky hinwegsurrten, welches diese Woche zur Eröffnung der Football-Saison der *White Sharks* einen täglichen kleinen Einsatz hatte. Es stolperte erschrocken, wankte gefährlich nach links und musste von zwei Freunden gestützt werden.

Die Drohnen waren mittlerweile echt überall. Hannah hatte fast den Eindruck, als habe die ganze Schule so ein Ding erhalten und als seien nur sie und ihre Freundinnen mit den iBabys geschlagen, obwohl das ja gar nicht sein konnte. Wahrscheinlich verspürten die Drohnenbesitzer einfach nur mehr Lust, ihr Können zur Schau zu stellen. Mit den iBabys konnte man eher weniger angeben. Genau genommen überhaupt nicht. Es war nichts Glamouröses daran, wenn man an einer Horde Jungs aus der Elften vorbeilaufen musste und just in diesem Moment ein Quäken aus dem eigenen Rucksack ertönte. Im Unterricht hielten die iBabys selbstverständlich die Klappe, so waren sie programmiert. Dabei hätte Hannah sich zum Beispiel in Mathe gern mal eine zehnminütige Auszeit genommen, um sich ausgiebig um ihr iBaby zu kümmern. Denn Mr Rupert, so sexy er auch aussah, war gnadenlos streng. Die meisten Mädchen gierten aber trotzdem nach ihm und hätten sich wahrscheinlich liebend gern von ihm ein bisschen mit dem Lineal verhauen lassen. Behauptete Chloe jedenfalls.

Die Drohnen machten aber nicht nur Wettrennen, sie waren alle mehr oder weniger sofort zweckentfremdet worden. Wenigstens durften sie nur tagsüber herumdüsen, ab 22 Uhr herrschte auf dem gesamten Campus Drohnenverbot, denn ansonsten hätten die meisten wahrscheinlich die ganze Nacht lang damit Unsinn getrieben. Allein heute Morgen hatte Hannah beobachtet, wie eine Drohne jemandem im Vorbeifliegen ein Glas Wasser über den Kopf gekippt hatte und wie eine andere über einem sich küssenden Paar aus der Elften ein Kondom abgeworfen hatte. Beides unter dem tosendem Gelächter der halben Schule. Sie wich jetzt einer silbernen Drohne aus, die an ihrem Ohr vorbeisauste, bei einem hübschen Mädchen mit kurzen blonden Haaren anhielt und etwas in deren Hände fallen ließ. Eine dunkle Rose. Die Wangen des überraschten Mädchens färbten sich rot und ringsum ertönte anzügliches Pfeifen.

Hannah verspürte einen winzigen Anflug von Neid. Warum schickte ihr keiner eine Rose? Ryan zum Beispiel. Blödsinn, schalt sie sich gleich selbst. Warum sollte er das tun? Sie durcheilte eine der Glasröhren, die vom Gebäude der Geisteswissenschaften über das Gebäude für Mathe und Physik bis hin zu dem Gebäude für Bio und Chemie verliefen und durch ein gigantisches Aquarium führten. Das Aquarium war oben offen, in der oberen Etage konnte man auf dem Sonnendeck stehen und die Meeresschildkröten beim Luftschnappen und die Robben beim Sonnenbaden auf den künstlichen Felsen beobachten, aber hier unten fühlte es sich an, als schritte man auf dem Meeresboden entlang. Über, unter und neben Hannah glitten bunte Fische hinter Glas herum; zarte Seepferdchen und Quallen mit filigranem Muster schwebten auf und ab. Zwischen zwei kleinen Korallenblöcken tauchte das erstaunte Gesicht einer Schildkröte auf. Hannah betrachtete einen Moment lang das runzlige, gutmütige Gesicht. Schildkröten sahen immer so aus, als ob sie den Lauf der Welt kannten und eingesehen hatten, dass es die beste Strategie war, alles kauend auszusitzen. Schlaue Tierchen. Eine Drohne sauste vorbei und Hannahs Gedanken wanderten wieder zu der Drohne mit der Rose zurück. Manche Mädchen hatten auf diesem Wege bereits Einladungen zum Homecoming-Ball bekommen. Hannah hingegen wartete immer noch auf … ja, worauf eigentlich? Auf ein Zeichen von Ryan, denn von Matt hatte sie ganz offensichtlich nichts mehr zu erwarten. Seit ihrem Streit hatten sie überhaupt nicht mehr miteinander geredet. Es war deprimierend und traurig, aber nicht zu ändern. Ryan hingegen … Ihr Herz klopfte schneller, wenn sie ihn sah, er zog sie so magisch an, dass sie sich manchmal richtig bremsen musste, ihm nicht dauernd »zufällig« über den Weg zu laufen. Sie blieb wie angewurzelt stehen. Andere Mädchen hatten mit dem »zufällig über den Weg laufen« offenbar weniger Probleme. Weiter vorn entdeckte sie nämlich Allyssa, die Ryan gerade anhielt und auf ihn einredete, den Kopf schief legte, verständnisvoll lächelte, die Haare nach hinten schmiss. Und das Schlimmste: Ryan lächelte zurück. Nickte ebenfalls. Legte ebenfalls den Kopf schief, rückte interessiert die Brille im Stil der 50er-Jahre, die er heute trug, zurecht. Dann lachten beide laut auf. Hannah drehte augenblicklich ab. Zum Glück kannte sie hier jede Abkürzung. Nicht, dass sie eifersüchtig war, so kam sie nur schneller zum Ziel.

Als sie um die Ecke bog, sah sie ihr eigenes Spiegelbild in einer Glastür. Ihr Zopf sah brav und langweilig aus, ihre Doc Martens wirkten wie Gesundheitsschuhe, ihre Haut war zu blass. Natürlich war sie eifersüchtig auf die perfekte Allyssa. Aber so was von!

»Heute geht der Kampf los, Leute«, erklärte Yella vom Earth Club den zehn Mädchen und Jungen, die in der Lunchpause um sie herumstanden. Sie trug eine graue Jacke mit Stehkragen, die ihr etwas Zackiges, Militärisches, um nicht zu sagen Rabiates ver-
 lieh. Hannah war schwer beeindruckt.

»Was genau werden wir tun?«, erkundigte sich ein Junge.

»Umweltschweine erziehen«, antwortete Yella knapp. Dann legte sie los und erklärte den neuen Earth-Club-Enthusiasten, was darunter zu verstehen war.

Hannah glaubte, nicht richtig zu hören. Sie sollten *was bitte* machen?

»Also, alles klar?« Yella blickte in die Runde. »Plastikkram hier rein, Essensreste da, Glas und Papier dort. Und ihr passt auf, dass die anderen das auch ja trennen.«

Sie sollten aufpassen, dass die anderen Schüler die Reste ihres Mittagessens trennten? Das war der große Kampf gegen Umweltverschmutzer?

»Und was ist, wenn jemand sich weigert?«, fragte ein Mädchen entgeistert.

Yella lächelte nachsichtig. »Hallo? Dafür bist du ja hier. Mach ihnen Beine. Rede ihnen ins Gewissen. Erkläre ihnen die Notwendigkeit. Ihr seid schließlich die Wächter einer sauberen Erde.«

»Aber wenn sie es dann immer noch nicht tun?« Das Mädchen klang jetzt leicht aufmüpfig.

»Dann geht ihr mit gutem Beispiel voran«, erklärte Yella. »So.« Sie hielt blitzschnell den Arm eines schmächtigen Jungen fest, der sein noch fast volles Tablett komplett in den Müll kippen wollte. »Nicht so schnell, Süßer. Plastik da rein, Essensreste dort.«

Der Junge blinzelte erstaunt unter seinem Pony hervor, zuckte dann aber mit den Schultern und tat wie geheißen. Hannah atmete auf. Vielleicht war es ja doch nicht so schrecklich, in einer der Cafeteria-Ecken bei den Mülleimern zu stehen? Auf jeden Fall tat sie damit etwas wirklich Nützliches für die Umwelt.

Zehn Minuten später erkannte Hannah, dass es schrecklich *war* und von Minute zu Minute schrecklicher *wurde*. Die meisten Leute ignorierten Hannah völlig, nahmen sie nicht mal wahr, weil sie Kopfhörer aufhatten oder die Tabletts in den Müll klatschten und nebenbei auf ihre Handys starrten. Lediglich ein Junge hatte die Reste seines Lunches bislang fein säuberlich getrennt, aber da war Hannah sich nicht sicher gewesen, ob er das nicht auch ohne ihre Anwesenheit getan hätte. Sie fühlte sich trotz der Gummihandschuhe irgendwie klebrig und schmuddelig. Sie trug heute nur ein ärmelloses Top und einen kurzen Rock, dazu hatte sie ihren Lieblingspulli, der eigentlich ihrem Vater gehörte, um die Hüfte gebunden und hatte das Gefühl, dass ihre Haut den ganzen Müllgeruch durch Osmose aufnahm. Mindestens vierzig Plastikgabeln hatte sie aus den Essensresten wieder herausgefischt und dabei jedes Mal in das grausige Durcheinander aus halben Orangen, aufgeweichten Pommes, glibberigen Spaghetti, abgenagten Hühnerknochen und matschigem Reispudding blicken müssen. Sie schielte auf ihre Uhr. Noch eine halbe Stunde. Da klatschte etwas neben ihr in die Tonne mit den Essensresten, Tomatensoße spritzte hoch und auf den Pullover um ihre Hüften. Hannah fuhr herum. Direkt vor ihr stand Allyssa.

»Ey, sag mal …«, setzte Hannah an, aber in dem Moment ließ Allyssa Snyder ihr Tablett einfach aus den Händen rutschen und auf den Boden knallen. Wortlos.

»Heb das auf!«, sagte Hannah wütend.

Allyssa grinste bloß.

»Heb das auf! Sonst … sonst …« Hannah rang nach einer wirksamen Drohung, aber ihr fiel nichts ein.

»Einen Scheiß werd ich.« Allyssa stolzierte davon.

Hannah starrte ihr in dem beschämenden Wissen hinterher,

dass sie gerade als Verliererin aus einer unsichtbaren Schlacht hervorgegangen war. Und als sie glaubte, es könne nicht noch schlimmer werden, näherte sich ihr ein Tanzzicken-Trio.

»Hey, Hannah«, zwitscherten sie. »Bewachst du die Mülltonnen? Voll lieb von dir.« Sie kicherten. »Oh, du hast da übrigens Tomatensoße am Top. Und da auch. Oh, und hinten auf dem Pulli auch.«

»Essensreste da rein, Plastik dort.« Hannah versuchte, ihrer Stimme genau denselben zackigen Befehlston zu verleihen, den Yella vorhin draufgehabt hatte. Die Tanzzicken prusteten los und tauschten Blicke aus.

»Ach, das kannst du doch machen«, sagte Caitlin. »Ist doch dein Hobby.«

Demonstrativ leerten die drei ihre gesamten Tabletts in die Tonne mit den Essensresten. Hannah blieb stocksteif stehen. Auf gar keinen Fall würde sie jetzt den Müll der Tanzzicken sortieren. Niemals. Da nahm sie eine Bewegung neben sich wahr. Ein Schimpanse in blauer Latzhose war auf den Rand der Mülltonne gesprungen und holte mit wachsender Begeisterung die halben Orangen wieder heraus und warf sie auf den Fußboden.

»Hey«, rief sie verblüfft. »Was machst du denn da? Lass das!«

Die Tanzzicken rissen die Augen auf, die Gesichter vor Begeisterung fast verzerrt, und die ätzende Caitlin trampelte sogar vor Vergnügen auf der Stelle.

»Ich sterbe«, quiekte sie. »Der Affe mischt alles wieder auf! Oh Gott, ich brech ab!«

Hannah versuchte, den Affen herauszuziehen, aber er war erstaunlich stark und schmierte ihr in dem Gerangel nur etwas Matschiges ins Gesicht.

»Ollie«, erklang eine Stimme. »Hör sofort auf!«

Sogleich kletterte der Affe aus dem Mülleimer und rannte zu seiner Besitzerin.

»Ey, tut mir total leid, sorry!« Die punkige Affenbesitzerin herzte und küsste den Schimpansen, als ob ihm irgendwie Unrecht widerfahren wäre. »Ollie ist immer noch ein bisschen aufgeregt wegen der vielen Leute hier.«

»Ach Gottchen, der Arme«, gelang es Hannah zu sagen. Sie hoffte, dass man den Sarkasmus raushörte. Der Fußboden um sie herum war ein einziges Schlachtfeld, es roch durchdringend nach altem Mittagessen.

»Danke, dass du es so locker nimmst. Affen sind echt wie kleine Kinder.« Das Mädchen hatte ganz offensichtlich keine Antenne für Ironie. Sie lauschte. »Hier weint übrigens irgendwo eins. Ein Baby, meine ich.«

»Ja«, presste Hannah hervor, denn in der Tat erklang ein gedämpftes Greinen aus ihrem Rucksack. »Das ist mein iBaby.«

»Oh, du hast ein iBaby«, staunte das Mädchen. »Wie toll ist das denn?«

Überhaupt nicht, dachte Hannah. Weiter vorn in der Cafeteria konnte sie Kyle entdecken, der gerade verzweifelt versuchte, sein iBaby auf Bens Drohne festzuschnallen, damit es damit einen Rundflug machen konnte.

Sie hatte die Nase gestrichen voll, sie wollte sich die Hände waschen und sie wollte, dass die Tanzzicken endlich abhauten, sie wollte sich eine Runde bei Matt ausheulen, so wie früher, und sich endlich wieder mit ihm vertragen. Was für eine Schnapsidee, diesem Earth Club beizutreten. Und wo war die kämpferische Yella, wenn man sie brauchte?

Anstelle von Yella stand auf einmal Chloe vor Hannah. Sie hatte sich einfach vor die Tanzzicken geschoben und reichte Hannah ein Taschentuch.

»Für die Erde muss man Opfer bringen«, sagte sie laut. Die Tanzzicken musterten Chloe, ihre ausgebeulte Jeans, ihr graues T-Shirt, auf dem »4 von 3 Leuten haben Probleme mit Mathe«

stand, ihre kurzen blonden Haare mit der Mütze darauf. Sie verzogen verächtlich den Mund und gingen tuschelnd weiter.

»Danke.« Hannah nickte Chloe erleichtert zu. »Kannst du mal mein iBaby rausholen?« Sie hob ihre verdreckten Gummi-

handschuhe hoch.

»Klar. Soll ich den kleinen Scheißer gleich mit entsorgen?« Chloes Hass auf die iBabys blieb ungebrochen, ja steigerte sich geradezu täglich. Dennoch holte sie Hannahs quäkendes iBaby aus der Tasche und trug es ein bisschen herum.

»Ma … ma?«, fragte das iBaby plötzlich.

»Woah!« Chloe ließ es vor Schreck beinahe fallen. »Die Dinger können sprechen?«

»Sieht so aus.« Hannah war genauso überrascht. »Hat der nicht so was gesagt? Professor Crawford? Dass die Babys sich weiterentwickeln?«

»Aber so schnell …« Chloe hielt das iBaby auf Armlänge von sich weg. Es gab kieksende Geräusche von sich.

»Geht total schnell. Das iBaby von Kyle kann schon fluchen wie ein Bierkutscher«, bemerkte jemand neben ihnen. Ryan. Hannah lächelte ihm reflexartig zu, rief sich dann aber ihre bekleckerte Erscheinung in Erinnerung und trat vorsichtshalber einen Schritt zurück. Vielleicht roch sie ja auch noch nach Tomatensoße? Verdammt, ausgerechnet jetzt musste er hier vorbeilaufen.

»Ach, ich muss ja zum Gameclub.« Chloe legte das iBaby auf einen Tisch und zwinkerte Hannah so dermaßen übertrieben verschwörerisch zu, dass wahrscheinlich sogar Ollie der Schimpanse kapiert hätte, dass sie die beiden alleine lassen wollte.

»Tja«, meinte Hannah, als Chloe fort war. »Willkommen am schönsten Ort des Myriad-Campus.« Sie hob entschuldigend die Hände hoch und ein lasches Salatblatt löste sich von ihren Gummihandschuhen und segelte zu Boden. Oh Gott. Sie redete, roch und benahm sich wie eine Marktfrau auf Drogen, während ihr iBaby neben ihr lauter und lauter quengelte und ihr wahrscheinlich mit seinem idiotischen Gejammer und seinen dauernden und unverständlichen Bedürfnissen den Notendurchschnitt für das ganze Schuljahr versauen würde.

»Wie ist die neue Band?«, fragte sie laut, um das Gequäke zu übertönen, und klopfte sich in Gedanken selbst auf die Schulter, weil sie endlich eine vernünftige Bemerkung herausgebracht hatte.

»Ganz okay. Ist zwar nicht unbedingt dieselbe Richtung wie meine frühere Band, aber besser als nichts.«

»Du warst schon mal in einer Band? Wie hieß die denn? Kenne ich die?«

»Garantiert nicht. Wir waren *The Elementals*. Wir drei Jungs und dann noch Sarah, unsere total coole Sängerin, wir waren auch eine Schulband in ...« Er stockte kurz. »In meiner früheren Schule.«

»Wo warst du denn in der Middleschool?«

»Maranzita. Kleine Stadt in Nordkalifornien. Sagt dir sowieso nichts.« Das kam wie aus der Pistole geschossen. Irgendwie *zu* schnell.

»Nee, kenn ich nicht. Aber ich war auch noch nie groß woanders. Nur einmal in Hawaii.« Das iBaby wurde leiser, jammerte nur noch mit halber Kraft. Wahrscheinlich vor Erschöpfung. Ein Punkt Abzug wegen Vernachlässigung, aber das war Hannah in dem Moment egal.

»Ich bin auch noch nie aus Kalifornien rausgekommen. Da haben wir ja was gemeinsam.« Er schenkte ihr ein Lächeln, und Hannah wünschte sich, sie hätten noch tausendmal mehr gemeinsam. Sie beneidete diese unbekannte Sarah um die Nähe, die sie zu Ryan gehabt hatte. Seine Freundin? Vor ihrem inneren Auge sah sie ein wunderschönes Mädchen und Ryan am Strand in diesem Maranzita sitzen, der Sand warm unter ihren nackten

Füßen, Ryan beugte sich zu dem Mädchen hinüber, sein Gesicht ganz nah an ihrem, und …

»Du hast da was.« Sein Gesicht *war* ganz nah. Er griff ihr behutsam in die Haare, ohne den Blickkontakt zu lösen.

»Was denn?«

»Einen Sonnenstrahl.«

Wärme breitete sich in ihr aus, flatterte von ihrem Bauch zu ihrem Herzen und dann höher zu ihrem Hals.

»Hannah!«

Sie zuckte zurück. Matt kam quer durch die Cafeteria auf sie zu. Ausgerechnet jetzt! Er musterte Ryan irritiert. Volltreffer, dachte Hannah. Unser gemütliches Date zu dritt am Mülleimer, begleitet vom Gequäke meines iBabys und umnebelt von den muffigen Gerüchen der Lunchreste. Was wünscht sich ein Mädchen mehr?

»Ich muss dann mal weiter.« Ryan zog sich unmerklich zurück, er ahnte wohl, dass Matt nicht nur irgendein Mitschüler war, der zufällig hier vorbeischlenderte. »Tschüss dann.« Einen winzigen Moment berührte Ryan ihre Schulter und Hannah unterdrückte den Impuls, seine Hand einfach festzuhalten, weil sie sich dort so gut anfühlte.

»Tschüss«, antwortete sie kraftlos. Halb wollte sie, dass Ryan ging, halb, dass er blieb. Sie merkte, dass sie ihm hinterherstarrte, und wandte sich hastig ab.

»Ich wollte noch mal mit dir reden«, setzte Matt an, und in seinem Blick lag so etwas Verzweifeltes, dass Hannah ihn nur stumm ansehen konnte. »Es tut mir leid. Es tut mir leid, dass ich so blöd war. So kurz angebunden. Dass ich dir nichts gesagt habe, dass ich dir nicht geantwortet habe. Aber dafür gibt es einen Grund.«

»Der heißt Charissa«, sagte Hannah. Sie versuchte, ein verständnisvolles Gesicht zu machen.

»Nein. Charissa ist dreiundzwanzig.«

»Was?« Hannah schluckte.

»Und verlobt. Mit Chayton. Der ist sechsundzwanzig.« Ein Lächeln huschte über Matts Gesicht.

»Wer sind die beiden?«, fragte Hannah. Sie verstand überhaupt nichts mehr.

»Charissa ist die Tochter von den zwei Menschen, von denen ich …« Er stockte, setzte erneut an. »Von denen ich geglaubt hatte, sie wären meine biologischen Eltern.«

Was? Was sagte er da?

»Wie bist du denn auf die gekommen?«, fragte sie. Um sie herum kippten Schüler ihre Essensreste in die Mülleimer, wie es ihnen passte, aber Hannah achtete nicht mehr darauf. Wie um alles in der Welt hatte Matt diese Leute ausfindig gemacht?

»Im Internet. Und der Grund, warum ich nicht mit dir reden wollte, war, weil ich mich geschämt habe. Vor dir. Und vor mir selbst.« Matt setzte zu einer Geste an, als ob er ihre Hand nehmen wollte, zuckte dann aber wieder zurück. »Ich würde dir gern alles erzählen. Aber nicht hier.« Er sah sich um, und Hannah verstand, was er meinte.

»Okay«, erwiderte sie. »Wo dann?«

»Woanders.« Matt bückte sich und hob Allyssa Snyders Tablett auf sowie den ganzen anderen Abfall. »Hast du mal einen Lappen?«

»Hier.« Hannah kniete sich hin und half ihm. Genau deswegen mochte sie ihn – Matt wusste einfach immer, was zu tun war und was ihr guttat. Beim Anblick seines vertrauten Gesichtes war es, als ob alle Zicken und Allyssas dieser Welt sich auflösten und im Nichts verpufften. Auf einmal tat er ihr furchtbar leid und sie sehnte sich nach ihm wie nie zuvor.

»Ich wollte dich auch noch was anderes fragen.« Matt blickte nicht hoch, er wischte weiter auf dem Boden herum, obwohl der schon blitzsauber war. »Du und Ryan, seid ihr …«

»Da ist nichts«, sagte Hannah schnell. Das stimmte nicht

ganz und stimmte doch. Da war nichts. Noch nicht, flüsterte eine kleine Stimme in ihrem Kopf.

»Gut.« Matt sah sie erleichtert an. »Und noch eine Frage hab ich.« Er lächelte verlegen. »Demnächst ist ja …«

Jetzt kam es. Homecoming. Garantiert.

»Was denn?« Hannahs Herz klopfte wie wild.

»Haustiertag an der Schule. Also – wenn du hier ein Haustier haben könntest, welches würdest du wählen?«

Was? Das war alles?

»Ja, was weiß ich. Eine Katze wahrscheinlich«, erwiderte sie perplex, denn das war das Erste, was ihr einfiel. Sie hatte sich als Kind immer eine Katze gewünscht, aber nie eine bekommen, weil beide Eltern allergisch gegen Katzenhaare waren. »Warum willst du das wissen?«

»Nur so.«

Nur so? Sie war enttäuscht, aber gleichzeitig froh, dass Matt auf sie zugekommen war. Ein Schritt nach dem anderen.

»Matt, wollen wir einfach mal in Ruhe über alles reden? Zum Beispiel heute in der Freistunde?«

»Geht nicht«, murmelte Matt.

»Wieso denn nicht?« Jetzt hatte sie endlich ihren ganzen Mut zusammengenommen und da ließ er sie abblitzen?

»Ich kann nicht.«

Offenbar war er nicht willens, ihr mehr zu verraten. Warum hatte er dann überhaupt damit angefangen? Dann eben nicht.

»Na, dann tschüss. Ich muss zu meiner nächsten Stunde.« Sie zog sich die Gummihandschuhe ab und schmiss sie in den Plastikmüll. Was für eine schreckliche Mittagspause.

Matt rief ihr noch etwas hinterher, aber Hannah blieb nicht stehen.

Hannah

Auf der Toilette schrubbte Hannah sich die Hände. Dann inspizierte sie die Soßenflecken. Plötzlich standen Tränen in ihren Augen. Der dunkelblaue Pullover von ihrem Dad war ihr viel zu groß, weshalb sie ihn immer nur um die Hüften schlang, aber er war weich und voller Erinnerungen. Wenn sie das Gesicht tief in dem weichen Stoff vergrub, meinte sie, noch den Geruch ihres Vaters wahrzunehmen, nach *Old Spice* und nach Zedernholz, mit dem er den Kamin immer geheizt hatte, und ganz schwach nach Eukalyptus. Ein Kloß bildete sich in ihrem Hals. Wenn sie nicht schnell an etwas anderes dachte, würde sie in Tränen ausbrechen und mindestens eine halbe Stunde nicht aufhören können zu weinen. Die Frage nach dem Warum war ohnehin sinnlos. Ihr Dad lebte einfach nicht mehr und die Welt drehte sich trotzdem weiter, das war alles, was es dazu zu sagen gab. Sie schniefte kurz auf, spritzte sich ein letztes Mal Wasser ins Gesicht, hielt die Hände unter das Gebläse des Handtrockners, der sterilisierte und anschließend hautpflegende Öle aufsprühte, und begab sich rasch zu Bio-Fuse. Wenigstens hatte sie diesen Kurs mit ihren Freundinnen zusammen, allerdings ohne Matt. Der hatte stattdessen Coding gewählt. Nur Hannah wusste, warum. Nicht weil er unbedingt Computerprogramme schreiben wollte wie die meisten, sondern weil sie dort über die Windtalker redeten, die Navajo-Indianer, die im Zweiten Weltkrieg mit ihrer Indianersprache geheime Funksprüche übermittelt hatten, den Navajo-Code. Matt klammerte sich einfach an alles aus der Welt der Indianer, in der Hoffnung, etwas über seine Herkunft zu erfahren. Über Indianer würde er jetzt in Bio-Fuse ohnehin nichts erfahren. Dafür aber Hannah irgendetwas Spektakuläres über Pflanzen, wenn man der Ankündigung von Mrs Webber Glauben schenken konnte. Etwas, was es bislang nur auf dem Myriad-Campus gab. Hannah fragte sich, was um alles in der Welt das sein konnte. Eine Kreuzung aus Erdbeeren und Himbeeren? Oder etwa eine fleischfressende Pflanze, so groß wie eine Kuh? Mit leichtem Grusel betrat sie das Klassenzimmer.

»Intelligente Pflanzen«, eröffnete Mrs Webber die Stunde. »Was stellt ihr euch darunter vor?«

»Pflanzen, die uns Einsteins Relativitätstheorie vorlesen?«, witzelte jemand. Gedämpftes Gelächter erklang. Hannah drehte sich um. Evan, offenbar wild entschlossen, Komiker des Jahres zu werden.

»Würdest du die denn verstehen?«, konterte Mrs Webber. Hannah wechselte einen amüsierten Blick mit Chloe.

»Heilpflanzen?«, schlug jemand anderes vorsichtig vor.

»Nicht ganz. Nutzpflanzen sind nur ein Teil dieses Forschungsgebietes. Das andere sind Pflanzen, die selbst denken. Selbst Entscheidungen treffen. Ja, ihr habt richtig gehört. Wir betreten bei Myriad ein ganz neues Territorium und ihr seid live mit dabei. Es wird Zeit, dass ich euch Abby und Betty vorstelle.« Mit einer Handbewegung forderte Mrs Webber die Schüler auf, mitzukommen. Murmelnd erhob sich die Klasse aus ihren Bänken und folgte ihr durch eine Doppeltür, die in ein großes Labor führte, an das sich ein riesiges Gewächshaus anschloss. Dahinter begann der botanische Garten des Campus, der sich über die Größe eines Fußballfelds erstreckte. Auf dem Boden im Labor stand ein etwa zwei Meter langer, flacher, rechteckiger Kasten, der mit Erde gefüllt war und in dem eine dickfleischige Pflanze wuchs, von der Hannah keine Ahnung hatte, worum es sich dabei handelte.

»Wer liegt denn hier begraben?« Evan gab einfach nicht auf

und prompt erklang wie ein Echo begeistertes Gelächter. Hannah verdrehte innerlich die Augen. Neulich war er ihr noch so unsicher vorgekommen, aber mittlerweile näherte er sich immer mehr den Lautesten und Dummfrechsten der Schule an, die sich in den wenigen ersten Wochen bereits blitzschnell einen Platz an der Spitze der Highschool-Nahrungskette gesichert hatten.

»Das ist Betty. Hallo, Betty«, begrüßte Mrs Webber die Pflanze. Ein paar Leute kicherten. »Und das hier ist Abby.« Mrs Webber deutete auf eine eher unscheinbare Pflanze in einem Topf auf dem Tisch dahinter, die nur aus einem dicken Stängel mit dicht daran anliegenden Blättern bestand. »Hallo, Abby«, grüßte Mrs Webber. Die Pflanze namens Abby entfaltete eins ihrer Blätter in Mrs Webbers Richtung, fast als ob sie ihr die Hand reichen wollte. Ein Raunen ging durch die Klasse.

»Betty und Abby haben natürlich auch einen lateinischen Namen, den ihr demnächst auswendig lernen werdet, genau wie alle anderen Fakten, die es über sie zu wissen gibt. Sie sind die ersten Pflanzen ihrer Art, und ihr werdet gleich sehen, was sie so großartig macht.« Mrs Webber holte ihr Handy aus der Tasche. »Diesen Cartoon hat mir heute ein Freund geschickt«, sagte sie und zeigte der Klasse kurz ein kleines Bild. »Und ich muss immer noch lachen, wenn ich ihn ansehe.« Sie betrachtete den Cartoon, dann fing sie an zu kichern und steigerte sich in ein herzhaftes Lachen. In diesem Moment entfaltete Abby alle ihre Blätter, tiefrote Blüten gingen auf, es wurden immer mehr, je lauter Mrs Webber über die verdutzten Gesichter der Schüler lachte. »Abby und ich sind durch ein Emotionsplasma miteinander verbunden«, erklärte sie und hielt ihr Handgelenk hoch, an dem ein dunkelgrünes Pflaster prangte. »Geht es mir gut, so blüht und gedeiht Abby. Bin ich in einem unaufgeregten, neutralen Zustand, so steht sie in einer Art Erwartungshaltung da, wie ihr es beim Eintreten gesehen habt. Geht es mir schlecht, kümmert sie vor sich hin.«

»Unglaublich«, sagte jemand. »Das ist ja Wahnsinn. Eine Pflanze fast wie ein Haustier.«

»Ganz genau. Und nun zu Betty. Ich darf euch um Vorsicht bitten, hier stehen überall Reagenzgläser und Chemikalien herum, die zwölfte Klasse wird nämlich nachher an Cecilia, unserer dritten intelligenten Pflanze, arbeiten.«

Hannah rückte mit den anderen näher an Betty heran. Neben ihr stand einer von den Supernerds, der sein Hemd falsch zugeknöpft hatte und den Blick gerade voller Konzentration auf die Pflanze richtete, dahinter Sophie, die gelangweilt ihre Fingernägel inspizierte, und Chloe, deren Interesse mehr einem Computerscreen auf einem der Tische galt.

Plötzlich stieg Hannah ein Geruch in die Nase. Süßlich, nach Vanille. Sie wandte den Kopf zur Seite. Keinen Meter links von ihr weg stand Allyssa Snyder. Sie hatte Ryan im Visier, der sich gerade neben Chloe in eine Lücke quetschte.

»Unsere Betty holt sich nämlich, was sie braucht«, erklärte Mrs Webber. »Passt auf.« Sie zog das Rollo am Fenster hoch und ließ gleißendes Sonnenlicht ins Zimmer fallen, sodass die linke Kastenseite jetzt im prallen Sonnenschein stand.

»Betty steht im Schatten. Betty will aber gern Sonnenlicht haben.« Mrs Webber schmunzelte voller Vorfreude und prompt öffnete Abby ein paar weitere Blüten im Hintergrund. Und da geschah es: Betty rutschte in ihrem Bett aus Erde vom schattigen Ende des Kastens nach vorn ins Sonnenlicht. Sie konnte sich bewegen und über zwei Meter zurücklegen!

Die Klasse zuckte zurück, Hannah sprang erschrocken zur Seite, als ob Betty ihr in die Arme hüpfen könnte. Wahnsinn! Ein Raunen ging durch die Menge und mehrere Mädchen quiekten, ob vor Begeisterung oder vor Angst, war schwer zu sagen. Hannah sah, wie Ryan sich interessiert nach vorn beugte, um Betty aus der Nähe betrachten zu können. Er streckte die Hand nach der Pflanze aus, doch da berührte ihn jemand am Arm, und eine Sekunde lang fragte Hannah sich verblüfft, warum Chloe Ryan so zärtlich anfasste. Aber es war ja gar nicht ihre Freundin. Es war Allyssa, die sich zwischen Chloe und Ryan gedrängt hatte. Hannah heftete ihren Blick wieder auf Betty, die jetzt ihre Blätter aus irgendwelchen Gründen entfaltete, aber Hannah hörte den Erläuterungen nicht mehr richtig zu. Sie ärgerte sich. Über Allyssa, die gerade mit ihrer Anmache den magischen Moment in der Lunchpause zwischen Hannah und Ryan komplett zunichtegemacht hatte. Und über Ryan, der Allyssas Hand nicht einfach wegschob. Und über Matt, der Hannah nichts mehr erzählte und sie so blöd abblitzen ließ. Und am meisten ärgerte sie sich darüber, *dass* sie sich ärgerte. Warum waren ihr die beiden Jungs nicht egal?

Matt

 Miss Abercrombie trug heute eine Art Kaftan mit orientalischen Mustern. Sie sah aus wie ein fliegender Teppich, fand Matt, aber er musste zugeben, dass er ihren Mut bewunderte. Auf eine sture Weise zog sie alles an, was ihr gefiel, egal, was die Welt darüber dachte. Denn die Welt, das hätte Matt ihr sagen können, lachte hinter ihrem Rücken, wenn sie in ihren bizarren Gewändern über den Campus flatterte, wenn ihre Armreifen klimperten und ihr unentwegt Dinge aus den Händen glitten und zu Boden fielen, wenn sich ihre Haare aus den marokkanischen Kämmchen lösten oder ihre russischen Filzstiefel seltsam quietschende Geräusche machten. Umso schrecklicher war es, dass Matt seine Freistunden auf Anordnung seiner Adoptivmutter immer noch mit Miss Abercrombie verbringen musste. Wahrscheinlich damit sie sich nicht mit dem lästigen Problem seiner Erinnerungen an *die Zeit vor Myriad*, wie sie es nannte, auseinandersetzen musste. Sie schob alle Dinge auf andere Leute ab, die diese ihrer Meinung nach von Berufs wegen besser konnten – Köche, Putzfrauen, Nannys, Klavierlehrer, Schwimmlehrer, Nachhilfelehrer, Weihnachtsbaumdekorateure, Innenausstatter, Gärtner, Dogwalker und jetzt eben auch Therapeuten für Teenager.

Deswegen würde er auch niemandem etwas davon erzählen, nicht mal Hannah. Schon gar nicht Hannah. Sie würde ihn bemitleiden, und er wollte nicht, dass sie Mitleid für ihn empfand, sondern dass sie ihn so ansah wie diesen Ryan. Wo kam der überhaupt auf einmal her? Und musste der ausgerechnet Hannah anmachen? Gab es nicht genug andere Mädchen, die ihm hinterherrannten? Hannah war seine, Matts Freundin, verdammt noch mal. Oder würde es jedenfalls bald werden, wenn er nur endlich den Mut aufbrachte und ihr seine Gefühle gestand. Zu Beginn des Sommers, da war noch alles so gewesen, wie es sein sollte. Sie hatten auf einer Wiese so nah beieinandergesessen, dass er die kleinen goldenen Sprenkel in ihren Augen gesehen hatte. Ihr linkes Grübchen, wenn sie lachte. Den Duft ihrer Haare wahrgenommen hatte, nach Jasmin und Zitrone. Er hatte zugeschaut, wie sie mit flinker Hand ein paar Volleyball spielende Leute in ihrem Skizzenbuch festgehalten hatte. Stundenlang hätte er beobachten können, wie ihre schlanken Finger den Stift hielten und geschickt hier einen Strich setzten und da eine Schattierung anbrachten, bis wie durch ein Wunder auf einmal ein perfektes Bild auf dem Papier erschien. Hannah hatte unglaubliches Talent. Und sie trug immer noch den kleinen Lederring, den er ihr als Zehnjähriger gebastelt und zu Weihnachten geschenkt hatte, auch wenn der mittlerweile nur noch an ihren kleinen Finger passte.

Doch dann hatte er vor einigen Wochen dieses Foto auf der Website entdeckt, auf die er dreimal täglich ging. Fotos von vermissten Kindern, zum Teil digital bearbeitet, damit man eine Vorstellung bekam, wie sie heute aussahen. Und dort hatte er sich plötzlich selbst entdeckt – das digital gealterte Foto eines Jungen, der ihm wie aus dem Gesicht geschnitten war. Also nicht ganz, im Nachhinein hätten ihm die kleinen Unterschiede auffallen müssen, aber er war in diesem Moment komplett ausgetickt. Völlig überzeugt davon, dass er endlich seine Eltern gefunden hatte, war er in einem der Busse nach San Francisco abgehauen; eine Chipkarte dafür zu besorgen war kein Problem, wenn man der Sohn von Deborah Steiner war. In dem Moment hatte er an nichts anderes gedacht als an sich selbst und seine wahre Familie, weder an Hannah noch an seinen Adoptivvater und schon gar nicht an seine Adoptivmutter. Von San Francisco aus war er mit dem Greyhound-Bus nach New Mexico gefahren, Geld hatte er zum

Glück genug. Und dort war sein Traum dann zerplatzt wie eine Seifenblase. Charissa war nicht seine Schwester und ihre Eltern waren auch nicht seine, denn …

»Matt?« Miss Abercrombie riss ihn aus seinen Gedanken und schaltete ihr Handy ein, um die Stunde aufzunehmen. Matt hätte es ihr am liebsten aus der Hand gerissen. Musste das sein? Reichte es nicht, dass er sich im Original hier die Blöße gab, musste es auch noch recycelt und erneut angehört werden?

»Hattest du wieder einen Traum?«, unterbrach Miss Abercrombie seine brodelnden Gedanken.

Er nickte.

Sie wartete. Das konnte sie gut.

»Ich hab diesen kleinen Jungen gesehen. Also mich. Er hat mich angelacht und wollte, dass ich mit ihm spiele. Ich bin mit ihm über eine Wiese gerannt. Und dann hab ich so ein Schnaufen hinter uns gehört. Jemand … etwas ist hinter uns her gewesen. Vielleicht ein Bär?« Er hielt inne und wartete auf eine Erklärung.

Sie lieferte ihm keine. »Hast du Angst vor Bären?«, fragte sie stattdessen.

»Keine Ahnung. Wahrscheinlich. Hätten Sie denn keine Angst vor einem Bären?«

»Hast du denn schon mal einen echten Bären gesehen? Im Zoo oder so? Was hast du da empfunden?«

Wollte sie darauf hinaus, dass er eine Bärenphobie hatte, oder was? Er überlegte. »Vielleicht dachte ich im Traum, dass es ein Bär war, weil ich … weil mein Volk, also meine Eltern, meine biologischen Eltern …« Er brach ab. Was redete er da nur?

»Weil du ethnisch von den Native Americans abstammst?«, fragte Miss Abercrombie zurück.

Herrgott noch mal, konnte sie nicht wenigstens einmal eine Frage nicht mit einer weiteren Frage beantworten? Und was bedeutete das überhaupt? Dass er genetisch dazu vorbestimmt war,

Büffel zu häuten und Lachse mit der Hand zu fangen? Er war ein ganz normaler fünfzehnjähriger Junge, seine Adoptivmutter war mittlerweile alleinige Chefin von Myriad und sein Adoptivvater war Meeresbiologe. Nein, Kommando zurück – er war eben kein ganz normaler Junge, sonst säße er nicht hier. Er hatte keine Ahnung, wer seine richtigen Eltern waren, stattdessen träumte er dauernd von sich selbst und irgendwelchen Verfolgungsjagden, sein Adoptivvater hatte überhaupt keine Zeit mehr für ihn, seit er vor ein paar Jahren wieder geheiratet und zwei Kinder – seine *echten* – gezeugt hatte. Und seine Adoptivmutter hatte sich seit dem Tod von Hannahs Vater irgendwie verändert, war noch kühler und arbeitswütiger geworden. Wahrscheinlich wegen dem Stress der Verantwortung.

»Was ist dann passiert?« Miss Abercrombies Stimme riss ihn aus seinen Gedanken.

Matt schloss kurz die Augen. Er hatte keine Lust, sich den Traum in Erinnerung zu rufen, aber er sah natürlich ein, dass es notwendig war. »Ich habe angefangen zu weinen. Also der Junge, den ich gesehen habe.«

»Kannst du ihn beschreiben?«

»Er sah … ganz genauso aus wie ich auf meinem ersten Foto«, sagte Matt langsam. Das Foto zeigte ihn kurz nachdem er bei den Steiners gelandet war. Drei Jahre alt, mit halblangen schwarzen Haaren, ernstem Blick, eine Lederkette mit einem Quarzstein um den Hals. Die er wie einen Schatz hütete, hatte seine Adoptivmutter ihm später erzählt. Eine Erinnerung schoss ihm mit einem Mal durch den Kopf, irgendwas war mit dem Foto und mit diesem Jungen aus seinen Träumen, aber er konnte die Erinnerung nicht einfangen, nicht festhalten.

Miss Abercrombie versuchte noch fast vierzig Minuten lang, mehr Informationen und Gefühle aus ihm herauszukriegen, aber Matt hörte nicht mehr richtig zu. Seine Gedanken wirbelten im

Kreis herum und er versuchte zu fassen, was genau es war, das ihn so beschäftigte. Als Miss Abercrombie sich geschlagen gab und seufzend ihr Handy ausschaltete, wusste er es auf einmal. Auf ihrem Handrücken prangte ein Muttermal. Der Matt in seinen Träumen hatte ebenfalls ein Muttermal gehabt, und zwar am Hals.

Er, der echte Matt, hatte jedoch keins.

Hannah

»Okay, die Party ist gebongt. Wir sind eingeladen.«

»Echt? Connor hat nichts dagegen, wenn noch mehr Leute kommen?« Hannah verlangsamte ihr Tempo, um an einer Ampel anzuhalten. Auf der Linksabbiegespur hielt ein weiteres Auto an. Aus dem Beifahrerfenster guckte Ollie, der Schimpanse.

Chloe winkte ihm zu. »Ob da noch fünf Leute mehr kommen oder fünfzig, das ist Connor völlig egal. Das merkt er nicht mal.«

»Was zieht man da an?«

Darüber hatte Chloe ganz offensichtlich noch nicht nachgedacht. Sie blies die Backen auf. »Na, was weiß ich? Irgendwas. Oder geh nackig. Das kommt immer gut an.«

»Mann!« Hannah lachte. »Ich meine ja nur. Beim Homecoming-Ball gibt es tausend Regeln, was man anziehen soll und was nicht.«

»Es ist 'ne Party. Kein Ball. Und außerdem ist es mir auch völlig schnuppe, was man zum Homecoming-Ball anziehen darf oder nicht. Ich gehe da sowieso nicht hin.«

Hannah gab ein zustimmendes Geräusch von sich. Wenn sich die Dinge so weiterentwickelten, dann würde sie wahrscheinlich auch nicht gehen und mit Chloe im Internat bleiben und sich einen Film angucken und Popcorn essen. Am besten, sie stellten ein My-Movie her über zwei Losermädchen, die niemand eingeladen hatte. Matt hatte sie immer noch nicht gefragt, genauso wenig wie Ryan oder sonst jemand. Und so nach und nach fanden sich um sie herum alle zu Paaren. Stella Biggs aus der Zwölften war schon von fünf verschiedenen Jungs gefragt worden, selbst Yella vom Earth Club hatte jemanden – einen mageren Jungen mit tief sitzenden Hosen, der bei den Gemüse-Guerillas mitmachte, wer immer die auch waren. Er hatte aus Tomaten ein »Homecoming, Yella?« auf der Wiese vor Yellas Fenster gelegt – etwas, was Yella nicht müde wurde, allen, die es wissen wollten, und auch allen, die es nicht wissen wollten, zu erzählen.

Hannah steuerte ihr E-Auto im vorgeschriebenen Tempolimit über den Campus. Letztens erst hatte es zwei übermütige Fahrer aus der Neunten erwischt, die sich ein kleines Wettrennen geliefert hatten und prompt vom Campus-Cop gestoppt worden waren. Die mussten nun nicht nur einen Monat lang ohne ihr E-Auto, sondern auch mit Schmach und Spott leben und sich dauernd eine Mitfahrgelegenheit bei Freunden erschnorren. Wie Chloe, die zwar nie zu schnell fuhr, aber dauernd vergaß, ihr Auto aufzuladen. Meist war der Grund dafür, dass sie in Gedanken ganz woanders war und deshalb – so wie heute – bei Hannah mitfahren musste.

»Sieh mal, da«, sagte Hannah jetzt und deutete nach links auf das einzige Hochhaus auf dem Campus, den sogenannten Tech-Tower. »Die springen gleich.« Oben auf dem Tower hatten sich die todesmutigen Myriad-Schüler versammelt, die dem Bungee-Jumping-Club beigetreten waren. Hannah verspürte einen Hauch Neid. Nicht dass sie besonders scharf darauf gewesen wäre, sich von einem Hochhaus zu stürzen, aber momentan wäre sie überall lieber Mitglied gewesen, nur nicht in dem absolut ätzenden Earth Club. In den letzten Wochen hatte sie mehrmals dazu angesetzt, Yella mitzuteilen, dass sie nicht mehr mitmachen wollte, aber jedes Mal, wenn sie mit ihr sprach, fühlte Hannah sich wie betäubt von Yellas knallharter Argumentation, dass sie nämlich stolz auf ihr Tun sein sollten, dass sie Eco-Warriors waren, die voll an der dunklen, schmutzigen Basis schufteten. Sozusagen Underground-Partisanen! Hannah seufzte.

»Meine Eltern hätten mir nie erlaubt, bei so was wie Bungee-Jumping mitzumachen«, meinte Chloe jetzt, die immer noch den Tech-Tower im Blick hatte.

»Echt?« Hannah war überrascht. Ihr Dad hätte es ihr erlaubt. Er hatte Hannah immer ermutigt, Grenzen zu sprengen und sich den eigenen Ängsten zu stellen.

»Ja, echt. Du weißt ja, wie sie sind.« Chloe verzog leicht resigniert das Gesicht. »Die kapieren so vieles nicht. Ich meine, versteh mich nicht falsch, ich liebe meine Eltern über alles, aber manchmal habe ich das Gefühl, ich komme von einem anderen Stern. Oder dass sie mich adoptiert haben.«

Hannah musste lachen. »Du siehst haargenau aus wie dein Dad. Du bist nicht adoptiert.« Aber sie wusste, was Chloe meinte. Ihre Eltern waren nette, einfache Leute, die das Schul- und Internatsgebäude in Schuss hielten, Laub harkten und kaputte Heizungen und Reinigungsroboter reparierten. Sie hatten nicht die leiseste Ahnung von den Dingen, die Chloe faszinierten.

»Was ist eigentlich mit deiner Mom?«, erkundigte Chloe sich vorsichtig. »Hast du mal wieder was gehört?«

»Wir chatten ab und zu. Sie will, dass ich Thanksgiving zu ihr komme, aber …« Hannah ließ den Rest des Satzes unausgesprochen in der Luft hängen. Ihre Mutter gehörte seit über acht Jahren nicht mehr zu ihrem Leben. »Wir sind nicht so eng miteinander«, fügte sie murmelnd hinzu.

»Du hättest doch eigentlich zu ihr ziehen können. Nachdem dein Dad, also …« Chloe verstummte.

»Nach Louisiana? Schönen Dank auch.« Hannah gab ein belustigtes Schnaufen von sich, dabei war ihr Louisiana eigentlich egal. New Orleans war sogar eine tolle Stadt. Nein, sie hatte ihrer Mutter nie so richtig verziehen, dass diese sie verlassen hatte. Sie mochte Julian, den neuen Mann ihrer Mutter, nicht, und sie hätte es außerdem als Verrat empfunden, den Campus nach dem Tod ihres Vaters zu verlassen.

»Na ja, hier bist du eh besser dran«, stimmte Chloe schnell zu. »Hab ich dir eigentlich von dem erzählt, was wir im Gameclub machen? Das ist absolut bahnbrechend, das glaubst du nicht. Wir haben die geilsten Hologramme entwickelt – die bewegen sich täuschend echt. Dieser Typ aus der Zwölften, Stan heißt der, aber alle nennen ihn nur *Stan the Holo-Man,* weil es sein wissenschaftliches Projekt war, der wird gerade von Harvard und Yale umworben, die wollen ihn alle haben, aber das nur nebenbei. Also stell dir vor, du sitzt in der Cafeteria und auf einmal läuft irgendwie Bill Gates oder ein Zulu-Krieger oder so was da durch und sieht voll echt aus und …«

Hannah hörte gar nicht richtig zu, denn sie musste scharf bremsen, weil irgendwas kleines, dickes Schwarzes über die Straße rannte.

»Mann!«, fluchte sie und hielt an. »Was war das?«

Der Smiley auf dem Armaturenbrett kniff ein Auge zu. »Gut reagiert, Hannah Montgomery«, sagte seine Sprechblase. »Zwei Bonuspunkte.«

»Danke, Smiley«, murmelte Hannah. Die Bonuspunkte bekam man für gutes Fahren. Wenn man dann mal bei einer Verkehrssünde erwischt wurde, konnten sie einem unter Umständen die Fahrerlaubnis retten. Sie stieg aus. Am Straßenrand saß ein schwarzer Mops und guckte sie tragisch an.

»Nee, oder?« Chloe prustete los. »Wo kommt der denn her?«

Der Mops trug ein blaues Halsband, was bedeutete, dass es sich um das Haustier von irgendeinem Myriad-Schüler handelte.

»Bist du abgehauen, du Schlingel?« Hannah kniete sich hin, um den Hund anzulocken, woraufhin er sich in Bewegung setzte und zu ihr watschelte.

»Scan ihn mal«, meinte Chloe. »Hoffentlich gehört er nicht Allyssa Snyder.«

»Die und ein Tier? Das glaubst du doch wohl selbst nicht.« Hannah lachte kurz auf, aber ganz wohl war ihr nicht. Allyssa führte einen persönlichen kleinen Feldzug gegen sie und der

Grund hieß Ryan, so viel war klar. Seit ihrem ersten Earth-Club-Einsatz tauchte sie mit Vorliebe wie der Fluch ihres Lebens auf, wenn Hannah zweimal in der Woche Mülldienst hatte, und grinste sie an.

Sie zog ihr Handy heraus und scannte den Mops. *Alfie, männlich, sterilisiert, zwei Jahre alt. Besitzer: Katie Applebee, zehnte Klasse, Zimmer 34.*

»Na bitte, Alfie.« Hannah schnappte sich den Mops und packte ihn ins Auto. »Jetzt wissen wir ja, wo du hingehörst.«

Der Mops schnaufte zufrieden, während Hannah das letzte Stück zum Internat fuhr und elegant in eine Parklücke glitt. Stolz ließ sie den Blick über den Parkplatz schweifen. Keiner zu sehen. Warum guckten ihr eigentlich immer zehn Leute zu, wenn sie mit feuerrotem Kopf irgendwo rückwärts schief einparkte, aber niemand, wenn sie ein erstklassiges und geschmeidiges Einparken hinlegte?

»Huhu«, rief eine Stimme. Sophie kam näher. Die hatte bestimmt alles beobachtet, aber Sophie zählte nicht.

»Oh, süß, was macht ihr denn mit dem Mops?«, erkundigte sie sich.

Hannah informierte sie über Alfie und sie betraten das Internat. Unten im Atrium lächelte ihnen MISSI vom Bildschirm aus zu.

»Hallo, Chloe, Hannah und Sophie. Im Bereich A unseres Atriums blüht der Oleander. Außerdem ist heute der letzte Tag, um sich für die Talentshow anzumelden. Oliver Barnes aus Zimmer 37 sucht für ein Projekt dringend jemanden, der fließend Japanisch spricht. Für den Homecoming-Ball wurden bereits 147 Tickets verkauft. Ich werde übrigens auch dort sein.« Hier kniff MISSI ein Auge zu.

Na wunderbar, dachte Hannah. Selbst der Internatscomputer hatte ein Date für Homecoming. Nur sie nicht. Zu dritt schafften sie den Mops zu seiner Besitzerin Katie, einem kräftigen Mädchen mit rotem Haarband und freundlichen Augen, das gerade den Find-me-Roboter in die Spur hatte schicken wollen und sich überschwänglich bedankte. Katies Zimmer sah aus wie eine Zoohandlung. Hannah entdeckte einen Katzenkletterbaum, ein Terrarium und einen Hamsterkäfig. Über all dem thronte ein hellblaues Banner an der Wand, auf dem Hannah nur die Worte »Miau, Katie« und »Homecoming« lesen konnte, aber das war genug Information. Sie seufzte. Katie ging wahrscheinlich mit ihrem Kater zum Ball, aber trotzdem konnte Hannah einen gewissen Neid nicht unterdrücken.

Sie verabschiedeten sich und liefen hoch in den zweiten Stock, Chloe legte ihre Hand auf den Türscanner und die Mädchen betraten ihr Zimmer. Auf den ersten Blick sah alles aus wie immer, doch dann trat Hannah auf irgendetwas, das laut knirschte.

»Was ist …« Sie blickte nach unten und stockte. Erdnüsse. Erdnussschalen, überall auf dem Fußboden verstreut. Eine heiße Welle der Übelkeit durchfuhr sie. »Habt ihr …«, setzte sie an, dann wurde ihr schwindlig und sie ließ sich aufs Sofa fallen.

»Was ist denn los?« Sophie kam erschrocken näher, dann entdeckte sie die Erdnüsse auf dem Boden. »Wo kommt das denn her?«

Niemand sagte etwas. Hannah versuchte, ihre Atmung wieder in den Griff zu bekommen.

»Der Schimpanse. Ollie.« Sophie schlug sich an die Stirn, erleichtert über die Lösung. »Ihr wisst doch, der mit der Latzhose. Der haut wohl immer mal ab und klettert dann in irgendwelche Zimmer, hab ich neulich gehört.«

»Das wird's gewesen sein.« Chloe nickte, doch dann glitt ihr Blick zum Fenster, Hannah konnte es genau sehen. Das Fenster war zu. Nicht nur zu – es war sorgfältig verriegelt. Wie sollte der Affe da rein- und rauskommen? Er würde das Fenster ja kaum akribisch hinter sich verschlossen haben. Chloe sagte nichts, sie schnappte sich lediglich Schaufel und Besen und beförderte die Erdnüsse in den Mülleimer.

»Das Fenster ist zu. Das war nicht Ollie. Jemand war in unserem Zimmer«, gelang es Hannah endlich zu sagen. Jemand hatte hier drin Erdnüsse gegessen. Aber warum?

»Hat vielleicht was mit Homecoming zu tun?«, schlug Sophie vor. »Irgendeine seltsame Einladung oder … « Sie brach ab.

»Eine Einladung aus Erdnüssen?« Beinahe hätte Hannah aufgelacht. Aber nur beinahe.

»Unmöglich.« Chloe schüttelte den Kopf. »Man kommt doch nur mit Fingerabdruck rein.«

»Nicht nur. Man kann auch eine Zahlenkombination nehmen. Ich nehme immer eine.« Ein ganz widerwärtiger und unangenehmer Gedanke kam Hannah jetzt. Nein, das konnte nicht sein. Niemand wusste doch das von ihrem Dad. Oder?

»Welche?« Chloe schien etwas zu ahnen.

»Welche wohl.« Hannah presste die Lippen zusammen. »Meine Zahlenkombination ist das Geburtsdatum von meinem Dad. Er wäre im Sommer fünfzig Jahre alt geworden.«

Das Geburtsdatum ihres Dads konnte man überall im Internet erfahren, und die Wahrscheinlichkeit, dass Hannah das Datum irgendwo als Code benutzte, war auch recht groß. Insofern keine Kunst, das herauszufinden. Aber die Erdnüsse … Hannah starrte auf den jetzt sauberen Fußboden. Der Gedanke, dass jemand die Erdnüsse absichtlich und mit Hintergedanken dort platziert hatte, war einfach zu ungeheuerlich. Und außerdem komplett unmöglich – wer sollte davon wissen? Außer Chloe und Sophie. Hatte sich eine von beiden irgendwo verquatscht? Nein, das war zu wichtig, zu intim. Und ihre Freundinnen waren nicht blöd. Es ergab einfach keinen Sinn.

Evan

Die Cheerleader übten draußen auf dem Footballfeld unter Flutlicht mit viel Disziplin und viel Geschrei. Röckchen flatterten, Pferdeschwänze wirbelten, weiße Zähne blitzten auf. Es wurde strahlend gelächelt, auch wenn es noch so anstrengend war und die Mädchen sich einander wahrscheinlich sowieso gegenseitig die Pest an den Hals wünschten, weil die anderen schlanker, beliebter, attraktiver, gelenkiger oder was auch immer waren. Ein angenehm kühler Wind blies die Hitze des Tages weg, die Marschkapelle von Myriad High übte in der Turnhalle und schoss ab und zu quäkende Misstöne wie kleine Raketen in den abendlichen Himmel hinaus.

Evan stützte das Gesicht in die Hände und beobachtete, wie sich auf dem Nachbarfeld die neuesten Anwärter für das Cheerleaderteam abrackerten. In wenigen Tagen waren die Tryouts, bei denen entschieden wurde, wer noch mit ins Team durfte, weil wegen Krankheit ein paar Mädchen vom harten Kern ausgefallen waren. Er konnte Sophie sehen, wie sie versuchte, gleichzeitig zu lächeln, zu hüpfen, die Balance nicht zu verlieren und diesen eingebildeten Ben im Auge zu behalten, der schon wieder mit irgendeinem anderen Mädchen quatschte. Der Typ hatte sie überhaupt nicht verdient. Er, Evan, hätte Sophie verdient. Er würde nie vergessen, was sie für ihn getan hatte, in dieser schrecklichen Nacht auf der Wiese. Auch wenn es viel zu peinlich war, das jemals auszusprechen. Er konnte ihr nur wortlos signalisieren, wie dankbar er war und wie sehr er sie liebte und dass sie zusammengehörten. Er musste sich irgendwas einfallen lassen, wie er sie für sich gewinnen konnte, wie er sie beeindrucken konnte. In letzter Zeit waren die Dinge nicht so gelaufen, wie er das wollte, aber er würde das schon hinkriegen. Eines Tages würde er zu den beliebtesten Jungs an der Schule gehören. Noch vor Ben und Ryan und wie sie alle hießen. Zum Glück hatte er noch eine Einladung zur Party von diesem Millionärssöhnchen Connor abgefasst. Noch. Er biss sich auf die Lippe. Du schaffst das, flüsterte eine kleine Stimme in ihm. Streng dich an! Er verfolgte Sophie mit Blicken. So nah und doch so unerreichbar.

Zum Homecoming-Ball würde sie auch nicht mit ihm gehen, das stand fest. Es würde überhaupt niemand mit ihm dahin gehen, wenn er nicht endlich über seinen Schatten sprang und etwas unternahm. Wütend zerquetschte Evan ein bisschen Gras zwischen seinen Fingern. Wenn er doch nur endlich etwas Cooles anstellen könnte. Etwas richtig, richtig Spektakuläres, das ihm die Hochachtung der ganzen Schule einbrachte ...

In einiger Entfernung konnte er Ryan sehen, der bei einer attraktiven Frau stand, die an einer riesigen Skulptur herumhackte. Etwas, das aussah wie eine gigantische Schuppenflechte aus Bronze und offenbar einen Ehrenplatz gegenüber den Sportanlagen bekommen sollte. Das musste Ryans Mutter sein, die hier irgendwas mit Kunst machte. Moderne Kunst, irgendwelche Klumpen und Riesenamöben mit philosophischen Titeln. Am Anfang hatte er ja noch gehofft, dass er und Ryan Freunde werden könnten, einfach weil sie beide neu hier waren. Sie beide und Allyssa. Aber Ryan interessierte sich kein bisschen für Evan, und Allyssa erst recht nicht. Die beiden passten auch perfekt hier rein, mit ihren Eltern, die Ärzte und Künstler waren. Nur er, Evan, war der Außenseiter. Er wünschte sich, er hätte Eltern wie die anderen Schüler hier. Wissenschaftler, Forscher, Erfinder. Seine Mutter war Hausfrau und guckte den ganzen Tag lang trashige Fernsehserien, wo Frauen mit luftigen Frisuren Dinge wie: »Er liebt dich einfach nicht, Honey. Er liebt mich. Akzeptiere das endlich«, sagten. Und sein Vater latschte jeden Tag in seine blöde

Autovermietung in Idaho und reinigte dort die Autos, die von den Leuten zurückgebracht wurden. Krümel, vergessene Sonnenbrillen, Colaflecken. Das wäre wohl auch Evans Schicksal geworden, wenn es nicht das letzte Schuljahr gegeben hätte.

Offiziell war Evan hier, weil sein Onkel ein guter Bekannter von Dr. Deborah Steiner war. Nur dass er gar keinen Onkel hatte. Und dass er den Mann, der ihm den Platz in Myriad besorgt hatte, hasste wie die Pest. Und dessen Sohn noch viel mehr. Myriad war sozusagen die inoffizielle Entschädigung für …

Evan atmete tief durch und stand auf. Als Allererstes musste er jetzt jemanden für den Homecoming-Ball finden. Sonst waren die ganzen guten Mädchen weg und er bekam wieder nur den Schrott ab, der zwei Tage vor dem Ball noch übrig war. Den letzten Ball an seiner alten Schule hatte er in schrecklicher Erinnerung. Zuckende Lichter in der Turnhalle, die Luft zum Schneiden, quäkende Musik von blöden Boy-Bands, tuschelnde, kreischende, billig aufgestylte Mädchen, die ihn keines Blickes würdigten, die mitleidige Stimme einer Aufsichtslehrerin, die sich erkundigte, ob er denn auch wirklich »Spaß« hatte, weil er nur an der Tür herumlungerte. Und dann Stacy Malleroy, diese verdammte kleine Bitch, die ihn vor allen Leuten stehen gelassen und abgefertigt hatte. Er straffte sich. Das war vorbei.

Er erhob sich und näherte sich Caitlin, die gerade demonstrative Dehnübungen am Rand des Footballfeldes machte und dabei unauffällig nach links und rechts schielte, ob sie auch ja genügend bewundernde Blicke einheimste. Keine Cheerleaderin, aber im Tanzteam, obwohl er den Unterschied nicht kapierte, da sie seiner Meinung nach alle gleich aussahen und die gleichen Verrenkungen vollführten. Als sie ihn entdeckte, strahlte sie. Gut. Ihr erwartungsfreudiges Gesicht putschte ihn regelrecht auf.

»Hey, Süße.« Er baute sich vor ihr auf, holte das Einwickelpaper eines Schokoriegels aus der Tasche und glättete es. Es war silbern und mit kleinen Sternen bedruckt. »Ich hol dir die Sterne vom Himmel, wenn du mit mir zu Homecoming gehst«, sagte er und reichte ihr das Papier. Caitlin riss die Augen auf. Fuhr auf solche Sprüche ab, genau wie er es sich gedacht hatte.

»Ey, Mann, also Evan …« Sie kicherte albern und sah sich stolz um. Einige ihrer Freundinnen waren bereits aufmerksam geworden und verrenkten sich die Hälse. »Homecoming?«, quietschte sie daher so laut, dass es auch noch der letzte Depp auf dem Platz mitbekam. »Du willst mit mir zu Homecoming gehen? Also … ja klar, gern.« Sie gab ein freudiges Piepsen von sich, ließ das Papier zu Boden segeln und fiel ihm ungestüm um den Hals. Ein Schwall von Kaugummi, Mädchenschweiß und einem aufdringlichen Parfüm stieg ihm in die Nase. Er würde sie bitten müssen, zu Homecoming kein Parfüm aufzutragen, denn sonst hielt er das nicht aus.

»Oh mein Gott, habt ihr das gesehen? Voll süß!« Sie ließ schon wieder von ihm ab und stürzte sich auf ihre Freundinnen, um das eben Erlebte noch mal in allen erdenklichen Einzelheiten wiederzukäuen. Er lächelte ihr zu, hob das Silberpapier auf, zerknüllte es und schmiss es in den nächsten Papierkorb.

Allyssa

 Allyssa saß mit Caitlin an einem kleinen Tisch vor dem *Yoyo-Freeze*, dem schicken Eiscafé gegenüber vom Campuspark, wo sie den besten Frozen Yogurt in ganz Kalifornien hatten und man außerdem prima überblicken konnte, was im Park so los war. Sie selbst hatte sich allerdings nur eine Mini-Portion fettfreie Vanille gegönnt. Im Gegensatz zu Caitlin, die zwischen Schoko, Walnuss, Heidelbeere und Zimt geschwankt hatte, um schließlich alles auf einmal zu bestellen. Jetzt hockte sie mit schuldbewusstem Gesicht da und schielte immer wieder zu den Toiletten. Nichtsdestotrotz plapperte sie aber die ganze Zeit von Evan und von seiner Einladung zu Homecoming.

Allyssa konnte es nicht mehr hören. »Wenn du so weiterfutterst, passt du nicht mehr in dein Kleid, Caitlin. Ich weiß, es geht mich eigentlich nichts an. Aber ich bin schließlich deine beste Freundin.«

Caitlin wurde feuerrot, stand wortlos auf und ging zur Toilette, um alles wieder auszukotzen, wie immer. Caitlin glaubte allen Ernstes, dass niemand ihr bitteres kleines Geheimnis kannte, aber darüber konnte Allyssa nur lachen. Sie hatte genug Mädchen kennengelernt, die auf diese Weise ihre Figur in Schach hielten. Sie kannte die Anzeichen. Aber egal – sollte Caitlin doch. Nicht egal war ihr aber die Tatsache, dass Ryan sie immer noch nicht eingeladen hatte. Wie viele verdammte Hinweise sollte sie ihm denn noch geben? Traute er sich nicht? Oder sollte er wirklich an Hannah interessiert sein, wie die Gerüchteküche ihr weismachen wollte? Hannah mit ihren Rehaugen und ihrem dauernden Gekritzel und ihrer affigen Malerei? Die hatte doch außerdem angeblich einen Freund, so halb jedenfalls, diesen irgendwie tragischen Indianerhäuptling, den Adoptivsohn von Dr. Deborah Steiner, soweit Allyssa informiert war. Also – was hielt Ryan davon ab, sie endlich einzuladen? Sie hatte sich doch so angestrengt. Angestrengt in einem Maße, das sie selbst nicht für möglich gehalten hatte. Aber Ryan berührte Dinge in ihr, von denen sie geglaubt hatte, sie habe sie in den letzten drei Jahren verloren. Dinge, die sie tief in sich versteckt hatte. Gefühle zu zeigen war gefährlich. Sie hatte sich nie wieder verlieben wollen und nun war es doch passiert. Aber mit Ryan konnte alles anders werden, das spürte sie. Das Leben hatte ihm irgendwelche Narben zugefügt, so viel war klar, aber das war ihr egal, sie hatte schließlich auch welche. Zusammen wären sie unschlagbar, aber das ging nicht, solange diese Hannah wie ein Satellit um ihn herumkreiselte und Ryan nicht mal genug Mut aufbrachte, Allyssa zum Homecoming-Ball einzuladen.

Natürlich hätte sie ihn auch selbst fragen können, aber das war nicht dasselbe. Bei Homecoming lag ja schließlich der ganze Witz darin, von einem Jungen eingeladen zu werden. Und zwar möglichst originell.

Neben ihr raschelte etwas und sie drehte sich um. Ein Junge aus der Zehnten, den sie flüchtig vom Sehen kannte, stand mit feuerrotem Gesicht neben ihr. Am Nachbartisch saßen seine Kumpel und sahen gespannt zu ihnen rüber. Er räusperte sich und fing an, systematisch und langsam ein gelbes Banner zu entrollen, welches er hochzuhalten versuchte. Es rutschte ihm allerdings immer wieder runter und vom Nachbartisch erklang mitleidiges Stöhnen und Kichern.

»A … Allyssa«, setzte er an und schielte nervös nach hinten zu seinen Freunden. »Allyssa, willst du …«

»Nein«, unterbrach sie ihn gelangweilt, holte ihren Lipgloss aus der Tasche und zog sich die Lippen nach.

Der Junge stand da und starrte sie verwirrt und verzweifelt an. Dann rollte er sein idiotisches Banner wieder zusammen und trottete zum Tisch seiner Freunde zurück, wahrscheinlich um so schnell wie möglich in einen fensterlosen Bunker zu kriechen und zeit seines Lebens nicht mehr herauszukommen.

»Mann, Alter«, japste jemand. »Das war so was von …«

Den Rest hörte Allyssa nicht mehr, denn zwei Tische weiter hatte sie Ben und Sophie entdeckt und richtete ihre Aufmerksamkeit nun auf die beiden. Die wollten Homecoming-Prinz und -Prinzessin werden, das wusste die ganze Schule. Nun, eine Stimme bekamen sie schon mal nicht. Zwei. Caitlin würde wählen, für wen immer Allyssa stimmte.

Ben schlürfte einen Mango-Smoothie, Sophie saß daneben und nippte an einem Mineralwasser. Jetzt holte Ben irgendwas aus der Tasche, ein zerknittertes Papier, und reichte es Sophie. Selbst von ihrem Platz aus konnte Allyssa erkennen, dass Ben lediglich *Homecoming, Sweetie?* auf ein kariertes Blatt gekritzelt hatte. Sehr originell! Ihre Lippen kräuselten sich amüsiert, aber dann fiel ihr ein, dass sie selbst über so ein hingeschmiertes Blatt von Ryan froh gewesen wäre, und ihr Lächeln erstarb.

»Klar gehe ich mit dir zu Homecoming, mein Schatz«, antwortete Sophie jetzt etwas lauter als nötig. Mit Erfolg. Zwei Mädchen vom Nachbartisch wurden aufmerksam und fingen neidisch an zu flüstern.

Ben schob ihr den restlichen Smoothie hin, mittlerweile nur noch eine wässrige Brühe, trommelte auf den Tisch und guckte sich um. Immer auf dem Sprung, der Gute, dachte Allyssa. Sie hätte Sophie einiges über diesen Typ Jungen erzählen können, aber es ging sie nichts an. Außerdem mochte sie Sophie nicht mal, wozu sich also die Mühe machen? Sein Blick blieb jetzt an ihr hängen und er lächelte. Als ob, dachte Allyssa, lächelte aber zurück. Leute wie Ben waren wichtig.

Caitlin erschien, sie sah leicht käsig aus, fühlte sich aber offenbar wieder ganz obenauf.

»Isst du das noch?«, fragte sie Allyssa und griff ohne eine Antwort abzuwarten nach dem Vanille-Freeze.

Allyssa schüttelte den Kopf. Da drüben im Park, das war doch Ryan. Er lud gerade sein Handy an einer der Ladestationen auf und sah den Leuten zu, die sich an dem künstlichen Felsen mitten im Park abseilten. Neben ihm stand seine Gitarre, zwei andere Jungs aus seiner Band kamen jetzt dazu und packten ihre Instrumente aus. Wollten sie im Park Musik machen? Allyssa musste unverzüglich dahin.

Sie stand auf und wäre beinahe über etwas gestolpert. Ein iBaby stand vor ihrem Stuhl, eins von diesen nervenden kleinen Scheißern, von denen sie Gott sei Dank verschont geblieben war. Neuerdings redeten die Dinger auch noch, hatte sie gehört.

Jetzt öffnete das iBaby tatsächlich seinen Mund. Allyssa dämmerte, dass es gleich irgendetwas sagen würde. Blitzschnell sah sie hoch. In einiger Entfernung stand Kyle. Er schien merkwürdig kleinlaut und nervös, gar nicht wie sonst. Er grinste ihr verlegen zu und schien auf etwas zu warten.

»Allyssa«, quäkte das iBaby jetzt mit seiner kleinen Roboterstimme. Ein paar Leute drehten sich erstaunt um. Shit. Allyssa verstand plötzlich. Das bekloppte kleine Ding würde sie zum Homecoming-Ball einladen. Mit Kyle. Mit fucking Kyle, der den IQ eines Regenwurms hatte und wie ein Ork aussah. Den sie aber gleichzeitig nicht öffentlich ablehnen konnte, denn Kyle war niemand, mit dem man es sich verdarb.

»Aaaa-lllyyyyy-sssaaaaaa«, quäkte das iBaby erneut, diesmal langsamer, tiefer und jaulender, als ob sein Akku leer war. Dann fiel es plötzlich um. Die Leute im Café lachten, Allyssa konnte Kyle fluchen hören und nutzte die Gelegenheit, abzuhauen.

»Wo willst du denn hin?«, jammerte Caitlin hinter ihr.

Zum Park. Zu Ryan. Und sie würde ihn so lange bezirzen, bis er gar nicht anders konnte, als sie endlich einzuladen.

Hannah

 »Ich bin reingekommen, Leute! Ich hab es geschafft!« Sophie kam angerannt und umarmte Hannah und Chloe gleichzeitig. »Ab heute bin ich offiziell im Cheerteam, ich hab es gerade online gelesen.« Sophie riss die Arme hoch und sah in diesem Moment auch ohne Pompoms wie der perfekte Cheerleader aus.

»Super!« Hannah freute sich wirklich für Sophie – nicht, weil sie persönlich das Cheeleaderteam so berauschend fand, ganz im Gegenteil, sondern weil sie wusste, wie sehr Sophie sich das gewünscht hatte.

Sie gingen zu dritt weiter und hörten sich geduldig Sophies detaillierte Nacherzählung der Tryouts an. Sie schwärmte und berichtete und demonstrierte ein paar besonders raffinierte Sprünge.

Chloe klatschte Beifall. »Wahnsinn. Was bin ich froh, dass ich das nicht machen muss.«

Sie setzten sich auf eine Bank im Innenhof der Highschool und ließen sich von den gelegentlich herüberspritzenden Wassertropfen der großen Fontäne abkühlen. Im Takt von Vivaldis *Herbst* schoss dort das Wasser in beeindruckenden Formationen in die Luft. Eigentlich war immer noch bestes Badewetter, gestern war der Pool hinterm Internat aber völlig überfüllt gewesen. Massen von sich gegenseitig herumschubsenden Teenagern und dazwischen das genervte Schwimmteam, das ordentlich trainieren wollte.

»Und übrigens hat Ben mich zu Homecoming eingeladen«, informierte Sophie sie wie nebenbei.

»Schön für dich. Aber so ganz überrascht bin ich jetzt nicht.« Chloe grinste. »Und was ist mit dir?« Sie sah Hannah an.

»Matt hat mir in einer SMS geschrieben, dass er eine Überraschung plant«, vertraute Hannah sich ihren Freundinnen an. »Aber ich weiß nicht, ob er Homecoming damit gemeint hat, und bis jetzt hat er sich auch noch nicht gemeldet.« Was sie ehrlich gesagt ein bisschen nervös machte. Seit der fatalen Lunchpause hatte Matt sie nicht wieder gefragt, ob sie sich treffen wollten, und sie wusste immer noch nicht so richtig, was eigentlich in New Mexico gelaufen war. Sie waren wieder zu den leicht flirtigen, aber belanglosen SMS vom Sommer übergegangen, in denen Matt ihr Dinge wie »Miss you« schrieb und sie ihm kleine Kuss-Smileys als Antwort zurückschickte. Aber wenn sie sich trafen, dann war plötzlich so eine neue Verlegenheit zwischen ihnen und sie redeten entweder gar nichts oder beide gleichzeitig, und immer war auch noch irgendjemand anderes dabei. Und außerdem war da neuerdings eine kleine Stimme in Hannah, die ihr zuflüsterte, dass das doch eigentlich gut so war. Der Grund dafür hieß Ryan. Als sie letztens überraschend mit ihm in dem gläsernen Durchgang beim Aquarium zusammengeprallt war und ihre Mappe fallen gelassen hatte, war ein Bild herausgerutscht. *Das* Bild. Eine Kohlezeichnung, die sie halb aus dem Gedächtnis und halb nach einem etwas unscharfen Foto von Ryan angefertigt hatte. Er war perfekt getroffen – sein prüfender Blick, seine unglaublichen Augen, der Anflug eines Lächelns. Er hatte die Zeichnung aufgehoben und lange betrachtet und sie ihr dann mit einem »Wow, du bist echt begabt!« zurückgegeben. Hannah hatte sie mit hochrotem Kopf und einem Gemisch aus Stolz und Verlegenheit entgegengenommen. Wann immer sie Ryan sah, mit ihm redete, seinen Blick auf sich spürte, war da so ein Knistern in der Luft und so ein Hochgefühl in ihr, das alles zu beleben schien. In diesen Momenten *wollte* sie nicht an Matt denken. Sondern sich Dinge mit Ryan vorstellen. Dinge, die sie nicht mal Sophie oder Chloe gestanden hätte. Ich bin so schrecklich, dachte Hannah.

»Dann sollte er aber langsam mal aus dem Knick kommen«, riss Chloe sie aus ihren Gedanken. »Ich meine, der Ball ist doch schon bald.«

Hannah zuckte mit den Schultern.

»Was ist eigentlich mit dir, Chloe? Hat dich jemand gefragt?«, erkundigte sich Sophie.

»Sophie, glaubst du nicht, dass du die Erste gewesen wärst, der ich davon erzählt hätte, hm?« Chloe tätschelte Sophies Arm. »Nein, es hat mich niemand gefragt.«

Hannah verspürte einen schmerzlichen Stich Mitleid mit Chloe. Sie war so ein verdammt feiner Kerl, von absoluter Genialität und einer der interessantesten Menschen, die Hannah je getroffen hatte. Sie sah auch gar nicht schlecht aus, also zumindest wenn sie sich mal was anderes anzog als immer nur Jeans und T-Shirt. Aber das Interesse der Jungs an Chloe hielt sich deutlich in Grenzen. Vielleicht hatten die unbewusst Angst davor, im Vergleich mit ihrem Superhirn schlecht abzuschneiden?

Die Musik der Fontäne wechselte jetzt zu etwas Rockigerem und plötzlich hatte Hannah eine exzellente Idee: Sie und Sophie würden Chloe ein Homecoming-Date organisieren. Und zwar auf Connors Party. Dort waren ein Haufen Leute und irgendjemanden würden sie schon auftreiben. Sie musste unbedingt später mit Sophie darüber reden, denn jetzt ertönte ein melodischer Gong, der den Beginn der nächsten Unterrichtseinheit ankündigte.

»Los, kommt, die Stunde fängt an«, sagte sie und stand auf. Gemeinsam begaben sich die Mädchen in das Klassenzimmer, wo Professor Crawford bereits ein iBaby und eine Drohne auf dem Tisch in Position brachte. Heute wurde das erste Quartal ihres Projektes bewertet. Professor Crawford nickte ihnen freundlich zu. Er trug ein kurzärmliges schwarzes Polohemd, sodass Hannah die Uhr an seinem Handgelenk sehen konnte. Auf deren Display wechselten sich gerade Fotos seiner Familie ab – mal Professor Crawford mit seiner Tochter, einer Siebtklässlerin mit Zahnspangenlächeln, mal Professor Crawford mit einem Windhund am See, mal Professor Crawford mit seiner Frau, einer fülligen, sympathisch aussehenden Frau, die fröhlich lachte. So hat er seine Familie immer bei sich, dachte Hannah. Das hätte ihrem Dad gefallen.

Die Mädchen holten ihre iBabys heraus und setzten sie auf den Tisch.

»Mama?«, fragte Chucky, Chloes iBaby, sofort.

Chloe verdrehte die Augen. »Mann, ey. Das nervt.«

»Mama? Mama? Mama?« Die Stimme wurde lauter.

»Ich weiß echt nicht, was ich mit Chucky noch tun soll.« Chloe warf den Schülern, die ihre Drohne auspackten, einen neiderfüllten Blick zu. Chuckys Plastikköpfchen fing an, sich gefährlich zu verfärben. Gleich würde er losschreien. Chloe stöhnte.

»Aber fragst du ihn denn nicht, was er will?«, erkundigte Sophie sich verblüfft.

»Fragen? Wie denn? Chucky ist ein Stück Plastik mit Chip!«

»Aber …« Hannah lachte unsicher und wechselte einen Blick mit Sophie. »Aber hast du denn nicht die Instruktionen gelesen? Und Professor Crawford hat es doch auch ziemlich oft gesagt, dass wir mit den iBabys reden müssen. Ihnen die Welt erklären, mit ihnen spielen und so weiter. Er hat gesagt, die Schüler mit den klügsten iBabys bekommen am Ende Bonuspunkte auf ihr Projekt. Das ist doch der Sinn der Sache, wie im richtigen Leben. Da muss man sich ja auch mit seinem Kind beschäftigen, damit es was lernt. Zum Beispiel Laufen.«

»Was?« Chloe starrte Hannah an, dann den quengelnden Chucky, dann Sophie, die ihr eigenes iBaby auf den Boden stellte, wo es sofort in Richtung Whiteboard davontorkelte. Hannahs iBaby folgte mit unsicheren Schritten und lallte dabei ein Kinderlied.

»Eure können laufen? Und singen? Ich … ich hatte ja keine Ahnung, warum habt ihr mir das nicht eher gesagt?« Chloe hielt Chucky an einem Arm fest und sah ihn wütend an. »Fuck!«

Hannah drehte sich schnell weg, damit Chloe nicht sah, dass

sie beide vor Lachen bald platzten, denn Chloe schien ernstlich bestürzt zu ein. Sie war so voller Wut auf das iBaby gewesen, dass sie sich aus Trotz überhaupt nicht mehr mit dem Projekt beschäftigt und jegliche Gespräche darüber abgeblockt hatte.

Professor Crawford klopfte auf den Tisch und begann den Unterricht. Sie sahen Aufnahmen, die einige der Schüler-Drohnen von einem Adlerhorst gemacht hatten, beobachteten Rehkitze im Wald aus der Luft und sahen Wale draußen im Ozean, die eine besonders wagemutige Drohne offenbar von den Felsenklippen an der Bucht gefilmt hatte.

»Ich bin schwer beeindruckt, Leute«, lobte Professor Crawford. »Ihr habt eure Projekte sehr ernst genommen, das ist toll, weiter so.« Er deutete Applaus an. »Und jetzt zu unseren iBabys. Die müssten jetzt auf dem Stand von zwei- bis dreijährigen Kindern sein. Mal sehen, was sie schon so draufhaben.« Er ließ seinen Blick durch den Raum schweifen. »Kyle, machst du mal den Anfang?«

Kyle stöhnte und trottete vor die Klasse, als ginge es zum Schafott. Er hielt sein iBaby auf Armeslänge von sich und reichte es Professor Crawford. Dieser stellte es auf den Boden und sah es prüfend an.

»Willst du mit mir zu Homecoming gehen?«, fragte das iBaby ihn plötzlich.

Die Klasse brüllte los.

Kyle lief puterrot an. »Das … das sollte es neulich sagen, das blöde Scheißding, aber da ging es nicht, also entschuldigen Sie bitte meinen Ausdruck, Professor Crawford, ey, ich …« Er hob hilflos die Arme hoch.

»Herzlichen Dank, aber ich habe schon eine Partnerin«, entgegnete Professor Crawford, der sich nur mit Mühe das Lachen verkniff.

»Al …«, quäkte das iBaby. »Al… Ally… Allyss …«

»Ist es irgendwie nass geworden?«, erkundigte sich Professor Crawford.

»Na ja.« Kyle guckte auf seine Schuhe. »Also ich hab versucht … also Schwimmen ist ja auch was, was Kinder lernen sollten, und …« Ein Kichern gluckerte durch den Raum. Die halbe Klasse war dabei gewesen, als Kyle sein iBaby neulich auf ein ferngesteuertes Surfbrett gelegt und gegen das iBaby von Jake Manner ein Wettrennen im Pool veranstaltet hatte.

»Kein Wasser!«, befahl Professor Crawford streng. »Dein Handy würdest du doch auch nicht ins Wasser tauchen, oder?«

Kyle nickte stumm.

»Okay. Noch jemand? Vielleicht jemand mit etwas mehr Erfolg? Wie wäre es mit dir, Chloe?«

Chloe schraubte sich so langsam es ging aus ihrem Sitz, schnappte Chucky und trottete schicksalsergeben nach vorn. Professor Crawford scannte Chuckys Chip und überprüfte ihn. »Gefüttert und gewindelt hast du es, okay. Es zeigt aber Entwicklungsstörungen und ein großes emotionales Defizit und nahezu keinerlei Spuren von Kommunikation. Redest du denn nicht mit deinem iBaby?«

»Doch, schon.« Chloe wand sich förmlich. »Also, ich hab ihm zum Beispiel einen Namen gegeben. Es heißt Chucky.«

»Hallo, Chucky«, grüßte Professor Crawford freundlich.

»Fuck!«, antwortete Chucky.

Die ganze Klasse tobte.

»Dir ist schon klar, dass es dafür keine Bonuspunkte gibt, oder?« Professor Crawford versuchte, den Lärm zu übertönen. »Diese Runde des Projekts geht eindeutig an die Drohnen.«

Hannah sah nicht hoch, als Chloe sich wieder setzte. Die Freundin tat ihr leid, aber trotzdem explodierte sie beinahe vor Lachen.

Hannah

»Mann, ich freue mich für dich.« Hannah umarmte Sophie, die
aufgeregt schon zum fünften Mal ihr Outfit für den Ball ausprobierte und ihnen gerade mitgeteilt hatte, dass Ben und sie gute Chancen darauf hatten, Homecoming-Prinz und -Prinzessin zu werden. Kyle hatte das irgendwie aus sicherer Quelle erfahren. »Ich hoffe, es klappt.«

»Natürlich klappt es«, meinte Chloe, ohne aufzusehen. Sie hatte Chucky vor sich sitzen und las ihm Artikel aus Wikipedia vor. Innerhalb einer Stunde hatte Chucky schon mindestens vier neue Wörter gelernt, eins davon war *Globalisierung*. Chloe entwickelte regelrechten Mutterstolz.

»Oh, wir sollten los«, meinte Hannah nach einem Blick auf die Uhr. »Die Talentshow fängt in einer halben Stunde an. Wir wollen doch nicht die größten Talente der Myriad High verpassen.«

Jetzt sah Chloe hoch. »Warum? Kommt der Typ von *The Voice*?« Sie kicherten, aber Hannah wusste, dass ihre Freundinnen genauso gespannt darauf waren zu sehen, was die anderen so draufhatten. Es war einer dieser Anlässe, bei denen Hannah sich wünschte, sie könnte gut singen oder tanzen oder Klavier spielen oder Witze reißen oder hypnotisieren oder sonst was, was die Leute vor Begeisterung toben ließ. Aber alles, was Hannah konnte, war malen. Eine eher stille, einsame Kunst und außerdem etwas, womit man sein Innerstes offenbarte und sich angreifbar machte.

Sie fuhren los, wobei Chloe ausnahmsweise mal am Steuer saß, weil sie ihr Auto rechtzeitig aufgeladen hatte. Chucky thronte wie ein Prinz auf der Rückbank und lauschte Chloes Erklärungen über das Weltall. Hannahs eigenes iBaby saß daneben und wiederholte verwirrt einzelne zusammenhanglose Silben.

»Sorry«, meinte Chloe zu Hannah. »Aber er hat 'ne Menge aufzuholen.«

Wenig später betraten sie den großen Saal von Myriad High, der bereits ganz im Stil von *Come with me to Paradise* dekoriert war. Überall standen Palmen in Kübeln herum, eine Bar bot Erfrischungen aus exotischen Früchten an, ein Sushi-Mann rollte blitzschnell Thunfisch und Lachs in Reis und Nori, im Innenhof flackerte ein Feuer in einer runden Metallschale und im Anschluss würde es hier draußen eine Hula-Vorführung geben. Hannah sah sich unauffällig um. Ryan würde mit seiner Band auftreten, das hatte er ihr erzählt, auch wenn er sich sonst keinerlei Einzelheiten hatte entlocken lassen. Matt konnte sie nirgends entdecken. Würde er etwa gar nicht kommen? Weil er wusste, dass Ryan auftrat, und er sich das nicht antun wollte? Die beiden Jungs gingen sich in letzter Zeit mit dem Instinkt feindlicher Stammeskrieger aus dem Weg, bewegten sich auf dem Eis hauchdünner Neutralität, das jederzeit einbrechen konnte.

»Suchst du Matt?«, erkundigte Chloe sich leise neben ihr.

Hannah nickte. »Sieht so aus, als ob er gar nicht hier ist.«

»Was machst du eigentlich, wenn dich keiner wegen Homecoming fragt?«

Hannah schluckte. Über diese Möglichkeit wollte sie nicht nachdenken. »Mit dir Popcorn futtern und Filme gucken.«

Chloe grinste. »Nee, dann geh ich mit dir.«

»Und ich mit dir.« Sie umarmten sich kurz und Chloe wollte noch etwas sagen, aber jemand zischte, dass sie endlich alle die Klappe halten sollten. Und dann ging es auch schon los.

Es traten eine Menge Mädchen auf, die mit viel Inbrunst und geschlossenen Augen Pop-Balladen nachsangen, es gab eine Metal-Band, deren Fanclub aus zehn Leuten fast mehr Lärm veranstaltete als die Musiker selbst, eine unglaublich tolle Vorführung aus Schattenspielen und Lichteffekten, die obligatorischen

Tanzeinlagen ambitionierter Mädchen sowie eine eher peinliche Breakdance-Nummer von zwei Jungs, die beide die Balance verloren. Es folgte ein ziemlich gutes Duett von Klavier und Gitarre und dann noch *Marvin the marvelous Magician,* der im schwarzen Anzug Dinge verschwinden und wieder auftauchen ließ. Natascha Madison, die Mitkämpferin aus Hannahs Earth Club, spielte irre gut Klavier, ein anderes Mädchen eher weniger. Außerdem gab es noch einen Comedian, der die Lehrer perfekt nachmachte und bei dessen Interpretation von Mr Howard auf dem Segway der Saal vor Lachen bebte, sowie zwei komplette Nerds, die sich unter Kampfgeräuschen mit leuchtenden Star-Wars-Säbeln duellierten. Zum Schluss trat dann *Stan the Holo-Man* auf, von dem Chloe erzählt hatte, und gerade als Hannah sich fragte, was denn Besonderes daran sein sollte, dass ein schlaksiger Typ mit eckiger Brille über die Bühne lief, stieß er sich ein Messer in den Bauch. Der ganze Saal schrie auf. *Stan the Holo-Man* wirbelte herum. Das Messer sauste durch ihn wie durch Luft. Er war aus Luft, er war wie ein Geist, denn das da vorn war kein Mensch, sondern sein täuschend echt aussehendes Hologramm.

»Wahnsinn, nicht?«, schrie Chloe Hannah in dem tosenden Beifall zu.

Hannah nickte und klatschte wild, doch dann wurde sie durch etwas abgelenkt. Hinter der Bühne machte sich Ryan mit seiner Band für den Auftritt fertig, und wer half ihm lächelnd dabei? Allyssa Snyder. Als ob sie Hannahs Blick mit einem siebten Sinn bemerkt hätte, hob sie jetzt den Kopf und sah sie triumphierend an. Es war nicht zu fassen. Dieses Mädchen wucherte wie Unkraut in Hannahs Leben hinein. Und immer wieder nahm sie Anlauf und schlängelte sich zu Ryan vor. Hatte Allyssa sich ihn jetzt endgültig geangelt oder waren sie nur »Freunde«, wie Ryan neulich behauptet hatte?

Doch Hannah hatte keine Zeit mehr, darüber nachzudenken,

denn jetzt fing die Band an zu spielen und Ryan sang die ersten Zeilen eines Songs. Und für Hannah war es, als ob die Talentshow jetzt erst richtig losging. Ryans Stimme war unglaublich gut – rau und doch melodisch, weich und gleichzeitig rockig. Die Band spielte ein schnelles Lied mit harten Riffs und fast sofort bildete sich eine Traube tanzender Mädchen vor der Bühne. Hannah wünschte jetzt, sie wären weiter vorn. Hier hinten konnte er sie ja nicht mal sehen, auch wenn Chloe neben ihr noch so laut pfiff und lärmte und Hannah dabei immer wieder demonstrativ anstieß. Ein zweites und drittes Lied folgten und dann stellte Ryan sich ganz alleine mit seiner Gitarre vor das Mikro. Er fing an, eine Ballade zu singen, halb Blues, halb Liebeslied. »*She has painted my soul, she makes me feel whole, her lips are so sweet, I hope I can compete …*« Gerade als Hannah sich fragte, ob er etwa auf die Zeichnung von ihr anspielte, stand sie plötzlich in gleißendem Licht. Einer der Bühnenscheinwerfer strahlte sie direkt an. Was sollte das jetzt werden?

»Hannah Montgomery – willst du mit mir zu Homecoming gehen?«, dröhnte Ryans Stimme aus dem Mikro durch den Saal. Alle drehten sich nach Hannah um, die jetzt im Scheinwerferlicht stand. Oh Gott! Natürlich wollte sie mit Ryan zum Ball gehen. Und nicht nur das. Sie wollte, dass er sie küsste, dass er sie streichelte, ihr zuflüsterte, wie sehr er sie mochte, sie wollte, dass er sie umarmte und nur für sie sang und …

»Ja«, rutschte es quasi ohne ihr Zutun aus ihrem Mund.

Der Saal explodierte regelrecht.

Immer noch völlig benommen, stand Hannah am Ende der Talentshow an ihrem Platz, während wildfremde Schüler ihr auf die Schulter klopften und Mädchen, die sie nur vom Sehen kannte, sie anstrahlten und »Das war sooo süß!« riefen. Mechanisch lächelte Hannah in alle Richtungen zurück, nahm Umarmungen

entgegen, kam sich vor wie eine Braut nach der Trauung und nahm nebenbei wahr, wie Allyssa Snyder alleine und mit vor Wut verzerrtem Gesicht am anderen Ende des Saales stand. Der rechte Triumph wollte sich jedoch nicht einstellen. Was habe ich eigentlich gerade getan?, dachte Hannah. Was wird denn jetzt mit Matt?
Aber der hatte sie ja nicht gefragt oder sie auch nur auf ein Date eingeladen und noch nicht mal die längst fällige Erklärung über New Mexico geliefert!

Das hatte er nun davon. Wer zu spät kam, den bestrafte das Leben. Aber irgendwie fühlte sich das trotzdem nicht richtig an.

Ein Vibrieren kündigte eine SMS auf ihrem Handy an. Sie war von Ryan.

So happy. Wollen wir zusammen nach Hause fahren?

Ja!!!, antwortete Hannah. *Toller Song.* Sie fügte ein Smiley hinzu, das Gitarre spielte. Eine zweite SMS kam nahezu sofort von Ryan, in der nur ein schnelles Klopfen zu hören war, fast wie ein galoppierendes Pferd. *Was mein Herz gerade macht,* hatte Ryan dazugeschrieben.

Meins auch, dachte Hannah.

Ryan fuhr, Hannah saß auf dem Beifahrersitz. Zum Glück hatte Chloe sich geopfert, Hannahs iBaby mit nach Hause zu nehmen, damit der bisher romantischste Moment des Schuljahres nicht durch ein plapperndes Plastik-Kleinkind gestört wurde. Hannah betrachtete Ryan immer wieder heimlich von der Seite. Seine Haare waren noch strubbeliger als sonst, wahrscheinlich vom Herumtoben auf der Bühne, seine Augen leuchteten, seine Finger trommelten einen Rhythmus aufs Lenkrad, vielleicht schon wieder ein neues Lied, das in seinem Kopf herumspukte. Er fuhr lässig und entspannt, als hätte er schon seit Jahren den Führerschein.

»Du warst super«, sagte sie nun schon zweiten Mal, weil ihr

Wortschatz sich auf einmal vor lauter Nervosität auf poplige drei Worte beschränkte. Das hier – das passierte wirklich. Sie und Ryan, auf dem besten Wege dahin, irgendwie zusammenzukommen. Er hatte ihr seine Jacke geborgt, weil ihr kalt war. Er brachte sie nach Hause. Er hatte sie zu Homecoming eingeladen – vor der ganzen Schule. Würde er sie küssen wollen? Würde sie ihn lassen? Natürlich würde sie ihn lassen.

»Danke.« Ryan hielt an der Ampel an und musterte sie lächelnd. »Hatte ja auch ein tolles Publikum.«

»Ja, die Leute haben wie irre getanzt«, stimmte sie ihm schnell zu.

»Ich meinte dich, Hannah. Der Song war für dich.«

»Ich ... dachte es mir fast.« Sie kuschelte sich in die weiche Sweatshirt-Jacke, die schwach nach der Zitronenseife duftete, die er immer benutzte.

Ryan griff nach ihrer Hand und ihre Finger verschränkten sich ineinander, als wären sie zwei Puzzleteile, die perfekt passten. Es fühlte sich gut an, völlig natürlich, als hätten sie nie etwas anderes getan. Hannah ertappte sich dabei, wie sie mit dem Daumen leicht über seinen Zeigefinger strich. Doch dann wechselte die Ampel auf Grün und er umfasste wieder das Steuerrad. Zum Glück kam gleich die nächste Ampel in Sicht. Werde rot, flehte Hannah die Ampel in Gedanken an. Werde sofort rot, du blödes Teil. Die Ampel gehorchte, aber anstatt Hannahs Hand zu nehmen, stieß Ryan auf einmal einen leisen Pfiff aus. »Guck mal, da. Kennen wir den nicht?« Er deutete aus dem Fenster, und tatsächlich konnte sie in etwa zwanzig Metern Entfernung ein Paar sehen, das sich gerade umarmte. Hannah erkannte die große Statur des Mannes und seinen grauen Zopf.

»Professor Crawford«, sagte sie verblüfft. Sie kicherte unwillkürlich.

»Je oller, je doller, was?«, meinte Ryan. »Ist doch romantisch, wenn er noch mit seiner Frau …« Er stockte. Sah Hannah an. Die hatte es auch gerade bemerkt.

»Das ist nicht seine Frau«, sagte Hannah leise. »Die sieht anders aus, ich hab sie auf einem Foto gesehen.«

»Nee«, Matt nickte. »Das ist definitiv nicht seine Frau. Das ist Mrs Webber, unsere Bio-Fuse-Lehrerin.«

»Krass«, flüsterte Hannah. »Was machen wir denn jetzt?«

»Gar nichts. Hey, das geht uns nichts an.« Ryan fuhr los und hielt wenig später vor dem Internat an.

»Du meinst also nicht, dass wir irgendwas … unternehmen sollten?«, fragte Hannah.

»Nicht wegen Professor Crawford. Aber wir beide können gern was unternehmen. Irgendwann nach der Schule? Das Wasser im See ist noch badewarm.« Ein Lächeln umspielte seine Lippen, er wartete auf eine Antwort.

»Total gern«, platzte sie viel zu schnell heraus. Eigentlich hieß es doch immer, dass man sich bei einem Jungen ein wenig zieren und rar und interessant machen sollte, aber das war Hannah in diesem Moment egal. Jetzt wusste Ryan wenigstens, was sie wollte. Dass sie ihn wollte. Und das schien ihm zu gefallen, denn er beugte sich plötzlich zu ihr, und garantiert hätten sie sich auch geküsst, wenn in diesem Moment nicht ein Auto vorgefahren wäre, aus dessen offenen Fenstern wummernder Hardcore-Rap dröhnte und das seine Scheinwerfer genau auf Ryans Wagen richtete. Hannah zuckte zurück und stieg schnell aus.

»Tschüss dann. Und danke!« Sie rannte ins Internat, ihr Herz klopfte, aber diesmal vor Glück. Erst als sie schon halb am Fahrstuhl war, fiel ihr ein, dass sie ja immer noch seine Jacke anhatte. Sie drehte um und rannte zurück, aber er war schon weg. Das Rapper-Auto düste gerade ebenfalls wieder davon, es hatte nur zwei Mädchen abgeladen, die jetzt tuschelnd an Hannah vorbeiliefen und sich gegenseitig stützten, weil sie so sehr lachen mussten. Hannah ging raus vor die Internatstür, sah sich um und atmete die frische Nachtluft ein. Von irgendwoher erklang ein Knirschen. War Ryan doch noch da? Hatte er geparkt und kam jetzt zurück? Ein Junge trat aus dem Dunkel in den Lichtkegel der Eingangslampe und kam auf sie zu. Es war nicht Ryan.

Hannah

Es war Matt. Er lächelte sie erwartungsvoll an.

»Matt«, keuchte sie »Du warst ja gar nicht bei der Talentshow.« Es war das Erstbeste, was ihr einfiel. Hatte er Ryan und sie eben etwa beobachtet?

»Nein, war ich nicht.« Er trat auf sie zu, mit einem merkwürdig euphorischen Gesichtsausdruck. Er hatte ganz offensichtlich keine Ahnung, was gerade passiert war, auch wenn es mittlerweile die halbe Schule wusste. »Ich hatte was zu besorgen. Aber bevor du weitersprichst – können wir endlich miteinander reden? Richtig reden, meine ich? Die letzten Wochen waren so scheiße und du hast mir so gefehlt, Hannah. Ich brauche dich doch.«

»Matt, ich …«

»Warte. Du hast ein Recht darauf zu erfahren, was los war. Ich hätte es dir schon längst erzählen sollen, aber ich kam mir so blöd vor, dabei bist du doch die Letzte, die über mich lachen würde.«

»Ich …«

Matt redete jetzt wie aufgezogen, als ob sich ein Damm in ihm gelöst hatte, der alle Geheimnisse und Unklarheiten der letzten Wochen auf einmal heraussprudeln ließ. »Ich habe dieses Foto gesehen. Auf der Website mit den vermissten Kindern, du weißt schon. Es war die digital bearbeitete Version von einem kleinen Indianerjungen, der im Alter von drei Jahren spurlos verschwunden ist. Genau wie ich. Und Hannah – das digitale Foto war, als ob ich in einen Spiegel geblickt habe. Kannst du dir das vorstellen?«

Nein, das konnte sie nicht. Hannah setzte zu einer Antwort an, aber Matt redete schon weiter. »Ich habe die Leute sofort gegoogelt. Alles hat gepasst, nur dass sie eben in New Mexico wohnen und ich keine Ahnung hatte, warum ich dann in Kalifornien aufgetaucht bin, aber dafür würde es schon Gründe geben, hab ich gedacht. Ich hätte mich erst mit ihnen in Verbindung setzen müssen. Ich hätte mir die Beschreibung des Jungen genauer durchlesen müssen, aber ich war wie von Sinnen. Ich bin also einfach abgehauen und habe niemandem etwas gesagt. Und hab mir ausgemalt, wie toll es wird, wenn ich mit meinen echten Eltern zurück auf den Campus komme. Ich hab mir das Gesicht meiner Adoptivmutter ausgemalt. Ich weiß, das klingt furchtbar.« Er senkte den Kopf.

Hannah nickte unwillkürlich. Es klang furchtbar. Aber Matt hatte kein normales Verhältnis zu seinen Adoptiveltern. Es war irgendwie komisch. Gestört. Und Deborah Steiner lud auch nicht gerade zum Kuscheln ein, wenn Hannah ehrlich war. Obwohl sie zu Hannah immer ausgesprochen freundlich gewesen war, fast freundlicher als zu Matt, was irgendwie auch wieder seltsam war.

»Und dann?«, fragte sie leise.

»Sie waren so nett.« Matts Stimme war nur noch ein Flüstern. »Genauso, wie ich mir meine Eltern immer vorgestellt hatte. Die Frau sah zwar nicht aus wie die Frau aus meinen Träumen und wenigen Erinnerungen, aber auch das war mir egal. Ich wollte, dass sie meine Eltern sind und Charissa meine Schwester. Ich wollte es so sehr. Aber ihr Sohn, der vermisste Junge, hatte eine angeborene Fehlbildung, nur vier Zehen am linken Fuß. Wenn ich nicht so blind drauflosgestürzt wäre, hätte ich das gewusst. Dann wäre mir diese ganze beschämende Episode erspart geblieben. Ich kam mir so blöd vor, Hannah. Vor diesen Leuten, vor mir selber, vor dir. Und dann das Gesicht meiner Adoptivmutter, als ich zurückkam. Triumphierend ist wohl das Wort, was es am besten beschreibt.«

Hannah fiel ihm um den Hals. Er tat ihr leid. Er tat ihr so was von leid. Was für eine unerträgliche Last es sein musste, diese Sache ein Leben lang mit sich herumzuschleppen. Nie zu wissen, wer man wirklich war. Ob die eigenen Eltern überhaupt noch lebten, warum und wieso man nicht bei ihnen war, ob man Geschwister hatte … Kein Wunder, dass Matt total von der Rolle war.

»Hey«, sagte sie. »Jetzt bist du hier. Hier ist dein Zuhause. Hier sind wir und unsere Erinnerungen. Unsere Kindheit.«

»Hier bist vor allem du«, antwortete Matt.

Ein kleines Quieken ertönte aus seiner Sporttasche, die er neben sich abgestellt hatte. Matt lächelte. »Hier ist übrigens jemand, der dich kennenlernen will.« Er griff in die Tasche und hob etwas hoch. Hannah glaubte ihren Augen nicht zu trauen. Es war ein kleines schwarzes Kätzchen mit weißen Ohren.

»Ich habe dir doch gesagt, dass ich eine Überraschung für dich habe.«

»Für mich?«

»Ja. Und das hier auch.« Matt deutete auf das Halsband des Kätzchens. Daran war eine Papierrolle befestigt.

Hannah griff wie in Trance danach. Erst jetzt nahm sie wahr, dass Matt außerdem noch eine Rose in der Hand hielt. War das etwa … Sie las den Zettel, las ihn wieder und wieder, bis ihre Augen förmlich brannten.

Ich bin Daisy und bleibe immer bei dir, wenn du willst. Und der Typ mit der Rose neben mir auch. Machen wir mit Homecoming den Anfang?

»Es hat eine Weile gedauert, ehe ich Daisy bekommen habe, und sie musste ja auch noch ihren Chip implantiert kriegen, deswegen konnte ich dich nicht eher fragen.«

»Ach, Matt«, stammelte Hannah, während sie das zarte Köpfchen des Kätzchens streichelte. Es schnurrte leise. Alle möglichen Gefühle stürzten auf sie ein. Überraschung, Freude, Rührung, der Wunsch, Matt zu umarmen, weil er einfach so ein unglaublich lieber Mensch war, aber gleichzeitig auch Scham, weil sie doch seine Liebe gar nicht verdiente, und Mitleid, weil sie gerade einem anderen Jungen ein Versprechen gegeben hatte, das doch eigentlich für Matt bestimmt gewesen war.

»Ach, Matt«, flüsterte sie. »Daisy ist total süß.«

»Du ja auch«, flüsterte Matt zurück. Dann strich er ihr behutsam über die Wange. »Hey, du weinst ja. Vor Freude?«

»Ja.« Hannahs Stimme klang merkwürdig krächzend. Was sollte sie nur tun? Sie konnte ihn doch jetzt nicht einfach abservieren. Nicht mit diesem Kätzchen im Arm und der Rose in der Hand. Sein erwartungsvolles Gesicht war keine zehn Zentimeter von ihrem entfernt.

»Und?«, fragte er.

»Natürlich gehe ich mit dir zu Homecoming«, hörte Hannah sich selbst sagen. Sie konnte gar nichts dagegen tun. Das Kätzchen schnurrte, Matt atmete hörbar auf und in Hannahs Bauch verknotete sich alles.

War sie denn völlig übergeschnappt?

Hannah

Am nächsten Tag erwachte Hannah von einer überlauten und überfröhlichen Stimme. Sie kam von dem Bildschirm an der Wand, wo MISSI heute viel zu früh zum Leben erwacht war. Mann, es war noch nicht mal 6.30 Uhr. Daisy lag neben Hannah im Bett und rekelte sich träge, nur um sofort wieder weiterzuschlafen. Hannah stöhnte leise.

»… und einen schönen guten Morgen allen Myriad-Schülern«, zwitscherte MISSI. »Heute ist der vierte Oktober, die Außentemperatur beträgt momentan zwölf Grad, wir erwarten einen eher kühlen Tag auf dem Campus mit einigen kleinen Schauern.«

»Halt die Klappe, du blöde Tussi«, grunzte Chloe unter ihrer Decke. »Mach doch mal einer das Ding aus!« Sie griff verschlafen nach einem Sweatshirt, das auf dem Boden lag, und warf es in Richtung Bildschirm.

»Heute Nachmittag findet der Wettbewerb des Debattierclubs statt, der Spanischclub zeigt heute um 15 Uhr einen spanischen Film mit anschließender Diskussion und für das Parcoursklettern werden immer noch Mitglieder gesucht«, fuhr MISSI ungerührt fort.

Hannah sah zu ihr und stutzte. MISSI hatte heute eine Glatze und einen Schnurbart. Was zum Teufel war da los?

»Die Quizfrage des Tages kann auf der Schulwebsite eingesehen werden, zu gewinnen gibt es zwei Kinokarten für das Halloween-Spektakel *Nachtmahr,* das diese Woche im IMAX anläuft«, fuhr MISSI fort. Ihr Schnurrbart bebte beim Sprechen. »Und zum Schluss möchte ich euch allen noch mitteilen, dass Professor Crawford mit seiner Kollegin Mrs Webber ins Bett geht. Ich wünsche allen Myriad-Schülern einen wunderschönen Tag.«

Hannah war mit einem Schlag wach. »Was zum … habt ihr das gehört?«

Die anderen hatten sich ebenfalls ruckartig im Bett aufgerichtet.

»Nee, oder?« Chloe starrte auf den Screen, wo MISSI unverdrossen weiterlächelte. »Hab ich das gerade geträumt? Und wie sieht die überhaupt heute aus?«

Hannah überlief es abwechselnd heiß und kalt. Nein, das hatten sie nicht geträumt. Sie hatte es ja selbst gestern Nacht gesehen, aber wie kam diese Information in den verdammten Internatscomputer?

Sophie tippte auf ihrem Handy herum. »Bens Zimmer hat es auch gehört.« Sie sah hoch. »Ich verstehe ehrlich gesagt gar nichts. Wieso behauptet diese Brillentussi so was?«

»MISSI ist nicht echt, Sophie«, murmelte Chloe.

»Ja, Mann. Das weiß ich doch. Aber trotzdem – so was Absurdes zu behaupten, so eine Lüge zu verbreiten, das ist doch …« Sie warf hilflos die Hände in die Luft.

Hannah kämpfte mit sich. Sollte sie den Freundinnen erzählen, was sie und Ryan gesehen hatten? Oder würde sie damit die Situation nur noch verschlimmern? Was Ryan und sie gesehen hatten. *Nur* sie beide. Ein furchtbarer Verdacht kam ihr. Hatte Ryan etwa …? Sie biss sich auf die Lippe.

Aber das war doch völlig absurd! Er würde so etwas nie im Leben publik machen, und schon gar nicht auf so eine abscheuliche Art und Weise – sich in den Schulcomputer einzuhacken und alle Schüler damit zu wecken. Oder?

Sie gab sich einen Ruck. »Es ist keine Lüge.« Und dann berichtete sie den anderen doch, dass sie mit Ryan die beiden Lehrer gestern Abend in einer eindeutigen Situation beobachtet hatte.

»Es stimmt also?« Sophie konnte es nicht glauben.

»Ja.«

»Aber wer macht denn so was?«

»Ich … weiß nicht.« Hannah verstummte.

»Und sonst war niemand in der Nähe?«, erkundigte sich Chloe.

»Niemand.«

»Und wenn du es logischerweise nicht warst, dann …« Chloe ließ den Rest des Satzes unausgesprochen in der Luft hängen.

»Niemals«, wehrte Hannah ab. »Warum sollte Ryan das tun?« Die Gedanken wirbelten dennoch in ihrem Kopf durcheinander. Hatte Ryan etwa was von der Sache mit Matt erfahren und wollte er sich deswegen an ihr rächen? Aber was hatte der arme Professor Crawford damit zu tun?

»Vielleicht hat er es jemand anderem erzählt«, meinte Chloe nachdenklich.

»Frag ihn doch«, schlug Sophie vor. »Jetzt gleich.«

Hannah schluckte, dann tippte sie rasch eine Nachricht an Ryan. *Hast du MISSI eben gehört? Hast du jemandem davon erzählt, was wir gestern Abend gesehen haben?*

Es dauerte keine fünf Sekunden, da kam Ryans Antwort. *Ja. Und nein, hab ich nicht. Natürlich nicht!*

»Und?« Chloe und Sophie sahen sie gespannt hat.

»Hat er nicht. Ryan hat damit nichts zu tun.«

»Vorausgesetzt, er sagt die Wahrheit«, meinte Chloe.

»Natürlich tut er das. Ryan lügt mich nicht an«, erwiderte Hannah.

In der Schule herrschte heute eine gedrückte Stimmung. Überall wurde geflüstert und hinter vorgehaltener Hand spekuliert. Gerüchte wirbelten wie Staub durch die Gänge und ließen sich hier und da nieder, um sich dann wieselflink wie ein Virus auszubreiten. Stimmte das mit Professor Crawford und Mrs Webber oder stimmte es nicht? Und wer hatte das Info-Programm des Internats mit dieser unglaublichen Behauptung gefüttert? Professor Crawford selbst war nirgendwo zu sehen.

Auch in der Cafeteria gärte und dampfte es auf eine unterschwellige Art und Weise. Ollie, der Schimpanse, hockte in der Ecke und kratzte sich gestresst, eine Drohne fiel mitten im Flug wie ein toter Vogel herunter, als wäre die Luft vergiftet. Niemand tobte herum, niemand sauste durch die Verbindungsrutschen, niemand rekelte sich in der neuesten Campus-Installation, einem gigantischen Vogelnest aus butterweichen Materialien in der Ecke der Cafeteria. Alle starrten bloß in ihre Handys auf der Jagd nach neuen Informationen, und alle Köpfe fuhren herum, sobald die Tür aufging.

Hannah stocherte in ihren Sushis und schob sie von links nach rechts und dann wieder zurück. Sie hatte absolut keinen Hunger. Und wie sollte sie aus dieser Sache mit Homecoming bloß wieder rauskommen? Einem von beiden musste sie absagen. Aber wem?

»Hey«, sprach eine helle Stimme sie an. »Du bist ja noch gar nicht an deinem Standort.«

»Was?« Hannah sah hoch. Vor ihr stand Yella, die sich gerade kampfbereit ein Paar Gummihandschuhe überstreifte.

»Ich mache heute keinen Mülldienst«, erklärte Hannah.

»Wie? Das geht nicht. Du bist doch Teil unserer Müll-Guerilla-Gruppe.« Yella machte Anstalten, Hannah mit ihren Gummihandschuhen anzufassen und vom Stuhl zu ziehen, und da reichte es Hannah. Die blöde Mülltrennung war heute wirklich ihr letztes Problem.

»Ich mache überhaupt nicht mehr mit, Yella«, erklärte sie laut und klar. »Okay? Ich hab keine Lust mehr. Ich kündige hiermit meine Mitgliedschaft im Earth Club.«

»Aber wir brauchen dich. Die Welt braucht dich!«

»Yella – alles, was du brauchst, ist ein neues Hobby.« Und damit stand Hannah auf und ließ Yella einfach stehen. Mann, fühlte sich das gut an. Sie ging rasch aus der Cafeteria, doch draußen verlangsamte sie ihre Schritte. Als nächstes Fach stand Bio-Fuse an. Was, wenn jemand etwas Blödes zu Mrs Webber sagte? Vielleicht wusste Mrs Webber ja noch gar nicht, was passiert war, sie wohnte ja nicht im Internat. Voller dumpfer Vorahnungen schlich Hannah zum Klassenzimmer. Außerdem würde sie jetzt Ryan treffen. Einerseits wünschte sie sich nichts mehr als das, andererseits … Sie blieb stehen. Eine fremde Lehrerin eilte gerade ins Klassenzimmer.

»Mrs Webber ist verhindert«, verkündete sie knapp. »Ich bin Mrs Danas, ich mache heute Vertretung. Wir gehen raus in den botanischen Garten.«

Leise murmelnd machte sich die Klasse fertig. Ryan war nirgends zu sehen. Hannah atmete auf. Gott sei Dank. Und schade. In dem Moment trat die Vertretungslehrerin zur Seite und gab den Blick ins Labor frei. Ein erschrockenes Raunen ging durch die Schüler. Hannah sah es auch. Abby, die Pflanze, die mit Mrs Webber emotional verbunden war, lag schwarz und kümmerlich wie ein dürrer verkokelter Ast in ihrem Topf.

Draußen im botanischen Garten erklärte die Vertretungslehrerin irgendwelche Farne, aber keiner hörte ihr zu. Der Himmel war von einem bleiernen Grau und schien die allgemeine Stimmung widerzuspiegeln. Eigentlich mochte Hannah den Duft nach Erde, nach Pflanzen, Gras und Blumen, aber heute war es ein Geruch, der sie an Friedhof erinnerte und deprimierte. Außerdem war es unangenehm kühl.

»Herrschaften, aufpassen bitte.« Die Vertretungslehrerin klatschte energisch in die Hände, weil das Gemurmel der Schüler einfach nicht aufhören wollte. »Die Farnkräuter und ihre Eigenschaften kommen im nächsten Test dran.« Hannah beschloss, sich endlich auf den Unterricht zu konzentrieren, aber hinter ihr knackte dauernd etwas. Leise, aber penetrant und immer wieder. Sie drehte sich entnervt um und erstarrte. Es war Cailtin, die geistesabwesend etwas mit den Fingern zerknackte und es sich dann in den Mund stopfte. Erdnüsse. Eine nach der anderen. Jetzt bemerkte sie Hannahs Blick.

»Was?«, fragte sie mit vollem Mund. »Hast du ein Problem damit?«

Hannah wurde übel. Vor einigen Tagen hatte sie erneut Erdnüsse gefunden, diesmal in ihrem Spind. In ihrem *geschlossenen* Spind, in den Ollie ja nun definitiv nicht hineinklettern konnte.

»Ich muss mal kurz austreten«, murmelte sie, wartete keine Antwort ab und lief zurück ins Schulgebäude. Oh Gott. Hatte Caitlin etwa was mit den Erdnüssen in ihrem Zimmer zu tun? Aber wieso? Hannah verspürte nur noch den Wunsch, zurück in ihr Bett zu kriechen. Durch die Glasscheibe konnte sie sehen, wie sich zwei Jungs im Innenhof bei der Fontäne unterhielten. Ins Bett zu kriechen würde nicht reichen. Am besten, sie haute gleich nach Alaska ab.

Die beiden Jungs waren Matt und Ryan.

Chloe

Chloe versuchte, gleichmäßig zu atmen, das Tempo beim Joggen beizubehalten und sich auf das zu konzentrieren, was Hannah sagte. Sie musste definitiv wieder mehr Sport machen. All die Zeit vor verschiedenen Bildschirmen brachte zwar ihr Gehirn auf Trab, aber leider nicht ihre Kondition.

Sie umrundeten den See nun schon zum zweiten Mal und Chloe schielte auf ihr Fitband. Drei Kilometer erst, sechs wollten sie schaffen und ihr tat jetzt schon alles weh. Am See herrschte die Ausgelassenheit eines unerwarteten Ferientags. In Kalifornien wurde es vor November nie so richtig kühl, aber selbst für hiesige Verhältnisse war es ungewöhnlich heiß. Der See glitzerte in der Sonne, es roch nach Gras und Sonnenspray und Wasser, irgendwo quakten Enten und am künstlich angelegten Ufer tummelten sich Schüler und Myriad-Angestellte. Manche stakten mit nackten Füßen im kühlen Wasser herum, andere ruderten in einem der zur Verfügung stehenden Boote hinaus auf den See. Eine Gruppe Schüler mühte sich in Kajaks ab, hin und wieder kenterte jemand unter dem Gelächter der anderen mit seinem Kajak. Am meisten beneidete Chloe diejenigen, die einfach nur im Gras saßen und lesen konnten und sich nicht bewegen mussten.

»Ich weiß auch nicht, was in mich gefahren ist«, redete Hannah jetzt weiter, der das Joggen und gleichzeitige Reden überhaupt nichts auszumachen schien.

»Ich meine – ich kann ja nicht mit beiden gehen. Was hältst du davon, Chloe, wenn …« Hannah stockte, offenbar war das, was sie sagen wollte, etwas heikel. Chloe konnte sich schon denken, was sie auf dem Herzen hatte.

»Wenn du den nimmst … also wen immer ich nicht nehme,

der bleibt ja dann übrig und hat keine Partnerin, und da du ja auch noch niemanden hast, also … Herrgott, Scheiße, das klingt furchtbar, entschuldige, Chloe.« Hannah blieb stehen.

Chloe war dankbar für die Verschnaufpause und schnappte verzweifelt nach Luft, sodass sie erst mal gar nichts sagen konnte.

Hannah schien zu denken, Chloe wäre beleidigt. »Ich hab das nicht so gemeint. Vergiss es einfach. Was für eine Schnapsidee.«

»Nein, nein, ist doch eine prima Idee«, brachte Chloe endlich heraus. »Wenn ich zum Homecoming-Ball gehen würde, meine ich. Aber ich gehe ja nicht. Also mach dir um mich keine Sorgen. Für wen hast du dich denn nun entschieden?«

Leider joggte Hannah schon wieder los, die kurze Pause war vorbei. »Ich hab mich noch nicht entschieden. Was soll ich nur machen? Es ist total verfahren. Erst meldet sich wochenlang keiner, dann beide auf einmal.«

»Wen magst du denn lieber?«

»Das ist es ja – ich weiß es nicht. Ich mag sie beide auf ihre Art. Sie sind total unterschiedlich und …« Hannah wich geschickt einem Find-me-Roboter aus, der den Weg entlangsurrte und einem piependen Signal folgte. Irgendwo am Ufer des Sees hockte wohl ein ausgerissenes Haustier.

»Warum wartest du nicht die Party heute Abend ab?«, schlug Chloe vor. »Da sind sie doch beide. Wer immer heute Abend netter zu dir ist, mit dem gehst du dann zum Ball, ganz einfach.«

»Ach Mensch, wenn es so einfach wäre!« Hannah knuffte sie in den Arm, woraufhin Chloe aus dem Takt kam und stolperte. In dem Moment sauste ein Walk-Rad den kleinen Hügel hinunter und genau auf sie zu, eins dieser idiotischen Teile, die wie ein Laufband auf zwei Rädern funktionierten und eine bizarre Mischung aus Dauerlauf und Radfahren für Faule darstellten. Chloe sprang erschrocken zur Seite, trat mit dem rechten Fuß ins Leere und rutschte den Hang zum See runter. Verdammter Mist.

Sie fiel in etwas Weiches, in kratzende Zweige, bekam Dreck in den Mund und landete schließlich im Wasser.

»Chloe?«, hörte sie Hannah rufen. »Alles okay?«

»Ja«, schnaufte Chloe. Da sah man es mal wieder. Sport war Mord. Warum tat sie sich das an? Warum saß sie nicht in ihrem Zimmer und verfolgte die Hackerspur von Warlord23 im Darknet? Oder fand wenigstens heraus, wer den Schulcomputer gehackt hatte? Sie hatte schon mehrmals versucht, sich da Zugang zu verschaffen, aber seit MISSI manipuliert worden war, hatte Mr Howard die Sicherheitsvorkehrungen verhundertfacht, und es würde selbst für Chloe eine Weile dauern, eine Lösung zu finden. Mühsam rappelte sie sich wieder auf und kletterte die Böschung hoch. Als sie oben ankam, wurde ihr siedend heiß. Genau neben Hannah stand Connor. In Badeshorts, mit Kopfhörern auf den Ohren und einem Kajak unter dem Arm. Wo kam der auf einmal her? Konnte der Tag noch schrecklicher werden?

»Hey, Con«, versuchte sie ihn dennoch so lässig wie möglich zu grüßen.

»Mensch, Chloe, was ist denn mit dir passiert?« Er starrte sie an. Dann verzog sein Gesicht sich zu einem Grinsen. »Sorry. Aber du siehst aus wie frisch aus dem Dschungelcamp.«

Chloe sah an sich herunter, sie war von oben bis unten mit Erde beschmiert und bis zu ihren Shorts klitschnass. Sie spuckte einen Grashalm aus. »Ich hasse das analoge Leben.«

Connor wieherte los.

»Am besten, du springst gleich noch mal ganz in den See«, riet Hannah und reichte Chloe unsinnigerweise ein winziges Taschentuch. »Sonst musst du so dreckig die ganze Strecke ins Internat zurück.«

Da hatte sie recht. Aber um nichts in der Welt würde Chloe jetzt vor Connor mitsamt ihren Klamotten in den See springen. Die nasskalte Kostprobe hatte ihr gereicht. »Ist schon okay«, meinte sie trotzig. Von weiter hinten kamen zwei Mädchen im Bikini, die Connor entdeckt hatten und ihm wild zuwinkten. Zwei von den beliebten Schulschönheiten. Auch das noch! In dem Moment fiel es ihr ein. Gleich da vorn war einer der Ein-

gänge zum botanischen Garten. Und dahinter lag der Sicherheitsbereich mit der Hanf-Plantage, aber mit ihrer Chipkarte kam sie ja da rein. Dann nur noch durchlaufen und schwupp, waren sie in der Schule und sie konnte sich im Sportbereich ordentlich abduschen.

»Hier lang«, sagte sie kurz entschlossen. »Komm mit.« Das galt eigentlich Hannah, aber Connor fühlte sich offenbar auch angesprochen, denn er folgte ihr und ignorierte die winkenden Badeschönheiten komplett. Chloes Laune besserte sich sofort. Sie lief den schmalen, halb verborgenen Trampelpfad entlang, bis sie an das große Sicherheitstor kam. *Betreten verboten*, warnte ein Schild.

»Ey, hier kommen wir nicht weiter.« Connor blieb stehen.

»Kommen wir doch.« Chloe zog die Chipkarte ihrer Mutter heraus und hielt sie vor den Scanner. Das Tor öffnete sich lautlos.

»Ich fasse es nicht«, flüsterte Connor. »Hast du dich hier eingehackt?«

»Nein.« Mehr musste er nicht wissen.

»Wahnsinn.« Er sah sich beeindruckt um, als sie durch das nicht enden wollende Hanffeld spazierten wie durch einen exotischen Dschungel. »Ich hab noch nie jemanden wie dich getroffen, Chloe. Immer für eine Überraschung gut.«

Chloe hörte Hannah leise kichern und verkniff sich ein Grinsen. Wie hatte sie sich nur so irren können? Der Tag war nicht beschissen, er war großartig.

»Meinst du, wir könnten uns was abpflücken? Ich meine, für meine Party heute Abend?« Connor streckte die Hände nach den Hanfpflanzen aus.

Chloe schüttelte den Kopf. »Lieber nicht.« In einiger Entfernung hörte sie etwas klappern und legte den Finger auf den Mund. Jetzt erwischt zu werden wäre ein ziemlich schmähliches Ende ihres grandiosen kleinen Ausflugs. Dummerweise summte nun ihr Handy, weil eine SMS reinkam. Und nicht nur ihres, sondern auch das von Connor und Hannah. Was zum …? Reflexartig pressten sie sich alle drei auf den Boden, so flach sie konnten, denn jetzt lief einer der Gärtner drei Reihen weiter durch das Feld. Er sprach in ein Handy. » … zu«, hörten sie ihn sagen, dann blieb er stehen und ließ seinen Blick umherschweifen. Chloe fing an zu schwitzen. Es wäre der peinlichste Moment ihres Lebens, wenn sie jetzt hier entdeckt wurden – dreckverschmiert und nass und mit Mamis Chipkarte in der Hand. Gott sei Dank drehte der Mann ab und stapfte weg. Chloe atmete auf. Sie schielte zu Connor, dessen Gesicht unverhohlene Begeisterung ausstrahlte. Das hier war ganz nach seinem Geschmack. Und dann schielte Chloe auf ihr Handy, um zu sehen, welcher Vollidiot ihnen allen gleichzeitig eine Nachricht geschickt hatte, denn davon ging sie aus. Sie stutzte. Kein Absender, keine Nummer. Nur eine Nachricht: *Hat euch das mit MISSI gefallen? Bald gibt es noch mehr Action!*

Hannah

178 Hannah hielt an der Kreuzung mit den vier Stoppschildern an. Hinter ihnen hupte es wild, Musik wehte aus offenen Autofenstern. Eine ganze Kolonne von E-Autos war auf dem Weg zur Party in der Villa von Connors Vater am Rande des Campus. Ein nervöses Schlingern setzte in Hannahs Magen ein. Gleich würde sie auf Ryan und Matt treffen. Was, wenn sie jeweils mitkriegten, wie der andere Hannah etwas wegen Homecoming fragte – welche Farbe ihr Kleid haben würde, zum Beispiel, weil ja die Ansteckblume der Jungs darauf abgestimmt werden musste. Oder wussten die beiden schon längst Bescheid? Hatten sie darüber im Innenhof geredet? Würden sie einträchtig nebeneinanderstehen und Hannah anklagend entgegensehen? Verdammt, sie hätte niemals zu dieser Party gehen sollen. Am liebsten wäre sie gleich wieder umgedreht. Oder sie würde nur ganz kurz bleiben. Sie würde Ryan seine Jacke zurückgeben, die sie extra mitgenommen hatte, und dann gleich wieder verschwinden. Es war zwar schade um die Mühe, die sie sich mit ihrem Outift gegeben hatte, besonders die neuen hohen Schuhe, in denen sie kaum laufen konnte, aber egal. Es sei denn … Aber was immer ihr auch für eine Lösung durch den Kopf gehuscht war, sie ging sofort flöten, weil Chucky sich in dem Moment meldete.

»Ein großes Haus da vorn, Mama«, verkündete er vom Rücksitz mit seiner kleinen Roboterstimme. »Es ist weiß und hat ungefähr 20 000 Quadratmeter. Sehr teuer.«

»Wow! Chucky wird noch mal Makler, was?« Chloe drehte sich stolz nach ihm um.

Hannah betrachtete mit schlechtem Gewissen ihr eigenes iBaby, das gerade mal die Primärfarben unterscheiden konnte und außerdem irgendwie lispelte. Chucky würde unter Chloes fanatischem Lernprogramm alle anderen iBabys mühelos überholen.

Hannah bremste ab, denn sie waren angekommen. Vor ihnen lag die kiesbestreute Auffahrt zu Connors Villa. Ein weißes Haus
im Kolonialstil mit Säulen, Erkern, mehreren Balkonen und einer riesigen Glasveranda, von einem parkähnlichen Garten umgeben, in dem weiße Marmorstatuen von fetten kleinen Engeln und nackten Nymphen standen.

»Hält sich Connors Vater für Ludwig den Vierzehnten oder so was?« Hannah schüttelte belustigt den Kopf.

»Neureich«, kommentierte Chloe lapidar. Und griff nach Chucky. »Grusliger Geschmack, aber Geld wie Heu und das Gespür eines schlauen Fuchses, wenn es um Investitionen und Aktien geht.«

Hannah schaltete das Auto aus. Auf in die Höhle des Löwen. Seufzend schnappte sie ihr eigenes iBaby vom Rücksitz. Sogar zu Partys mussten sie die Dinger mitschleppen, es war so was von peinlich. Das iBaby brabbelte irgendwas, aber Hannah verstand kein Wort. Leider war es Chucky mittlerweile total unterlegen.

»Vielleicht hören wir ja auf der Party ein bisschen mehr. Ich meine, wegen MISSI und so«, sagte Hannah jetzt, um von ihrem eigenen unterbelichteten iBaby abzulenken. »Es haben ja alle diese SMS bekommen. Irgendjemand muss doch was wissen.«

Die Party war schon voll im Gange. Stampfende Rhythmen erklangen aus dem Wohnzimmer, einem üppig mit Goldrahmenbildern und Antiquitäten ausgestatteten Salon. Er war so groß wie ein Ballsaal und offenbar zur Tanzfläche umfunktioniert worden. Überall standen Leute mit Bierdosen in der Hand, ein Junge mixte in der Küche gerade einen gefährlich violett schimmernden Punsch in einer großen Glasschüssel, angebrochene Sektflaschen standen herum, eine professionelle Schokoladenfontäne produzierte fließende Schokoladenströme, in die man exotische Früchte tauchen konnte. Hinter dem Haus gab es einen Swimmingpool, der von Unterwasserlampen beleuchtet wurde, darum waren Liegestühle gruppiert. Gerade wurde jemand im Clownskostüm von einer grölenden Meute in den Pool gestoßen. Die darin schwimmenden Mädchen kreischten auf, und Hannah registrierte, dass einige von ihnen keine Bikini-Oberteile mehr trugen. Draußen im Garten schoss sich gerade eine Horde angetrunkener Teenager gegenseitig beim Paintball-Shooting blau und grün. Vor dem Haus hielt jetzt der Truck einer Rockband und fing an, Verstärker und Kabel auszuladen. Daneben fuhr ein dunkelblauer SUV mit getönten Scheiben vor, aus dem zwei elegante Frauen Ende zwanzig in extrem knapper Kleidung stiegen und sich mit professionellem Lächeln umsahen. Hannah konnte es nicht fassen. Jemand hatte einen Escort-Service angerufen! Wer um alles in der Welt … Ach, sie wollte es lieber gar nicht wissen.

Schnell schob sie sich mit Chloe durch die Massen, erhaschte Blicke auf eine Horde Jungs an einem Billard-Tisch, eine andere Gruppe hockte grölend in einem anderen Raum vor einem vier mal vier Meter großen Bildschirm an der Wand, auf dem irgendein Autorennen lief, knutschende Paare saßen herum, andere flirteten und baggerten und suchten noch. Es roch nach Haarspray, fruchtigem Mädchen-Deo, Bubblegum, Schweiß, Rauch, Alkohol und auch schwach nach Marihuana. Ganz offensichtlich hatte Connor doch ein paar Blätter geklaut.

Wo war Ryan? Hannah konnte ihn nirgendwo entdecken. Und Matt? Entschlossen öffnete sie eine Tür und trat erschrocken einen Schritt zurück. Eine kleine Mexikanerin saß dort auf einer geblümten Couch, vor sich eine Dose Sprite und einen Teller mit belegten Broten. Sie guckte gerade irgendeine Fernsehserie auf Spanisch, Gelächter vom Band erklang. Bei Hannahs Anblick sprang sie auf.

»Si? Si?«, fragte sie mit einem Anflug von Panik.

Das musste die Haushälterin sein. Hannah bedauerte sie zutiefst. »Perdón«, murmelte sie und schloss die Tür rasch wieder. Mehr Spanisch konnte sie sowieso nicht.

»Alberta«, raunte Chloe ihr zu. »Connor hat sie bestochen, damit sie seinem Vater nichts von der Party erzählt. Große Summen haben den Besitzer gewechselt.« Sie zog bedeutungsvoll die Augenbrauen hoch.

Hannah entdeckte Sophie, die ihr quengelndes iBaby herumtrug und dabei immer wieder sehnsüchtig in Richtung Küche schielte, wo Ben mit einer Meute Jungs und Mädchen laut lachte und zischend eine Bierdose öffnete. Sie wirkte wie das unterbezahlte Au-pair aus Weißrussland, das sich im schönsten Partygewühl um die ungezogenen Blagen einer reichen Familie kümmern musste.

»iBabys. Unser Schicksal heute Abend«, murmelte Hannah.

»Schicksal – ein Substantiv. Man bezeichnet damit Ereignisse im Leben, über die man keine Entscheidungsfreiheit hat«, ratterte Chucky los, als ob er ein unsichtbares Wörterbuch zitierte.

»Wow!« Sophie ließ ihr eigenes iBaby beinahe fallen. »Gibt's das?«

»Na?«, rief ein Typ im blauen Hemd ihnen zu. »Habt ihr eure Puppis zum Spielen mit zur Party gebracht?« Es war Evan mit Caitlin am Arm, die hysterisch lachte.

»Voll creepy, die Dinger«, lallte Caitlin. »Wie die einen immer anstarren. Als ob sie leben und alles mithören. Total gespenstisch.«

»Gespenstisch«, schnarrte Chucky erneut. »Ein Adjektiv. Synonyme sind unter anderem: unheimlich, furchterregend und gruselig.«

»Siehst du, was ich meine?« Caitlin riss die Augen auf und zeigte mit dem Finger auf Chucky, dann wurde sie von Evan weitergezogen und hängte sich wie ein Rucksack hinten an ihn dran. Ganz offensichtlich war sie schon sternhagelvoll.

Hannah ging ein paar Schritte die Treppe hoch. Sie entdeckte Ryan auf dem Treppenabsatz zur ersten Etage und natürlich hockten und standen schon wieder ein paar Leute um ihn herum. Da war Mike Gonzales, der Football-Kapitän, der jetzt kumpelhaft den Arm um Ryan legte und ein paar unsichere angetrunkene Tanzschritte machte, vier oder fünf weitere Jungs aus dem Footballteam, und wie um das Maß voll zu machen, gesellten sich jetzt auch zwei der Tanzzicken dazu. Jemand riss einen Witz und bedeutungsschwangeres Jungsgelächter brauste auf.

»Du Opfer«, grölte einer begeistert, gefolgt von Gläserklirren. Jetzt entdeckte Ryan Hannah, er schickte ihr kurz ein kleines Lächeln und wedelte demonstrativ den Atem eines der Footballer weg. Wahrscheinlich stank der schon total nach Bier. Ryan deutete diskret ein Würgen und Augenverdrehen an. »Ich komme gleich«, signalisierte er ihr.

Hannah lächelte zurück. Er wollte noch mit ihr reden. Offenbar war er nicht sauer wegen Homecoming. Oder hatte Matt das gar nicht erwähnt? Sie musste unbedingt herausfinden, worüber die beiden gestern gesprochen hatten. Sie vertiefte sich in die Betrachtung eines unerträglich scheußlichen Wandgemäldes, das einen Reiter mit einem schlaffen Fasan in der Hand hoch zu Ross zeigte. Garantiert war das Bild unheimlich viel wert, wie alles hier. Irgendwo in der Villa knallte es laut und man konnte Connors Stimme hören: »Nicht die Vasen, Leute! Nicht die Ming-Vasen!«

Ein Motor heulte vor dem Haus auf, definitiv kein E-Auto. Wahrscheinlich wollte jemand den cremefarbenen Jaguar ausprobieren, den Hannah vorhin in der Einfahrt hatte stehen sehen. Außerdem jaulten jetzt die ersten Klänge der Band auf, das von Verstärkern ums hundertfach intensivierte Kreischen einer

E-Gitarre sauste wie ein Peitschenhieb durch die Villa. Von hier oben konnte sie beobachten, wie Kyle sein iBaby in der Küche unter den begeisterten Rufen seiner Freunde kopfüber in die Schüssel mit dem Punsch tunkte. Was für ein Chaos, dachte Hannah. Endlich verzogen sich die Jungs, Ryan stellte sein Glas ab, aber gerade als Hannah sich zu ihm begeben wollte, glitt Allyssa Snyder wie ein geschmeidiger Panther hinter einer Tür hervor.

»Hey, Babe«, hörte Hannah sie sagen. »Ich muss dich unbedingt was fragen.«

Babe? Allyssa Snyder sprach Ryan mit *Babe* an? Hannah wusste nicht, ob sie lachen oder wütend sein sollte, und ganz offensichtlich war das, was Allyssa zu fragen hatte, auch endlos und streng geheim, denn sie flüsterte unentwegt in Ryans Ohr und legte jetzt auch noch ihre Hand vertraulich auf seinen Rücken. Ryan schien Hannah völlig vergessen zu haben, denn er lauschte interessiert und legte ebenfalls seine Hand auf ihren Arm. Hannah reichte es: Sie drehte sich abrupt um und ging.

Raus – in den vorderen Garten, wo es ruhiger war und auch das Geplansche und immer lauter werdende Gequieke vom Pool nicht so herüberschallte. Wahrscheinlich hatten die Mädchen da drin jetzt gar nichts mehr an. Hannah schlenderte eine Weile lang durch ein kleines Heckenlabyrinth, zum Glück war es viel zu niedrig, um sich wirklich zu verlaufen. Sie atmete tief ein. Herbst in Kalifornien. Immer ein gewisser Geruch nach fernen Waldbränden und Trockenheit in der Luft, aber gleichzeitig süß, nach Äpfeln und Weintrauben. Sie begab sich zu einem Pfad, der zu einem Pavillon führte. Lichterketten in Form von Schmetterlingen umrankten die Säulen und das Dach. Dort drin saß jemand. Sie verlangsamte ihre Schritte, doch da drehte die Person sich bereits um.

»Matt«, rief Hannah erleichtert. »Was machst du denn hier draußen ganz alleine?«

»Ich heule den Mond an«, antwortete Matt. Er gab ein angedeutetes Jaulen von sich. »Du weißt doch, wir Indianer sind alle halbe Wölfe.«

»Du Blödi.« Sie setzte sich neben ihn. »Da drin kann man

sein eigenes Wort nicht verstehen.«

»Und wenn dir dann noch Mike Gonzales den gesamten Ablauf des letzten Footballspiels ins Ohr brüllt ...« Er ahmte den Football-Kapitän perfekt nach – sein angetrunkenes Blinzeln und die Art, wie er seinem Gesprächspartner dauernd auf die Schulter haute, als wolle er ihn in Stücke hacken.

Hannah lachte. »Du bist also auch hier raus geflohen.«

Er nickte. »Wie geht es Daisy?«, fragte er.

»Gut. Sie ist total süß. Sie schläft in meinem Bett.«

»Die hat es gut.«

Eine kleine Pause entstand. »Danke noch mal«, sagte Hannah endlich. Sie holte tief Luft. »Ich wollte dich was fragen.« Sie hielt inne. Oh, verdammt, wie sollte sie ihn nur danach fragen, was er mit Ryan zu bereden gehabt hatte?

»Was denn?«

Sie brachte es einfach nicht fertig. »Hast du eine Ahnung, wer MISSI manipuliert hat?«, fragte sie stattdessen.

Matt wirkte überrascht. »Nee. Aber ich fand es total daneben. Professor Crawford ist der beste Lehrer an der Schule.«

»Finde ich auch.«

»Ich freue mich schon auf Homecoming mit dir.« Matt musterte sie, als ob er irgendwas ahnte. »Es bleibt doch dabei, oder?«

Jetzt. Jetzt war die Gelegenheit, ihm von Ryan zu erzählen und dass sie irgendwie in zwei Versprechen hineingerutscht war.

»Da ist übrigens etwas, was du wissen musst«, stotterte sie.

»Was denn?«

»Wegen Homecoming.« Scheiße, es führte kein Weg daran vorbei. »Ich hatte schon Ryan versprochen, mit ihm zu gehen.

Also noch bevor du mich gefragt hast.« Sie sah Matt dabei nicht an, redete nur immer schneller. »Er hat mich bei der Talentshow vor allen Leuten gefragt, ich kann gar nicht glauben, dass du noch nichts davon mitgekriegt hast. Und da konnte ich irgendwie nicht Nein sagen.« Nicht, dass sie hatte *Nein* sagen wollen, aber egal.
»Weil du dich ja nicht gemeldet hast«, fuhr sie fast trotzig fort. »Und dann standst du auf einmal vor mir mit Daisy und hast mir alles erzählt, was du erlebt hast, und da ... da ...« Sie schluchzte los und sah sie ihn endlich an. »Ich dachte, das hat Ryan dir gestern erzählt? Ihr habt doch zusammen geredet.«

Matt rückte ein Stück von ihr weg. »Das hat er mir natürlich nicht gesagt. Er wollte wissen, ob ich die Geometrieaufgaben gemacht hatte, er ist in meinem Mathekurs. Aber jetzt wird mir einiges klar. Mr Howard hat mich vorhin gefragt, ob ich jemanden für den Homecoming-Ball habe, und ich hab gesagt, dich. Und da hat er so komisch geguckt und gefragt, ob ich mir da sicher bin.« Er lachte kurz auf, aber es klang freudlos. »Selbst der fetteste Nerd der Schule wusste von Ryan und dir auf der Talentshow, nur ich nicht. Klasse.«

»Es tut mir leid«, piepte Hannah.

»Du willst also lieber mit Ryan gehen«, stellte Matt nun fast sachlich fest. »Ist es das, was du mir sagen willst?«

»Nein«, stammelte Hannah. »Mit dir.« Sie fiel ihm um den Hals und presste ihn fest an sich. Den ganzen Sommer lang hatte sie von so einem Moment geträumt, nur dass sie in ihren Vorstellungen dabei nicht wie ein Schlosshund geheult hatte.

»Hey«, flüsterte er. »Dann ist doch alles gut. Nicht weinen.« Er hob ihr Kinn mit einem Finger an und sah ihr in die Augen. Die Nacht schien auf einmal klarer, die Luft milder, der Partylärm so weit entfernt, als befänden sie beide sich auf einem anderen Planeten. Er wischte ihr die Tränen weg, rückte wieder näher an sie heran, beugte sich vor und dann, ohne dass Hannah zu sagen gewusst hätte, wer damit angefangen hatte, küssten sie sich. Erst sanft und vorsichtig, dann leidenschaftlicher. Matt streichelte ihre Haare, sein Mund glitt ihre Wange entlang bis hin zu ihrem Ohr. »Das habe ich mir schon so lange gewünscht«, flüsterte er

und dann küsste er sie gleich noch einmal.

Leicht außer Atem löste Hannah sich von ihm. »Wir können das ja öfter machen.« Sie schlang die Arme um seinen Hals und zog ihn an sich. Diesen Moment wollte sie festhalten für alle Ewigkeit. Kurz schloss sie die Augen. Als sie sie wieder aufmachte, erblickte sie jemanden, der keine zehn Meter entfernt auf der Terrasse stand und genau zu ihnen hinübersah. Ryan. Ihre Blicke trafen sich kurz, dann drehte Ryan sich um und ging wieder zurück ins Haus. Hatte er den Kuss mitgekriegt? Verdammt.

Hannah

Hannah ließ Matt los.

»Ist was?«, fragte er.

Hannah verneinte etwas zu schnell. In diesem Moment erklang brüllendes Gelächter durch die Terrassentür, die Ryan offen gelassen hatte.

»Ich schmeiß mich weg!«, rief jemand. »Ist das geil!«

Sie wechselten einen Blick. Ganz offensichtlich war da drin die nächste Attraktion ausgebrochen.

»Wollen wir wieder reingehen?«, schlug Hannah vor. Jetzt, wo Ryan sie gesehen hatte, wollte sie irgendwie nicht mehr hier draußen bleiben. Schlagartig schien es auch kühler geworden zu sein, die Nacht dunkler, das ferne Summen der Grillen nicht mehr romantisch, sondern rasselnd und laut. Feindselig. Sie folgten dem Gegröle, es kam aus dem Zimmer, wo vorhin das Autorennen auf dem Bildschirm zu bewundern gewesen war. Jetzt guckten sie dort irgendeinen Film. Wahrscheinlich wieder ein My-Movie voller Superhelden aus der neunten und zehnten Klasse.

Hannah hörte eine Stimme laut etwas sagen und verlangsamte ihren Schritt. Die Stimme kam ihr bekannt vor. Das war doch Matts Stimme. Und tatsächlich – es war auch Matt auf dem Bildschirm, der in einem Sessel saß und mit irgendjemandem redete. Ein My-Movie mit Matt? Mit wem redete er da? Sie stutzte. Mit Miss Abercrombie, dieser komischen Therapeutin aus der Schule, kurz war sie im Bild zu sehen in einer ihrer albernen Strickjacken. Auf dem Bildschirm wischte Matt sich jetzt eine Träne aus den Augen.

Die Meute vor dem Bildschirm blökte ein gemeinschaftliches »Oooooooch!«, gefolgt von haltlosem Kichern.

»Ich habe Angst vor der Dunkelheit«, sagte Matt jetzt in dem Video. »Ich kann nur bei Licht schlafen, wie ein Kleinkind. Sobald es abends dunkel wird, werde ich unruhig. Manchmal rolle ich mich zu einem Ball zusammen und kneife mich selbst, damit ich nicht losschreie. Mit fünfzehn.«

»Matti-Baby hat Angst vorm Dunkeln!«, rief jemand. Ein Mädchen lachte schrill auf. Hannah blieb entsetzt stehen. Das war kein My-Movie. Das war echt. Was zum Teufel ging da vor? Wie in Zeitlupe drehte sie sich um. Matt stand hinter ihr, die Augen weit aufgerissen. Ein wilder, verzweifelter Ausdruck lag auf seinem Gesicht. Die da drin guckten gerade Matts private Therapiestunde.

»Hört auf«, schrie sie voller Wut. »Macht das aus! Sofort!« Aber niemand hörte auf sie, denn gerade schepperte neues Gelächter durch den Raum. » … wenn ich im Schlaf nach meiner Mutter schreie«, hörte sie Matt in dem Video sagen. Hannah machte ein paar Schritte auf die Meute zu, konnte aber nicht entdecken, wo genau die Quelle des Videos war. Wo hatten die das her? Wo verdammt noch mal hatten die das her?

»Matt, ich … «, setzte sie an und drehte sich um, aber er stand nicht mehr hinter ihr. Er war wieder nach draußen gerannt, sie konnte ihn noch kurz unter den Lampen am Anfang der Einfahrt sehen, dann verschwand er in der Dunkelheit in Richtung Straße.

»Matt!«, rief sie und rannte ihm hinterher. »Matt!« Sie stolperte. Diese blöden Schuhe. Warum hatte sie jetzt nur keine Sneakers an? Sie rannte weiter und stolperte erneut auf der kiesbestreuten Auffahrt, diesmal knickte sie um und fiel hin. Ein fieser Schmerz durchzuckte ihren rechten Knöchel, sie fluchte leise, riss sich den nutzlosen Schuh vom Fuß und umfasste ihren Knöchel mit beiden Händen. Tränen schossen ihr in die Augen. »Verdammte Scheiße«, presste sie heraus. »Verdammte, verdammte Scheiße.« Doch der Schmerz in ihrem Knöchel war nichts gegen das, was Matt jetzt fühlen musste. Diese gemeinen Schweine.

»Hannah?«, fragte eine Stimme hinter ihr. Es war Ryan.

»Geh weg«, schluchzte sie.

»Hannah, ich hab es ausgemacht. Das Video. Es kam von Kyle. Er hat es gerade geschickt bekommen, und weil er hackedicht ist, fand er es superlustig, es auf dem Großbildschirm zu zeigen.«

»Kyle war schon immer ein Arschloch.« Hannah quetschte ihren schmerzenden Knöchel so fest, als ob er nicht ihr, sondern Kyle gehörte.

»Bist du umgeknickt? Warte, ich hole was.« Noch bevor Hannah etwas sagen konnte, war Ryan verschwunden. Sie stand auf und schleppte sich weiter. Zum Glück konnte sie noch laufen, auch wenn es höllisch wehtat und sie nur langsam vorankam. Wo war ihr Auto?

»Warte doch.« Ryan tauchte wieder auf. Er hielt einen Becher mit Eiswürfeln und ein Verbandspäckchen in der Hand. »In einem geordneten Haushalt findet sich alles.«

Hannah schenkte ihm ein halbes Lächeln und ließ sich auf eine Bank fallen, die dort draußen stand.

»Zeig mal her.« Ryan kühlte ihren Fuß mit Eis und der Schmerz ließ augenblicklich nach.

»Danke.« Sie konnte den Blick nicht von seinen Händen lösen, die ihren nackten Fuß festhielten. Es hatte so etwas Vertrautes, fast Intimes. Jetzt wickelte Ryan noch eine elastische Binde um ihren Knöchel.

»Die schicken Schuhe hier wirst du wohl nicht wieder anziehen können«, meinte er.

Hannah winkte ab. »Egal, ich gehe barfuß. Die Party ist für mich sowieso gestorben. Ich will nach Hause.«

»Komm, ich bring dich«, schlug Ryan vor. »Mit dem Klumpfüßchen kannst du doch gar nicht fahren. Hm?« Er legte den Kopf schief. »Dein Auto kann Chloe zurückbringen.«

Hannah zögerte einen Moment, aber sie musste einsehen, dass

dies wohl die beste Lösung war. Und auf gar keinen Fall wollte sie wieder reingehen und die Typen sehen, die Matts innerste Gedanken gehört und sich darüber lustig gemacht hatten. Sie hatte keinen Bock mehr auf Small Talk und Klatsch und hochgezogene

Augenbrauen und Kichern hinter vorgehaltener Hand. Ihr war plötzlich eiskalt. Sie schlang sich die Arme um die Schultern. »In meinem Auto ist noch deine Jacke. Die wollte ich dir eigentlich wiedergeben.« Sie gab ihm ihren Auto-Chip. »Es steht da um die Ecke.«

»Lass nur. Du frierst doch. Zieh sie einfach noch mal an.« Ryan verschwand und fuhr wenig später mit seinem Auto vor. Hannahs Auto-Chip deponierte er unter einem flachen Stein neben einer der Halogenlampen in der Einfahrt für Chloe. Hannah stieg in sein Auto ein und er legte ihr seine Jacke um.

»Hier. Den Preis für das schickste Outfit gewinnst du heute Nacht sowieso nicht mehr. Und schreib Chloe 'ne SMS, wo der Chip liegt.«

Hannah kuschelte sich in die Jacke. Sie war Ryan dankbar, dass er versuchte, sie abzulenken und aufzumuntern, aber eins musste sie doch noch wissen. »Woher hatte Kyle das Video?«, erkundigte sie sich mit belegter Stimme.

»Er hat 'ne SMS geschickt bekommen. Das ist alles, was ich weiß.« Ryan löste den Blick nicht von der Straße.

»Geschickt? Wer verschickt denn so was? Wer *hat* so was?«

»Ich habe keine Ahnung. Ich wusste gar nicht, dass es so eine Psychotante auf dem Campus gibt.«

»Geschickt ...«, wiederholte Hannah langsam. Wie die komische SMS, die sie bekommen hatten? Wo irgendeine tolle Action angekündigt wurde? War das die tolle Action? Sie würde Chloe davon erzählen. Wenn sie an Kyles Handy kamen oder Chloe sich da einhacken konnte, dann würden sie herausfinden, wer für diese Sauerei verantwortlich war.

Ryan hielt vor dem Internat an. Eigentlich hätte Hannah ihm jetzt beichten müssen, dass sie sich gerade für Matt als Homecoming-Partner entschieden hatte. Aber würde Matt überhaupt noch zum Ball gehen wollen, nach allem, was heute passiert war? Ach verdammt, sie konnte einfach nicht mehr. Dieser Abend war zu viel für sie gewesen. Sie würde morgen mit Ryan reden.

»Tschüss dann.« Hannah legte die Hand auf die Tür.

»Warte.« Ryan sah sie ganz merkwürdig an.

»Was ist denn?«

»Das hier.« Und damit zog er sie plötzlich an sich und küsste sie mitten auf den Mund.

Nach einer kurzen Schocksekunde öffnete sie ihre Lippen. *Ich küsse Ryan. Ich küsse Ryan und es fühlt sich verdammt gut an,* war alles, was sie denken konnte. Sofort meldete sich ihr schlechtes Gewissen. Wie konnte man sich mit zwei Jungs an einem Abend gleichzeitig zum ersten Mal küssen?

»Es ist okay, Hannah«, flüsterte Ryan, als ob er ihre Gedanken lesen konnte. Hannah wäre am liebsten für immer in seinem Auto sitzen geblieben, in dieser sicheren kleinen Blase, in die die Außenwelt nicht eindringen konnte, in der es nur Ryans Mund gab und jetzt auch noch seine Hände, die ihren Rücken streichelten und sich den Weg nach vorn bahnten. Mach weiter, mach weiter, dachte Hannah. Nein, das ging nicht. Da war immer noch Matt in ihrem Kopf.

Sie riss sich los. »Ich muss gehen. Danke fürs Heimbringen.« Sie öffnete rasch die Tür, damit sie es sich nicht noch anders überlegte, und humpelte, so schnell es ging, zur Eingangstür.

»Sehen wir uns morgen?«, rief Ryan ihr hinterher.

»Ja. Nein. Ich melde mich.«

Sie ließ die Tür krachend hinter sich ins Schloss fallen und schreckte ein einsames Pärchen auf, das sich unter den lebenden Wänden gerade innig in die Augen blickte.

»Guten Abend, Hannah Montgomery«, begrüßte MISSI Hannah laut. »Im Atrium sind derzeit alle Bereiche bis auf zwei Plätze frei. Ich möchte aber alle darauf hinweisen, dass das Licht hier in zwanzig Minuten automatisch ausgeht und die Türen abgeschlossen werden.«

»Kein Bedarf.« Hannah humpelte zum Fahrstuhl.

»Im Bereich D steht auch eine Vitalbox, Hannah Montgomery«, rief MISSI ihr hinterher. »Es scheint, als ob dein Bewegungsvermögen eingeschränkt ist. Das solltest du untersuchen lassen.«

»Ja, ja.« Hannah schob sich rasch in den Fahrstuhl, der zum Glück gerade unten war. »Hannah Montgomery, du bist absolut unmöglich«, sagte sie dann laut zu ihrem Spiegelbild, als die Tür sich hinter ihr schloss. Verdammt, jetzt hatte sie ihm die Jacke wieder nicht zurückgegeben. Sie fröstelte und lehnte sich an die Wand. Irgendetwas pikste sie in die Hüfte. Sie drehte sich um. Aber da war nichts an der Wand. Da war etwas in der Jacke. Irgendwas Hartes hinten an der rechten Seite. Sie schob die Hand in die Tasche, doch die war leer. Aber das Innenfutter war kaputt, unten war ein Loch, es führte ins Innere zwischen Futter und Außenstoff. Ihre Finger verfolgten das Loch von außen und berührten jetzt etwas Kleines, Flaches, Hartes, wie eine Chipkarte. Die musste irgendwie da reingerutscht sein. Sie schob das Ding durch das Innenfutter nach vorn und zog es heraus. Es war ein Bibliotheksausweis, aber nicht von Myriad. Von einer Middleschool in Brooklyn, New York. Ausgestellt auf einen Ryan O'Neil. Daneben Ryans Foto, auf dem er nur ein wenig jünger aussah. Was? Was war das denn? Ryan hieß doch mit Nachnamen Sutter? Und wieso New York? Er hatte doch behauptet, dass er noch nie aus Kalifornien herausgekommen war, sondern immer nur in diesem … wie hieß es doch gleich … Maranzita gelebt hatte. Wie ferngesteuert holte Hannah ihr Handy heraus und gab den Ortsnamen ein. Es gab kein Maranzita. Weder in Kalifornien noch sonst irgendwo auf der Welt.

»Ryan?«, flüsterte Hannah ungläubig. *Ryan lügt mich nicht an,* hörte sie sich selbst sagen. Nun, ganz offensichtlich tat er das doch.

Hannah

194 Wie spät war es denn? Verschlafen griff Hannah nach ihrem Handy. 6 Uhr. Das Summen einer SMS hatte sie geweckt. Wer zum Geier war jetzt schon wach? Matt vielleicht? Bestimmt hatte er die ganze Nacht nicht schlafen können. Oder Ryan? Schlagartig fiel ihr der Bibliotheksausweis wieder ein. Mit einem Ruck setzte sie sich auf und sah, dass Sophie und Chloe ebenfalls verschlafen auf ihre Handys guckten.

Sie las die SMS und zuckte zusammen.

Na, hat euch Matts Video-Show gefallen? Bald gibt es Nachschlag!

Absender unbekannt.

»Chloe?«, sagte Hannah langsam.

»Ja, bei mir auch«, antwortete Chloe sofort.

»Bei mir auch«, sagte Sophie. »Sauerei. Wer ist das?«

»Derselbe, der MISSI manipuliert hat. Darauf verwette ich deine Homecoming-Krone, Sophie«, sagte Chloe und kletterte aus dem Bett.

»Hab doch noch gar keine«, murmelte Sophie.

»Ryan hat mir gestern Nacht gesagt, dass Kyle Matts Therapie-Video als SMS bekommen hat.« Hannah biss sich auf die Lippe. Stimmte das überhaupt? Wer war Ryan eigentlich? Sie stand auf und öffnete das Fenster, sie brauchte dringend frische Luft. Was verschwieg er ihr? Was wusste sie eigentlich über ihn, außer dass er gut küssen konnte? Nichts, wie es aussah. Durch das Fenster konnte sie Ryans Mutter sehen, die zu so früher Stunde gemeinsam mit ein paar Männern irgendwelche Stahlstäbe auf einem kleinen Rondell gegenüber der Internatswiese errichtete. War das überhaupt seine Mutter? War sie wirklich Künstlerin?

»Ich krieg raus, wer das war«, hörte sie Chloe sagen. »Kommt ihr an Kyles Handy ran? Dann könnte man erfahren, wo das Video herkam. Sophie, du?«

Sophie zog unschlüssig die Schultern hoch. »Ich kann es probieren.«

»Sophie – Kyle ist in dich verknallt, falls du es noch nicht gemerkt hast. Der gibt dir nicht nur sein Handy, der serviert es dir auf einem Silbertablett.« Chloe wurde bereits ungeduldig, Hannah konnte es spüren.

Sophie lief rot an. »Ich weiß. Kyle tut mir immer so leid. Er ist ein bisschen unbeholfen, aber kein schlechter Kerl. Das mit dem Video hat er bestimmt …« Sie brach ab, offenbar wusste selbst Sophie nicht, wie sie so etwas Schreckliches verteidigen sollte, dabei sah sie in allen Menschen immer nur das Gute.

»Unbeholfen, sicher doch«, murmelte Chloe und schüttelte den Kopf, sagte aber nichts mehr.

Was, wenn der Verfasser dieser merkwürdigen SMS sie gerade in diesem Moment beobachtete? Hannah fühlte sich heute in der Cafeteria total unsicher. Vorn neben der Tür saß Allyssa Snyder mit ihrem Hofstaat. Sie lachten dauernd viel zu laut über irgendwas. Jetzt wedelte Allyssa sich mit der Hand vor der Stirn herum und deutete ein Kopfnicken in Hannahs Richtung an. War es die übliche Stänkerei, die sie bei Hannahs Anblick abzog, oder steckte mehr dahinter? Hatte Allyssa was mit dem Video zu tun? Es würde zu ihr passen, aber Matt hatte ihr doch nichts getan. Spielte das bei Allyssa eine Rolle? Von Matt fehlte übrigens auch jede Spur, er hatte auf keine der SMS geantwortet, die Hannah ihm geschickt hatte. Sollte sie ihm noch mal per Ortungs-App hinterherspionieren? Irgendwie kam ihr das nicht richtig vor, aber andererseits –

»Hannah!« Chloe stand vorn am Eingang der Cafeteria und winkte ihr aufgeregt zu.

Hannah ließ ihren Salat stehen, der sofort von einer Servierdrohne abgeräumt wurde, und lief zu ihrer Freundin.

»Die SMS heute früh ist von Ryans Laptop aus geschickt worden«, sagte Chloe ohne große Einleitung. »Er hat offenbar das Video über Matt verbreitet. Und das mit MISSI war er dann sicher auch, das hat er ja in der SMS angekündigt.«

»Was?« Hannah spürte, wie ihr ganz kalt wurde. »Was sagst du da? Kann man eine SMS überhaupt von einem Laptop aus schicken?«

»Ja.«

»Das kann nicht sein.« Hannah presste ihre Finger an die Schläfen, weil sie das Gefühl hatte, ihr platze gleich der Schädel. Ryan verbreitete ein fieses, ein oberfieses Video von Matt? Und von Professor Crawford? Warum? Sollte sie sich so in ihm getäuscht haben? »Das kann nicht sein«, wiederholte sie schwach. Ihre Hand glitt automatisch in ihre Jackentasche, wo sie den Bibliotheksausweis verstaut hatte, damit sie ihn auf keinen Fall verlor. Jetzt hatte sie das Gefühl, das Ding brannte ein Loch in ihre Tasche, ein gehässiger kleiner Beweis dafür, dass Ryan alle anlog. Doch, es konnte sein. Offenbar gab es da noch eine ganze Menge anderer Dinge, von denen sie nichts wusste.

»Heute früh um 6 Uhr von Ryans Laptop aus geschickt«, wiederholte Chloe leise. »Sorry.«

Hannah schwieg. Sie wusste einfach nicht, was sie sagen sollte. »Ist es ganz sicher?«, fragte sie schließlich mit dünner Stimme.

»Ich muss noch irgendwie an den Schulcomputer rankommen«, erklärte Chloe sachlich. »Dann kann ich sehen, ob das mit MISSI wirklich auch von seinem Laptop aus gemacht wurde. Und vielleicht kriegen wir auch noch Kyles Handy.«

»Vielleicht«, krächzte Hannah.

Und dann ortete sie Matt doch, sie musste unbedingt mit ihm reden.

Er befand sich im Campus-Krankenhaus. Hannah wurde es übel. Hatte er sich etwas angetan?

Allyssa

 Allyssa beobachtete Mrs Gomez, die einen Stift zwischen ihren Fingern hin und her drehte, während sie dem nicht enden wollenden Vortrag von Natascha Madison über die Computer der ersten Generation folgte. Natascha Madison beamte ein gräuliches Foto nach dem anderen an die Wand, Fotos von Computern, so groß wie Dixi-Klos, umringt von Leuten in weißen Kitteln mit den entsetzlichen Frisuren und Brillen der Achtzigerjahre. Mrs Gomez sah ja immer noch so aus, wahrscheinlich lauschte sie deshalb derart ergriffen.

Allyssa hingegen fand es zum Sterben langweilig, was ihre Laune nicht gerade besserte. Sie war in puncto Ryan immer noch nicht weitergekommen, im Gegenteil, er rutschte ihr regelrecht zwischen den Fingern weg. Jedes Mal wenn sie glaubte, sie hätte ihn endlich für sich allein – wenn sie gemeinsam über etwas lachten, wenn er sie auf eine bestimmte Weise ansah und sie glaubte, sie wäre am Ziel –, dann passierte irgendwas und weg war er wieder. Wie auf der verdammten Party. Gerade hatte sie es sich richtig gemütlich mit ihm machen wollen, eine halbe Flasche Sekt aus der Küche geholt und sich zielsicher einen Platz auf der Couch ausgesucht, der viel zu eng für eine Person war, sodass sie halb auf Ryan sitzen musste – da ging dieses Video mit Deborah Steiners heulendem Indianerkind los. Allyssa lächelte bei der Erinnerung daran, das Video war erste Sahne gewesen, aber leider taumelte ja dann die nervende Hannah aus dem Nichts in die schöne Vorstellung hinein, plärrte irgendwas und Ryan stürzte ihr hinterher wie ein Musketier, der seine Königin verteidigen musste.

Allyssa würde nie verstehen, wie jemand so dämlich sein

konnte, sein ganzes Innenleben einer Frau mit Katzen-Strickjacke anzuvertrauen, deshalb empfand sie auch kein Mitleid für Matt. Mitleid war ohnehin etwas, mit dem man äußerst sparsam umgehen sollte, das hatte die Erfahrung sie gelehrt.

Der Rest der Klasse döste vor sich hin, einer von den Asperger-Freaks sortierte in der zweiten Reihe seine Vitamintabletten und Psychopillen nach Farbe und Form in kleine Häufchen. Neben ihr schlief Caitlin mit offenen Augen, ihre Brüste hatte sie wie zwei schwere Sandsäcke auf dem Tisch gelagert, was wohl auch der Grund war, warum Kyle Larson in einer Art permanenter Halbumdrehung auf dem Tisch vor ihnen hing.

Mrs Gomez klopfte jetzt mehrmals ihren Stift auf den Tisch, offenbar der Beifall für Natascha Madisons gelungene Schlaftherapie. Allyssa überlegte, ob sie sich an Nataschas Stelle nicht lieber umbringen würde. – Definitiv! Obwohl – fette Mädchen durfte man nicht unterschätzen. Sie erschienen gutmütig, weich und hilflos, aber sie konnten knallhart sein. Brutal. Mit ihrer Körpermasse arbeiten. Wie Thunder-Girl. Bei der Erinnerung an Thunder-Girls aknenarbiges Gesicht, ihre fleischigen Fäuste und ihre toten kleinen Schweinsäuglein fing Allyssas Tätowierung an zu jucken, wie immer, wenn sie sich gedankliche Ausflüge in die Vergangenheit gestattete. Sie spürte jetzt instinktiv, dass jemand sie von der Seite beobachtete, und schielte kurz nach links. Chloe. Die hielt ihr Handy in Allyssas Richtung gerichtet und filmte irgendwas. Verdammte Scheiße, etwa die Tätowierung? Als sie Allyssas Blick bemerkte, richtete Chloe ihre Kamera sofort auf Kyle. Allyssa hörte auf zu kratzen und zog ihren Ärmel runter. Sie hätte das Ding doch entfernen lassen sollen, bevor sie hierherkam. Ein dummer Fehler, die Leute hier zu unterschätzen. Leute wie Chloe. Chloe mochte aussehen wie eine Zwölfjährige, aber sie war nicht blöd. Ganz im Gegenteil. Da war Vorsicht geboten. Allyssa zog betont gelangweilt ihr Handy raus und checkte kurz ihren Kontostand. Das Geld von ihren Eltern musste heute drauf sein. Yep. Genug Kohle, um ein ordentliches Ballkleid zu kaufen. Sie hatte schon eins in ihrem Lieblingsshop ausgesucht, einem hippen Online-Laden, nur bestellt hatte sie es noch nicht. Schuhe hatte sie auch schon, fehlte also nur noch der geeignete Partner, womit sie wieder beim Thema war. Ryan. Da vorn saß er. Und drehte sich schon wieder nach Hannah um, die heute in ihrem grauen Sweater und dem Minirock aus einem dunklen, seidigen Stoff auch noch nervend gut aussah, Ryan aber schon die ganze Zeit komplett ignorierte. Ein gutes Zeichen, auch wenn Allyssa für ihr Leben gern gewusst hätte, was der Grund dafür war.

Vor nicht allzu langer Zeit wäre Allyssa mit einem Prinzesschen wie Hannah noch ganz anders umgesprungen, und es kostete sie ihre komplette Beherrschung, sich nicht auszumalen, was zum Beispiel Thunder-Girl alles mit Hannah angestellt hätte. Wenn du wüsstest, was ich über dich weiß, Prinzessin, dachte Allyssa. Über deinen tollen Dad zum Beispiel. Hannahs Vater war nicht an einem Herzinfarkt gestorben, wie es offiziell hieß. Sondern an seiner Erdnussallergie, obwohl der Campus doch angeblich ein ach so sicherer Ort war. Und doch war es passiert und hatte auch noch ausgerechnet den Myriad-Gründer in den Tod gerissen. Allyssa Eltern hatten darüber geredet, als sie leise im Wohnzimmer Myriad High und das Internat als letzte Lösung für Allyssa diskutierten – aber nicht leise genug.

Woher ihre Eltern davon wussten, war Allyssa ein Rätsel, denn sonst wusste es niemand. Aber eigentlich war das auch egal. Sie hatte nie hierhergewollt und sich am Anfang heftig gesträubt, aber jetzt war sie ihren Eltern fast dankbar. Sie wollte nicht mehr aus Myriad High weg. Hier gab es Ryan. Aber leider auch Hannah. Ein Sonnenstrahl huschte jetzt durchs Fenster hinein und ließ Hannahs Haar glänzen. Ryan hatte es auch bemerkt.

»Bitch«, murmelte Allyssa leise, aber es kam lauter raus als beabsichtigt. Caitlin schreckte hoch und Mrs Gomez öffnete ihre vertrockneten Lippen, um einen Laut des Unwillens herauszulassen. Ihre Augen hinter der aschenbecherdicken Brille suchten verwirrt das Klassenzimmer ab. »Ich darf doch sehr bitten.«

Ein paar Leute kicherten und Ryan sah endlich zu Allyssa. Schnell tippte sie Kyle an, als ob sie ihm etwas furchtbar Wichtiges sagen musste, und beugte sich vor. Weit genug, dass Ryan von seinem Platz aus einen guten Einblick in ihr Dekolleté bekam. Er konnte seinen Blick nicht lösen und sie lächelte.

Fuck you, Hannah.

Hannah

Matt schwebte weder in Lebensgefahr noch befand er sich mit diffusen Bauchschmerzen auf der Station der Inneren Medizin oder auf der euphemistisch und gleichzeitig schwammig betitelten *Station für persönliches Wohlergehen,* wo alle Campus-Bewohner, die mal eine Auszeit brauchten, landeten und ein oder zwei Wochen lang auf weichen Kissen zwischen Grünpflanzen lagerten, Fernsehen guckten, im Garten spazierten, Weidenkörbe flochten oder lernten, wie man Tiramisu zubereitete. Er lag auf der Hals-Nasen-Ohren-Station, wo er sich nach der Blamage auf der unsäglichen Party ganz offensichtlich versteckte. Hannah konnte es ihm nicht verdenken. Aber warum zum Teufel hatte er nicht wenigstens *ihr* Bescheid gesagt? Waren sie nun befreundet oder nicht? Warum musste sie über Yella – ausgerechnet über Yella – im Gang der Schule hören, dass diese eine Petition für die Einführung von Schrebergärten in Myriad High bei Dr. Deborah Steiner hatte abgeben wollen, dort aber abgeschmettert worden war, weil diese sich auf dem Weg zu ihrem Sohn auf der HNO-Station befand?

Es war der nächste Nachmittag nach der Schule und Hannah stieg in ihr E-Auto und schlug die Tür zu. Sie würde jetzt ins Krankenhaus fahren und ihn besuchen. Gestern war sie zu wütend gewesen, weil sie es nicht von ihm, sondern durch Yella erfahren hatte. Das Gute war – er lag da irgendwo und konnte nicht weg und sich verstecken und er würde mit ihr reden müssen. Denn irgendwann musste er ja doch wieder da raus und sich der Welt und der Schule mitsamt all den Idioten wie Kyle stellen. Er musste eine Strategie entwickeln, wie er damit umging, dass praktisch alle seine Therapiestunde mitangesehen hatten. Bei der Erinnerung daran wurde Hannah wieder ganz heiß vor Mitleid und Beschämung. Der arme Matt. Und Ryan – an den mochte sie momentan gar nicht denken. Was um alles in der Welt hatte er sich dabei gedacht, Matt so bloßzustellen? Dachte er etwa, sie würde das toll finden? Nun, in dem Fall hatte er sich gewaltig geschnitten. Trotzdem. Ein Teil von ihr glaubte nicht an Ryans Schuld. Es passte einfach nicht zu ihm. Auch wenn Chloe tausend Beweise aufzählte – laut ihr war die SMS an Kyle auch von Ryans Laptop gekommen, und MISSIS Aussehen und veränderte morgendliche Ansage gingen ebenfalls auf eine Hackerspur zurück, die zu Ryans Computer führte.

Hannah nahm eine Abkürzung zum Krankenhaus, der Verkehr war heute irgendwie schleppend. Den Grund entdeckte sie wenig später. Obwohl es gerade mal Anfang Oktober war, trieben die Halloween-Vorbereitungen schon schrille Blüten und die ulkigsten und schaurigsten Dekorationen schossen überall auf dem Campus wie Pilze aus dem Boden.

Entlang der Straße hatte man Strohpuppen mit Kürbisköpfen dekorativ auf einen Gartenzaun gesetzt und sie mit Sonnenbrillen und goldenen Ketten ausgerüstet, damit sie wie Rapper aussahen. Deshalb fuhren alle Autos langsamer – um einen guten Blick darauf zu erhaschen. Auf das Gebäude des Campus-Zahnarztes hatte man eine riesige schwarze Gummispinne geschnallt, die in der leichten Nachmittagsbrise hin und her wippte und ihre haarigen Beine über die gesamte obere Etage hängen ließ, und vor einem Forschungslabor stand eine ganze Armee von Zombiepuppen. Immer wenn ein Auto sich ihnen näherte, setzten sie sich in Bewegung und liefen laut stöhnend auf das Auto zu. Die Vorbeifahrenden hupten alle wie verrückt und die Leute ließen die Fenster runter und lachten, weil die Zombies, bevor sie die Straße erreichten, kraftlos in sich zusammensackten und wieder zurück zu ihren Ausgangsplätzen schlurften.

Hannah parkte in einer einzigen schnittigen Drehung vor dem Krankenhaus, aber leider war nur ein alter Mann mit geschientem Bein im Rollstuhl Zeuge ihres exzellenten Parkmanövers. Dann begab sie sich in die Empfangshalle zum Informations-

bereich und fand an einem der Computer heraus, dass Matt in Zimmer 134 lag.

Hannah klopfte kurz an die Tür von Zimmer 134 und trat nach einem verwunderten »Ja?« von drinnen ein. Matt saß in einem großen Doppelbett mit bambusgrüner Bettwäsche, neben ihm stand ein genauso grüner Smoothie mit Strohhalm, er las etwas auf seinem Laptop und vom Balkon her kam eine angenehm kühle Brise hinein.

»Hannah«, krächzte er. »Wie schön. Dass sie dich reingelassen haben … Wie hast du das gemacht?«

»Wie?«, fragte Hannah überrumpelt. »Reingelassen?«

»Ich bin ansteckend.« Seine Stimme klang belegt, aber er schien putzmunter zu sein.

Sie war ehrlich überrascht. »Du bist also wirklich krank?«

»Natürlich bin ich wirklich krank. Eitrige Mandelentzündung. Ich lag gestern völlig flach und konnte gar nichts machen. Sonst hätte ich mich doch bei dir gemeldet. Was hast du denn gedacht?«

»Ich …« Hannah suchte nach Worten. »Ich dachte, du versteckst dich hier. Wegen dem Video.« Sie stockte. »Du weißt schon.«

Er nickte. »Ich hab daran gedacht. Aber dann kamen mir meine Mandeln zuvor. Und außerdem ist es, wie es ist. Ich kann es nicht ändern oder rückgängig machen. Und weißt du was? Ich schäme mich nicht. Warum sollte ich? Ich hatte ein echt traumatisches Erlebnis in meiner Kindheit, und ich bin mir sicher, jeder andere würde ähnlich empfinden. Wenn sich überhaupt jemand schämen muss, dann der Idiot, der das verbreitet hat. Den finde ich schon noch.« Voller Zorn knautschte er seine Bettdecke.

Hannah starrte ihn an. Er benahm sich völlig anders, als sie es erwartet hatte. Sollte sie ihm sagen, was Chloe herausgefunden hatte? Dass das Video von Ryan kam? Sie brachte es einfach nicht fertig.

»Setz dich doch.« Er klopfte auf eine freie Stelle auf dem Bett
neben sich. »Hier kommt keiner rein«, fügte er hinzu, als er ihren leicht nervösen Blick bemerkte. »Hier geht alles nur elektronisch. Wenn ich was essen will, bestelle ich es mit dem Tablet da, und meine Vitalwerte werden nonstop mit dem E-Band hier überprüft.« Er deutete auf sein elektronisches Armband. »Wenn jemand von den Schwestern oder den Reinigungsrobotern kommt, dann kündigen sie es durch ein kleines Piepen vorher an. Na los, komm.« Er griff nach rechts. »Hier sind Kracher-Bonbons, hat mir mein Vater liefern lassen. Weißt du noch?«

Hannah ergab sich lachend und setzte sich zu ihm. Kracher-Bonbons waren riesengroße, knallharte und quietschsüße Bonbons in Kugelform, die sie früher immer zusammen genascht hatten. Man musste genau den richtigen Zeitpunkt abpassen, wenn sie anfingen sich aufzulösen, dann biss man zu und es krachte gewaltig im Mund, wie eine Explosion in einem Bergwerk.

»Was liest du da?«, fragte sie.

»Krimi. Zwei Kinder verschwinden am helllichten Tage und werden nach sieben Jahren in einer Waldhütte wiedergefunden.«

»Erinnerst du dich noch an unser Versteck?«, fiel es Hannah plötzlich ein. Sie hatte schon jahrelang nicht mehr daran gedacht. »Wir haben diesen ehemaligen Schuppen im Feld entdeckt, weißt du noch? Da, wo jetzt die Forschungslabore stehen. Der war total vergammelt, aber für uns war er ein Palast. Wir haben immer Mutter, Vater, Kind dort gespielt.«

»Das Kind war so eine hässliche Barbiepuppe mit Glatze«, erinnerte sich Matt. »Du hast ihr die Haare abgeschnitten, damit sie mehr wie ein Baby aussieht.«

»Das iBaby der ersten Generation, sozusagen.«

Sie prusteten beide los.

»Und du hast immer einen Blumenstrauß von der Arbeit mitgebracht«, fiel es Hannah ein.

»Was war eigentlich meine Arbeit?« Matt runzelte die Stirn und versuchte, sich zu erinnern.

»Keine Ahnung. Du bist ein paar Minuten lang über das Feld gelaufen und hast immer gerufen ›Ich bin jetzt bei der Arbeit!‹ und dann bist du zurückgekommen.«

Sie lachten erneut. Hannah konnte auf einmal alles wieder vor sich sehen – den hellen Sommertag, den kleinen Matt, die idiotische Puppe. Hinterher waren sie beide nach Hause gegangen zu Eltern, die noch lebten. Die noch zusammen waren. Die – wie im Fall von Matts Adoptiveltern – noch miteinander redeten. Sie hatten Eis gegessen oder Kracher-Bonbons gelutscht und zugesehen, wie der Campus um sie herum wuchs und wuchs und sich zu dem unglaublichen Lebens- und Arbeitsmittelpunkt von Tausenden Menschen entwickelte, der er heute war.

»Damals war die Welt noch in Ordnung«, sagte Hannah leise.

Matt legte ihr den Arm um die Schulter. »Hey. Das ist sie immer noch. Ich würde dich ja jetzt küssen, um dich aufzumuntern, aber dann kriegst du meine eklige Entzündung und liegst zu Homecoming im Bett.«

Homecoming. Hannah konnte plötzlich überhaupt nicht mehr verstehen, warum sie je Zweifel gehabt und nicht gewusst hatte, mit wem sie zu Homecoming gehen sollte. Natürlich mit Matt. Er war ihr Freund. Ihr richtiger, ihr echter Freund, er war in sie verliebt und sie auch in ihn. Ryan hingegen war ein Lügner. Und vielleicht sogar noch etwas Schlimmeres. »Ich gehe auf jeden Fall mit dir zu Homecoming«, rutschte es ihr heraus.

»Natürlich. Das haben wir doch schon längst geklärt.« Er sah sie verwundert an.

»Ich weiß. Ich wollte es nur noch mal sagen. Weil ich mich so freue. Und davon werde ich schon nicht krank.« Sie drückte ihm einen flüchtigen Kuss auf die Wange. Er grinste.

Dann stand sie auf. »Ich muss wieder los.«

Als sie schon fast an der Tür war, rief er plötzlich: »Halt, warte! Ich muss dir doch was zeigen. Das hätte ich jetzt beinahe vergessen, dabei ist es absolut unglaublich.«

»Was denn?«

»Hier. Guck mal.« Matt tippte auf seinem Laptop herum und rief eine Website auf. »Ein Forum über Indianer. Ich seh mich schon eine ganze Weile da um, du weißt ja. Es interessiert mich einfach, wie die leben, und irgendwie erhoffe ich mir ein paar Hinweise darauf, wer … was …« Er verhaspelte sich.

»Ich weiß schon«, versicherte Hannah ihm schnell. Sie trat näher.

»Jedenfalls habe ich vorhin das hier entdeckt. Ein Foto von einer Schulkasse in einem Reservat. Und jetzt guck dir mal den hier an.« Er zeigte auf das Foto eines Jungen.

Hannah beugte sich vor. Sie stutzte. »Der da?« Sie sah zu Matt. »Das gibt es doch gar nicht.« Sie betrachtete das Foto erneut. »Der sieht ja aus wie du. Total wie du.«

»Nicht ganz.« Matt deutete auf einen winzigen Punkt auf dem Bild. »Er hat ein Muttermal. Da, am Hals. Und ich hab keins. Das ist aber auch der einzige Unterschied.«

Hannah

208 Hannah hatte sich eine relativ ruhige Ecke in der Cafeteria gesucht. Irgendwo übte das Schulorchester für das morgige Homecoming-Footballspiel, und wenn sie so weitermachten, würde die gegnerische Mannschaft schon allein wegen des Gequäkes die Flucht ergreifen. Überall in der Cafeteria liefen iBabys herum, die mittlerweile den Stand fünfjähriger Kinder erreicht hatten und sich gegenseitig jagten und schubsten. Ab und zu versuchte eins von ihnen, die Verbindungsrutsche nach oben hochzuklettern, die anderen folgten ihm wie ein Rudel Lemminge und dann verstopften sie die Rutschen und fanden aufgrund einer Fehlfunktion in ihrem Chip nicht mehr alleine hinaus. Ständig mussten Schüler durch die Rutschen kriechen und diese von iBabys säubern. Hannahs eigenes iBaby hatte sie Gott sei Dank wegen vorzeitig erreichtem Ziel schon abgeben können, es wurde neu programmiert und wahrscheinlich irgendwann in der nächsten Zeit auf ein kinderwütiges Paar losgelassen, das seine Elternfähigkeiten damit testen konnte. Hannah hoffte nur, dass diese Leute keine Rutschen in ihrem Haus hatten. Chloe hingegen hatte – zum Erstaunen aller – darum gebeten, ihr iBaby noch ein wenig länger behalten zu dürfen, obwohl Chucky über einen geradezu harvardmäßigen Bildungsstand für einen Fünfjährigen verfügte. Sie wollte sehen, ob sie ihn noch weiter bilden und fördern konnte, und hatte Professor Crawford vorgeschlagen, dass Chucky ja vielleicht ein neuer Prototyp für iBabys der Luxusklasse werden könnte – für ganz besonders anspruchsvolle Möchtegern-Eltern. Professor Crawford, der seit dem Vorfall mit MISSI wortkarg und in sich gekehrt war, hatte müde zugestimmt.

Hannah bestellte sich übers Tablet einen Cappuccino, der

wenig später von einer Drohne geliefert wurde, und dann beugte sie sich über ihren Laptop, um auf den letzten Drücker etwas für ihr nächstes Fach vorzubereiten – *Intelligente Mode.* Sie konnte sich aber einfach nicht konzentrieren, weil ihre Gedanken dauernd in alle Richtungen davongaloppierten. Sie musste Katzenfutter für Daisy besorgen. Sie kapierte momentan kein Wort, ja nicht mal eine Silbe in Mathe. Wieso gab es einen Jungen, der so aussah wie Matt? Sie brauchte noch ein Kleid für Homecoming. Sie musste Ryan endlich sagen, dass sie mit Matt dahin ging. Sie wollte Ryan aber nicht treffen. Wer war er denn eigentlich? Der Bibliotheksausweis steckte immer noch in ihrer Tasche und machte ihr irgendwie Angst. Trotzdem war ihr klar, dass es keinen anderen Weg gab, als ihn direkt darauf anzusprechen. So bald wie möglich. Aber nicht jetzt, denn in einer halben Stunde musste sie für das Projekt »Bergsteigen im 21. Jahrhundert« eine Idee präsentieren, wie eine Jacke gleichzeitig wärmend und kühlend sein konnte, sich zu Regenplane und Zelt umbauen ließ und vitale Lebensfunktionen wie Herzschlag, Körpertemperatur, Allergien und Pulsfrequenz des Trägers überwachen konnte. Hannah hatte bislang lediglich das Bild einer Jacke gezeichnet, in allen Details und mit Reißverschlüssen und Kapuze, an die sie vor lauter Verzweiflung noch Blümchen gemalt hatte, weil sie von Regenplanen und Pulsmessern nicht die leiseste Ahnung hatte. Das war alles.

Erschöpft legte sie kurz den Kopf auf die Tischplatte und schloss die Augen. Als sie den Kopf wieder hob, saß Ryan ihr direkt gegenüber.

»Hey«, sagte er.

»Hey«, antwortete sie überrumpelt. Dann sprang sie auf und raffte ihre Sachen zusammen. »Sorry, aber ich muss …« Scheiß auf eine Erklärung. Nichts wie weg. Doch er hielt ihren Arm fest.

»Was ist eigentlich los? Ich habe schon die ganze Zeit versucht, dich zu treffen. Aber ich hab das Gefühl, du weichst mir aus. Kann das sein?« Er sah sie forschend an.

Hannah kämpfte mit sich. Und dann beschloss sie, ihn einfach direkt zu konfrontieren. An seiner Reaktion würde sie ja erkennen, ob er etwas zu verbergen hatte oder nicht. »Ryan, wer bist du?«, platzte sie heraus. »Und wo kommst du her? Es gibt kein Maranzita, also halt mich nicht zum Narren. Du verschweigst mir doch was.« Sie fasste in ihre Jackentasche und zog den Bibliotheksausweis heraus, den sie vor ihm auf den Tisch schmiss. »Das bist doch du, oder nicht?«

Er zuckte zusammen, wurde aschfahl. Sein Gesichtsausdruck wechselte innerhalb von Sekunden von Verwunderung zu Panik. Na bitte! »Und warum zum Teufel hast du dieses Video von Matt verbreitet? Und allen das von Professor Crawford erzählt?«, setzte sie noch eins drauf. Jetzt spiegelte sich allerdings nichts als Verwirrung in seinem Gesicht. »Du hast mich angelogen. Mehr als einmal.«

»Hannah, ich … ich weiß nicht, wovon du redest. Also nicht ganz, ich … «

»Ach ja? Denkst du, ich bin blöd?« Ohne dass sie es wollte, war ihre Stimme immer lauter geworden, an den Nachbartischen drehten sie schon die Köpfe nach ihnen um.

»Sch!« Ryan umfasste ihre Schulten. »Okay, ich erklär dir alles. Aber nicht hier.« Er sah sich um. Ein paar Leute guckten immer noch interessiert zu ihnen rüber.

»Willst du ein Stück gehen? Oder wir könnten runter an der Strand fahren, ich hab keinen Unterricht mehr.« Er sah sie bittend an.

Seine Augen … Er sah so verdammt gut aus, dass es fast wehtat. Hannah überlegte krampfhaft, was sie tun sollte, da entdeckte sie Sophie. Die stand mitten in der Cafeteria und starrte auf etwas. Hannah folgte ihrem Blick und zuckte zusammen.

Ben saß an einem Tisch und knutschte mit einem blonden Mädchen herum. Er schien nicht zu merken, dass Sophie ihn beobachtete, wie er auch nicht zu merken schien, dass die Gespräche um ihn herum verstummten. Viele Leute waren stehen geblieben, um ihrerseits Sophie zu beobachten. Sie hatten ihre Handys gezückt, ein Grinsen im Gesicht, das Hannah gar nicht gefiel. Was ging hier vor? Irgendwas war seltsam. Sie mochte Ben nicht besonders, er war ein Playboy und konnte nicht treu sein, aber so blöd, in aller Öffentlichkeit mit jemand anderem herumzumachen, war er doch wohl nicht. Oder? Jetzt ließ er von dem Mädchen ab, sah hoch und grinste Sophie an, die auf ihn zugerannt kam, und in dem Moment wusste Hannah, was komisch an der Sache war.

»Sophie!«, wollte Hannah noch rufen, doch da war es schon zu spät. Sophie stürzte auf Ben und das Mädchen zu – und rannte voll durch die beiden hindurch, denn sie waren Hologramme. Durch nichts abgebremst, landete sie kopfüber in den gelben Sitzsäcken. In der Menge klatschte sich Allyssa mit ein paar Leuten vom Gameclub ab, offenbar steckte sie dahinter. Die schreckliche Caitlin schoss ein paar Fotos und lachte sich halb tot.

Hannah stürzte los, um Sophie zu helfen.

»Ich warte am Strand«, rief Ryan ihr hinterher.

»Hört auf mit dem Scheiß«, brüllte Hannah und stieß Caitlin zur Seite.

»Mann ey. Was denn, ist doch lustig.« Caitlin sah sie erstaunt an.

Hannah ignorierte sie und lief zu ihrer Freundin. Sophie stand da, in ihren Augen glitzerten Tränen.

»Nicht heulen«, befahl Hannah leise. »Den Gefallen tust du denen nicht.«

Sophie nickte folgsam. »Ich hab nur wirklich gedacht, dass …«

»Ich weiß.« Hannah zog sie mit sich, weg von der wiehernden Meute und vor allem von Caitlin, die ungerührt weiterfilmte.

»Wenigstens war es nicht echt«, meinte Sophie jetzt trotzig. »Das würde Ben nie tun.«

»Hm.« Da war Hannah sich nicht so sicher, aber jetzt war nicht der Zeitpunkt, um das zu diskutieren. »Hey.« Sie umarmte Sophie. »Vergiss das ganz schnell. Und freu dich lieber auf deine Homecoming-Krone, okay?«

»Okay.« Sophie lächelte schon wieder.

Hannah hatte erst überlegt, ob sie sich von einer Vitalbox durchchecken lassen sollte. Vielleicht hatte sie sich ja doch bei Matt angesteckt und dann konnte sie eine offizielle Freistellung vom Unterricht bekommen und musste nicht schwänzen. Doch vor der Vitalbox stand einer Schlange, offenbar hatte heute keiner so richtige Lust auf Unterricht, und so ließ sie es drauf ankommen und verschwand einfach kommentarlos aus der Schule. Das zum Campus gehörende Stück Strand war menschenleer, die Luft neblig und der Sand nass. Ryan wartete bereits. Als er Hannah sah, breitete er seine Jacke im Schutz eines kleinen Felsens auf dem Boden aus, damit sie sich setzen konnte. Die Jacke war nicht besonders groß und so rutschten sie notgedrungen eng zusammen.

»Okay«, begann Ryan. »Ich hätte es dir wahrscheinlich ohnehin irgendwann gesagt, aber du wirst verstehen, dass die Wahrheit nichts ist, womit ich hausieren gehe. Und du musst mir versprechen, dass du es niemandem verrätst.«

»Was denn?«, fragte Hannah nervös.

»Mein richtiger Name ist Ryan O'Neil und ich komme aus New York.«

»Aber …«

»Meine Mutter und ich haben eine neue Identität angenommen.«

»Seid ihr in einem Zeugenschutzprogramm oder so was?«, fragte Hannah erschrocken. Es war überhaupt nicht das, was sie erwartet hatte. Aber was hatte sie eigentlich erwartet?

»Nein. Schön wär's. Dann würde uns ja jemand beschützen. Nein, das ist etwas, was wir selbst beschlossen haben, um alle Verbindungen nach New York abzubrechen. Meine Mutter hat Angst, dass ...« Er stockte. »Sie ist auch eigentlich keine Künstlerin von Beruf, sondern nur als Hobby ... egal. Das ist unwichtig. Wichtig ist mein Vater. Der ist verschwunden.«

»Verschwunden. Du meinst, er hat euch verlassen?« Hannah musste sofort an ihre Mutter denken.

»Nein, verschwunden. Wir wissen nicht, ob und wo ...« Er brach ab.

Hannah verstand ihn auch so. Ryan wusste nicht einmal, ob sein Vater noch lebte.

»Er hat mir Gitarrespielen beigebracht. Aus dir wird mal ein richtiger Jimi Hendrix, hat er immer gesagt. Manchmal hat er mich aus Jux sogar Jimi genannt.« Ryan lächelte bei der Erinnerung.

»Was ist denn passiert?«, wagte Hannah zu fragen.

»Es ist ...« Ryan stockte. »Kompliziert. Er hat etwas gemacht, das ...« Er hob etwas Sand auf und ließ ihn zwischen den Fingern zerrinnen. »Es ist besser, wenn du das nicht weißt.«

»Okay.« Hannah wollte nicht weiter nachbohren. War sein Vater ein Krimineller? Offenbar war das alles unendlich kompliziert. Und traurig.

»Ich weiß, wie du dich fühlst«, sagte sie daher nur. »Mein Vater ist im März gestorben. Ganz plötzlich. Es ist grauenvoll. Man ist so ohnmächtig und hilflos.« Sie umarmte Ryan kurz, obwohl sie sich doch geschworen hatte, so etwas nicht mehr zu tun, und sofort war es wieder da, das Gefühl wie neulich im Auto. Es tat gut, Ryan festzuhalten, seinen warmen Atem in ihren Haaren zu spüren, sein Herz klopfen zu hören und das Rauschen der See und das Kreischen der Möwen im Hintergrund. Kurz fiel ihr das Bild ein, das ihr vor gar nicht langer Zeit in den Kopf gekommen war – von Ryan und diesem anderen Mädchen, dieser Sarah, in dem angeblichen Maranzita am Strand. Jetzt war sie selbst dieses Mädchen. Wahrscheinlich gab es Sarah genauso wenig wie dieses Maranzita.

»Aber warum hast du das mit dem Video von Matt getan?« Sie rückte schnell wieder von ihm ab.

»Das war ich nicht. Wirklich nicht, ich schwöre es dir. Traust du mir so was echt zu? Ich habe keine Ahnung, wie das zustande gekommen ist.«

»Aber Chloe hat herausgefunden, dass du Kyle das Video geschickt hast.«

»Warum sollte ich an Kyle ein Video schicken? Ich kann den Kerl nicht ausstehen.«

»Keine Ahnung. Weil du weißt, dass jemand wie Kyle das Zartgefühl eines Haifisches hat und das Video sofort allen zeigt?«

»Das wäre ein Grund, ihm *niemals* etwas zu schicken. Herrgott, was denkst du denn von mir?«

Hannah ließ sich nicht unterbrechen »Und diese SMS – die kam auch von deinem Laptop. *Hat euch das mit MISSI gefallen?*« Sie zeigte sie ihm. »Am Tag nach der Talentshow, nachdem MISSI allen das von Professor Crawford erzählt hat. Nur du und ich haben Professor Crawford und Mrs Webber zusammen gesehen.«

»Woher willst du das wissen, dass nur wir sie gesehen haben?«

»Weil niemand anderes in der Nähe war.«

»In der Nähe vielleicht nicht.«

»Was meinst du?«

Ryan deutete nach oben in die Luft. »Wir befinden uns vielleicht zufällig auf einem High-Tech-Campus?«

»Eine Drohne.« Hannah schlug sich an die Stirn. »Mein Gott, bin ich blöd.« Doch dann stutzte sie. »Nein, das kann nicht sein, die dürfen doch nur bis 22 Uhr auf dem Campus fliegen.«

Ryan zuckte mit den Schultern. »Und? Glaubst du echt, da halten sich alle dran?«

Ja, das hatte Hannah eigentlich bislang geglaubt. Offenbar war sie ganz schön naiv. »Das mag sein«, gab sie zu. »Aber die SMS kam trotzdem von dir. Nun sag schon was«, forderte sie, als er nicht antwortete.

»Was soll ich denn sagen? Ich war das nicht. Ich hab die SMS doch selber bekommen.«

»Und die hier? Das hast du früh um sechs am Tag nach der Party geschickt.« Sie zeigte ihm die andere schreckliche SMS. *Na, hat euch Matts Video-Show gefallen? Bald gibt es Nachschlag!*

»Ich war das n …«, setzte er wieder an, dann stutzte er. »Um sechs Uhr? Da war ich joggen. Ich gehe immer um sechs Uhr joggen.«

»Joggen«, wiederholte Hannah langsam. »Du warst also gar nicht in deinem Zimmer?«

»Nein, hab ich doch gerade gesagt. Um sechs bin ich nie in meinem Zimmer.«

»Hast du Zeugen?«

Ryan lachte auf. »Ähm – Inspektor Montgomery? Natürlich hab ich Zeugen. Der halbe Campus geht um diese Zeit joggen. Ich hab – warte mal, also an dem Morgen hab ich deine ganzen Freunde vom Earth Club getroffen, sie haben im Park Müll aufgelesen, angeführt von dieser Verrückten, du weißt schon.«

»Yella. Gott sei Dank.« Hannah fiel ihm um den Hals und spürte einen Moment lang die Wärme seiner Haut, seine Strubbelhaare, die sie kitzelten, seinen Pulsschlag, seinen Atem an ihrem Ohr. Er hatte nichts mit dem Video zu tun. Sie hatte es doch gewusst. »Jemand benutzt deinen Laptop«, schlussfolgerte sie. »Jemand ist offenbar dauernd in deinem Zimmer. Hast du nichts gemerkt?«

»Jetzt, wo du es sagst …« Er runzelte die Stirn. »Ich hatte ein paarmal das Gefühl, als ob jemand drin gewesen ist, aber ich konnte es nicht richtig festmachen und habe gedacht, ich bilde es mir wahrscheinlich nur ein. Wie kann jemand da rein?«

»Lass mich raten – du nimmst nicht den Fingerabdruck, sondern den Zahlencode?«

»Ja. Woher weißt du das? Ich versuche, meinen Fingerabdruck nie zu benutzen. Wenn sie erst mal deinen Fingerabdruck haben, dann haben sie alles von dir, hat mein Dad immer gesagt.«

»Weil derjenige so reingekommen ist. Zahlencodes kriegt man einfach raus, glaub es mir. Dafür musst du kein Hacker sein. Nur ein schlauer Zuhörer.«

»Okay, dann geh ich natürlich nicht mehr joggen.«

Hannah überlegte kurz. »Nein, mach einfach weiter wie bisher, damit derjenige keinen Verdacht schöpft. Ich sage Chloe, dass sie sich drum kümmern soll. Die kriegt raus, wer das ist, das verspreche ich dir.« Hannah wollte sich losmachen, aber er hielt sie fest.

»Nun hau doch nicht schon wieder ab.« Er legte seine Stirn an ihre und Hannah wurde es ganz warm im Bauch.

»Endlich hab ich dich mal alleine für mich. Außerdem hast du mir noch gar nicht gesagt, welche Farbe dein Kleid haben wird. Wegen meinem Anzug und so, damit wir beim Ball zusammenpassen.« Er strich ihr mit dem Finger über die Wange.

Shit. Hannah atmete tief durch. Shit. Shit. Shit. Jetzt musste sie es ihm sagen. Es führte kein Weg mehr daran vorbei.

»Ryan, es tut mir leid, aber ich werde nicht mit dir zum Homecoming-Ball gehen. Sondern mit Matt.« So. Jetzt war es raus. Ihr Gesicht brannte und sie starrte auf ihre Schuhe.

»Was? Wieso das denn?« Seine Stimme rauschte wie aus weiter Ferne zu ihr hin. »Ist es wegen … Aber ich war das nicht. Das hab ich dir doch gerade erklärt. Hannah, das kannst du doch nicht machen!«

»Ich weiß.« Hannah wand sich. Es war fürchterlich. Sie wollte im Boden versinken, sie wollte überhaupt nicht mehr zu diesem idiotischen Ball. Das hätte sie überhaupt machen sollen – mit keinem von beiden gehen. Das wäre die einzig richtige Alternative gewesen.

»Es tut mir leid«, stammelte sie. »Lass es mich dir erklären, es ist kompliziert, weil Matt und ich …«

»Will ich gar nicht wissen.« Ryan ließ sie abrupt los und stand auf. Er wirkte zutiefst verletzt. »Ich hab dich echt anders eingeschätzt, Hannah. Ganz anders.«

»Aber ich will es dir doch erklären, ich …«

Doch da drehte er sich schon um und lief quer über den Strand weg.

Chloe

 Chloe mochte Connor nicht nur, sie war in ihn verliebt. Sehr sogar. Nicht so wie die ganzen anderen Mädchen, die ihn anschwärmten, oder besser: hinter ihm her waren. Anders. Niemand hätte das verstanden. Connor war so eine Art absoluter Gegenpol zu allen Aspekten ihres Lebens. Ja, er sah gut aus, war beliebt, schmiss tolle Partys und was nicht sonst noch alles. Aber das war es nicht, was sie interessierte. Connor war der einzige Junge, der voller echter Bewunderung dafür war, was sie draufhatte. Die anderen Jungs hatten keine Ahnung davon oder vielleicht interessierte es sie auch nicht, weil sie weder die richtige Oberweite noch einen süßen Schmollmund hatte und auch nicht den Eindruck vermittelte, dass sie irgendwie beschützt oder angebetet werden wollte. Nur Connor – ausgerechnet Connor, in all seinem Reichtum und Luxus und Glamour – hatte erkannt, wozu sie fähig war. Und das beeindruckte ihn, auch wenn er sie nur als Kumpel sah, aber das war besser als nichts. »Wenn du mal meine Hilfe brauchst – ich bin immer für dich da«, hatte er ihr erst neulich versichert. Und in der Tat hatte sie überlegt, ob sie ihn für das, was sie heute vorhatte, um Hilfe bitten sollte. Doch dann hatte sie die Idee wieder verworfen. 6 Uhr morgens war viel zu zeitig für Connor. Um diese Zeit drehte er sich normalerweise im Bett in seiner Villa noch mal um.

»Also.« Sie räusperte sich. »Jemand benutzt Ryans Laptop, um unter seiner IP-Adresse irgendwelchen Scheiß auf dem Campus zu verbreiten. Gemeinheiten. Videos. Klatsch, ihr wisst, wovon ich rede.« Sie sah in die aufmerksamen Gesichter von Hannah und Sophie. Die beiden hatten zwar gestöhnt, als Chloe sie vor einer halben Stunde geweckt hatte, waren aber jetzt hellwach, um Chloes Plan zu hören.

»Deswegen habe ich mir etwas überlegt«, fuhr sie fort. »Wir schicken unseren Spion ins Feld. Und zwar …« Sie zog bedeutungsvoll die Augenbrauen hoch und deutete auf Chucky, der auf dem Bett saß und im Schlafmodus vor sich hindämmerte.

»Chucky? Wir schicken Chucky?« Sophie prustete los.

»Chucky. Wenn wir schon keine Drohne haben, dann machen wir eben das Beste aus einem iBaby. Chucky erregt keinen Verdacht, weil wir ihn überall hinsetzen und hinlaufen lassen können. Ich ärgere mich, dass ich nicht schon früher darauf gekommen bin. Auf Connors Party hat Caitlin doch erwähnt, wie gruslig die iBabys sind. Als ob sie alles mithören. Genau. Das ist doch die Idee! Ich habe Chucky bereits mit einer Kamera mit Nacht- und Weitsichtmodus ausgestattet. Außerdem kann ich ihn per Fernbedienung überall hinschicken, wo ich will, zum Beispiel in Ryans Zimmer. Und dort nimmt er alles auf, was er sieht.«

»So wie eine Nanny-Kamera.« Sophie kapierte, was Chloe meinte. »So ein Ding hat meine Tante, um den Babysitter zu überwachen.«

»Nanny-Kamera? Eher wie eine Drohne zu Fuß, würde ich sagen. Eine Baby-Drohne.« Chloe schnappte sich Chucky, der sofort die Augen öffnete.

»Ich habe ausgerechnet, was die Wurzel aus 2764 ist«, sagte er zur Begrüßung. »Sie ist 52,5.«

»Sehr gut«, antwortet Chloe. »Und jetzt kriegst du einen Job, mein Kleiner.« Auf ihrem Laptop überprüfte sie ein letztes Mal, ob die hinter Chuckys Augen installierte Kamera funktionierte. Tat sie – man konnte auf dem Bildschirm jetzt alles sehen und hören, was Chucky sah. Gerade blickte er Hannah an und Hannah erschien auf dem Screen.

»Krass«, sagte Sophie bewundernd.

»Auf geht's.« Chloe nahm die Fernbedienung und Chucky

marschierte aus dem Zimmer. Die drei Freundinnen drängten sich vor dem Laptop und sahen ihm bei seinem Erkundungsgang zu.

Chucky lief den Gang entlang und dann die Treppe hoch und wieder runter, ohne jemanden zu treffen. Jetzt hielt er vor einem Zimmer an, dessen Tür halb offen stand. Jemand kam heraus, man sah nur ein Bein im Schlafanzug und Chucky huschte hinein. Ein Junge lag in seinem Bett, den Kopf zur Wand gedreht, und schnarchte mörderisch laut. Rostbraune Sneakers standen vor dem Bett.

»Ben«, sagte Sophie sofort.

»Da kannst du dich ja auf was gefasst machen, wenn du den mal heiratest«, meinte Chloe. Sie kicherten alle drei.

Chucky ging jetzt offenbar durchs Zimmer, denn er stieß gegen irgendwas Metallisches, das umfiel. Ben richtete sich verschlafen auf.

»Sorry«, murmelte Chloe. »Chuckys Feinmotorik hinkt immer noch ein bisschen hinterher.«

Die Schlafanzughose kam wieder ins Bild.

»Mann, Alter, musst du so laut machen?«, murrte Ben.

»Reg dich ab, ich war nur pinkeln«, antwortete Kyles Stimme, das Schlafanzugbein kletterte in das andere Bett, kurz danach war doppeltes Schnarchen zu hören.

Komplett unbemerkt von den beiden drehte Chucky eine Runde und huschte dann wieder in den Gang hinaus. Dort lief er weiter und stoppte vor der Informationszentrale. Darin befand sich Mr Howard, der den Computer, also MISSI, mit den Ansagen des heutigen Tages fütterte und dabei zum Frühstück einen Muffin, so groß wie eine Handtasche, verzehrte. Chucky lief weiter und filmte ein Mädchen vom Volleyballteam, das zu dieser frühen Stunde gedankenverloren auf der Treppe hockte, eine SMS las und dabei auf seinen Haarspitzen herumkaute.

»Ryans Zimmer ist das nächste links«, flüsterte Hannah aufgeregt, dabei konnte Chucky sie ja sowieso nicht hören.

»Er müsste jetzt gleich zum Joggen gehen.« Chloe rückte näher an den Bildschirm. Wenn ihr Plan aufging, dann würde die geheimnisvolle Person, die für das Video und die Manipulation von MISSI verantwortlich war, in Ryans Zimmer auftauchen, um seinen Laptop zu benutzen.

»Wenn er geht«, meinte Hannah leise. »So sauer, wie der auf mich war … Warum sollte er da noch irgendwas tun, worum ich ihn bitte?« Sie seufzte und wollte noch etwas hinzufügen, aber Chloe brachte sie mit einer Handbewegung zum Schweigen. Die Tür öffnete sich und zwei Beine in Turnschuhen kamen ins Bild.

»Scheint, als ob ihm doch noch was an deiner Meinung liegt«, flüsterte Sophie. Ryan trat jetzt in den Gang hinaus und Chucky glitt blitzschnell in das Zimmer, bevor die Tür hinter ihm zufiel.

»Bingo«, flüsterte Chloe. »Der Speck ist in der Mausefalle.«

Chucky drehte eine Runde durch das Zimmer, man sah Gitarren, ein Keyboard, Klamotten, Bücher, ein ungemachtes Bett, daneben ein Foto von Hannah im Papierkorb. Chloe hörte, wie Hannah scharf die Luft einzog.

»Ich glaube, der ist traurig wegen dir, Hannah«, flüsterte Sophie. Chloe verdrehte die Augen. Klasse, Sophie. Das rechte Wort zur rechten Zeit. Sie positionierte Chucky an einem strategisch guten Punkt, von wo aus er den Eingang beobachten konnte. Außerdem hatte Chloe ihren Laptop mit Ryans verbunden, indem sie ihm eine gefakte E-Mail von Mrs Gomez geschickt hatte, die Ryan selbstverständlich gelesen hatte. Sobald jemand Ryans Laptop öffnete, ging dort jetzt eine Kamera an, die Chloe in einem kleinen Fenster auf ihrem eigenen Laptop zeigte, wer davorsaß. Ein bisschen wie bei Skype, nur dass die Person am anderen Ende nichts davon mitbekam.

Die Tür öffnete sich plötzlich langsam und die Mädchen zuckten zusammen. Jemand kam herein. Ein Junge, den Schuhen nach zu urteilen, aber nicht Ryan, denn der hier trug Basketballschuhe.

Der Junge blieb kurz stehen, als ob er lauschte, und begab sich dann zu Ryans Schreibtisch.

Auf einmal war im Zimmer der Mädchen ein durchdringendes Piepen zu hören.

»Was piept denn hier so?«, wollte Sophie wissen und Chloe deutete als Antwort auf das kleine Videofenster auf ihrem Laptop. Dort erschien plötzlich das etwas verschwommene Bild einer Kameraaufnahme. Man sah einen Hals.

»Na los, komm schon. Zeig dich.« Chloe trommelte ungeduldig mit den Fingern auf den Tisch.

Gespannt drängten sich die Mädchen um den Laptop, auf dessen Bildschirm immer noch nur ein Stück Hals zu sehen war. Der Junge stand auf, ein schwarzer Pullover kam ins Bild, dann setzte er sich wieder und das Bild wurde klar.

Chloe gab ein verblüfftes Keuchen von sich.

Es war Evan.

»Der?«, fragten Sophie und Hannah gleichzeitig. »Wieso denn der?«

Chloe hatte nicht die leiseste Ahnung. »Hast du nicht seine Handynummer?«, fragte sie Sophie. »Ich brauch die.«

»Ja«, antwortete die verblüfft. »Die hat er mir geradezu aufgedrängt, am Anfang des Schuljahres.« Sie zog ihr Handy heraus, suchte nach der Nummer und diktierte sie Chloe.

»Okay«, murmelte Chloe. »Post für dich, Evan. Auch ohne Absender. Das magst du doch so.« Sie unterdrückte Sophies Handynummer und fing an zu schreiben:

Evan – du wirst gerade an Ryans Laptop gefilmt. Hör sofort auf mit dem Scheiß, und zwar mit ALLEM, oder das Video geht an die Schulleitung!!!

Über das kleine Kamerafenster konnten sie verfolgen, wie

wenig später ein Summen ertönte, Evan kurz den Kopf senkte und die SMS las und sofort einen entsetzten Blick direkt in die Kamera warf. Dann wurde es dunkel, offenbar hatte er den Laptop zugeklappt. Auf dem Hauptbildschirm, der zeigte, was Chucky filmte, erschienen jetzt wieder Evans Beine, die zur Tür hasteten.

»Hinterher, Chucky«, murmelte Chloe. Das iBaby schlüpfte zeitgleich mit Evan aus der Tür in den Gang hinaus, ohne dass dieser seinen winzigen Verfolger bemerkte. Offenbar erwartete er, dass irgendjemand auftauchen und ihn zur Rede stellen würde, denn Evan rannte den Gang entlang und sah sich immer wieder um, allerdings nie nach unten zu Chucky. Am Ende des Ganges blieb Evan plötzlich stehen und stieß ein heiseres und freudiges Lachen aus. Eine Tür dort war nur angelehnt – eine Tür, an der ein *Betreten verboten*-Schild hing und die, wie Chloe wusste, in gesperrte Bereiche führte. In diesem Fall hinunter in den Keller mit den Müllschluckern. Evan glaubte ganz offensichtlich, dass er auf diese Weise seinen unsichtbaren Verfolgern entkommen konnte, denn er huschte hinein und drehte sich ein letztes Mal um. Sein Blick fiel auf Chucky, er starrte ihn verständnislos an, dann fiel die Tür ins Schloss.

»Jetzt denkt er, er ist in Sicherheit, der Gute.« Chloe zückte die Chipkarte ihrer Mutter. »Ich glaube, wir statten ihm jetzt mal einen Besuch ab, was meint ihr?«

Zu dritt zogen sie los durch das noch stille Internat. Auf dem Gang trafen sie auf zwei weitere Jogger, die sich zu dieser frühen Stunde auspowern wollten, und dann, als sie um die Ecke bogen, noch auf eine dritte Person.

»Connor.« Chloe war völlig überrumpelt. »Wo kommst du denn her?«

»Party. Ging etwas länger.« Connor grinste und winkte ab. Er sah ein wenig lädiert aus, was seinem Charme aber keinen Abbruch tat. »Ich wollte mich gerade zu Mr Howard setzen und ihn fragen, ob er seinen Kaffee mit mir teilt.« Er gähnte. »Und wo wollt ihr hin?«

»Wir …« Chloe holte tief Luft. Jetzt war er ja schon einmal hier. »Ich könnte mal deine Hilfe gebrauchen.«

»Klar. Für einen Kaffee mache ich alles. Und für dich auch ohne Kaffee.« Er grinste und das war wohl der beste Moment in Chloes ganzem bisherigen Schuljahr. Vielleicht sah er ja doch noch etwas anderes in ihr als nur einen Kumpel?

»Okay«, begann sie, »Folgendes ist los.«

Evan

Evan atmete tief ein, obwohl es hier unten fürchterlich stank. Verdammte Scheiße, wer war ihm da auf die Schliche gekommen? Und wieso drohte man ihm damit, das an die Schulleitung zu schicken? Konnte derjenige denn nicht sehen, wie absolut genial das war, was er gemacht hatte? Wie cool? Er hatte sich in den Computer von Psycho-Abercrombie gehackt und in den Schulcomputer. Gut – Abercrombie hatte ihre Videos nicht sonderlich gesichert, das hätte wahrscheinlich so ziemlich jeder bei Myriad fertiggebracht, aber in den Schulcomputer reinzukommen, das musste ihm erst mal einer nachmachen. Der fette Mr Howard bewachte das Ding wie eine gigantische Bulldogge. Und dass er den Laptop von diesem eingebildeten Ryan benutzt hatte, war auch ein Geniestreich. Der hatte es schließlich verdient. Warum hatte er auch seine Freundschaft verschmäht? Ein Geräusch ließ ihn zusammenfahren. Da kamen Schritte. Da draußen war jemand. Was sollte er jetzt sagen, wenn irgend so eine Hausmeistertype hier auftauchte?

Die Tür ging auf und herein kam … Chloe.

Evan sah sie verwirrt an. »Was machst du denn hier?«

»Dich beobachten«, erwiderte Chloe. Hinter ihr schoben sich jetzt Hannah und Sophie in den Raum. Sie sahen extrem angepisst aus. Dann kam noch eine vierte Person herein – Connor.

»Na, Loser«, begrüßte er Evan und musterte ihn kalt.

Evan fing an zu schwitzen. Wenn Connor seine Aktion auch nicht gut fand, dann war er geliefert. Connor bestimmte mit, was bei Myriad High cool war und was nicht.

»Warum hast du das gemacht?«, fuhr Hannah ihn jetzt an. »Wieso hast du Matt so bloßgestellt? Und Ryan dazu benutzt?«

»Ey, Leute, das war doch nur Spaß. Was zum Lachen. 'ne coole Aktion eben, wie das mit den Muppets und der Schulwebsite. Das fandet ihr doch auch alle witzig.« Seine Stimme gehorchte ihm nicht mehr und er zitterte. Es war der Geruch. Der verdammte Müllgeruch hier unten, der die Erinnerung an das schreckliche letzte Jahr wieder aufleben ließ. »Oder das mit dem My-Movie mit den Lehrern und *Game of Thrones*«, quäkte er verzweifelt.

»Das fanden wir cool?« Chloe runzelte die Stirn.

»Natürlich, am Anfang des Schuljahres unten auf der Wiese. Ihr habt alle bewundert, die ach so coole Sachen gemacht haben. Muppets und My-Movies.« Wut stieg in ihm auf. »Und wenn man dann mal was macht, dann weiß es keiner zu schätzen.« Leider klang seine Stimme jetzt wieder so hoch wie die eines Mädchens.

»Den Nachmittag unten auf der Wiese meint er, glaube ich.« Chloe sah die anderen an. »Aber ich verstehe immer noch nicht, warum …«

»Cool willst du sein? Und da fällt dir nur so eine Scheiße ein?«, ging Connor dazwischen. »Was bist du eigentlich für ein perverses Arschloch?«

»Nein, nein«, wehrte Evan sich hastig. Warum verstanden sie ihn denn nicht? »Es war doch nur Spaß, ich wollte die Mädels ein bisschen beeindrucken, also … Sophie.« Er sah Connor bittend an, so von Mann zu Mann, der musste das doch verstehen. Aber Connor verschränkte nur die Arme vor der Brust.

»Sophie, du warst doch erst so nett zu mir, aber dann hast du immer diesen blöden Typen vorgezogen, dabei finde ich dich so toll, Sophie, ich wünschte, du würdest mir eine Chance geben.«

Sophie starrte ihn an, als hätte er ihr eben vorgeschlagen, gemeinsam nackt über den Campus zu schlendern.

»Erinnerst du dich denn nicht mehr an die Nacht mit dem

Hazing und …«, fuhr er verzweifelt fort, brach aber sofort wieder ab. Mist, warum war ihm das jetzt rausgerutscht? Das durfte keiner wissen. »Es hätte doch alles gut gehen können. Keiner hat was über Idaho gewusst und …« Er biss sich auf die Zunge. Heilige Scheiße, er grub sich hier sein eigenes Grab, am besten sagte er gar nichts mehr.

»Idaho?«, fragte Connor prompt. »Was war in Idaho?«

»Nichts.« Der Schweiß rann Evan jetzt in Bächen den Rücken runter. Das hier lief alles in die ganz falsche Richtung, konnten sie denn nicht sehen, wie lustig das alles gemeint war? Das mit Professor Crawford und dem glatzköpfigen Schulcomputer war genial! Einmalig! Witzig!

Chloe schob ihr Gesicht so nah an ihn heran, dass er ihrem Blick nicht ausweichen konnte. »Was immer in Idaho war, Evan«, flüsterte sie so leise, dass nur er sie hören konnte. »Ich krieg es raus. Ich krieg alles raus. Alles.«

Evan verstand schlagartig, dass Chloe diejenige gewesen war, die ihm auf die Schliche gekommen war. Dieses unscheinbare Ding mit den kurzen Stoppelhaaren? Nie hätte er ihr das zugetraut, er hatte sie ehrlich gesagt nie so richtig wahrgenommen. Was hatte die überhaupt mit Connor zu schaffen? Connor war Schul-Elite, diese Chloe war doch nur … nur …

»Hast du überhaupt mal daran gedacht, wie Matt sich fühlt, wenn alle seine Therapiestunde ansehen können? Und dass uns Professor Crawfords Liebesleben nichts angeht?« Hannah sah aus, als ob sie ihm am liebsten an die Gurgel springen wollte.

Chloe musterte ihn nachdenklich. »Wie hast du eigentlich von Professor Crawfords Affäre erfahren?«

»Seine Drohne«, antwortete Hannah, noch bevor er etwas sagen konnte.

Er nickte nur stumm.

»Du weißt, dass das verboten ist?«

Er nickte wieder. Oh Gott, wenn sie ihn verpetzten, dann würde man ihn vielleicht vom Campus verweisen. Das würde er nicht ertragen. Er konnte auf gar keinen Fall zurück nach Idaho. »Bitte nicht melden«, krächzte er hilflos.

Connor lachte nur.

»Und wie bist du überhaupt an Miss Abercrombies Videos rangekommen?«, forschte Chloe weiter. »Die ist doch nicht mit dem Schulcomputer verbunden. Und außerdem ist sie ganz hinten im Schulgebäude. Fast schon bei den Verwaltungsräumen meiner Eltern. Warst du bei ihr im Zimmer?«

»Ja, weil ich doch ...« Evan lief rot an. Die Frage hatte ihn völlig überrumpelt.

Über Chloes Gesicht glitt ein verstehendes Lächeln. Mist. Er hatte sich verquatscht. Es wurde von Minute zu Minute schlimmer hier unten.

»Er war dort, weil er selber einen Termin bei Miss Abercrombie hatte«, klärte Chloe die anderen jetzt auf. »Auf diese Art und Weise ist er auch an ihre Videoaufzeichnungen gekommen.«

»Wundert mich nicht. Bei dem hilft nur noch 'ne Zwangsjacke.« Connor sah ihn verächtlich an.

»Du wirst dich bei Matt entschuldigen, hast du das kapiert?« Chloe stieß Evan an. »Und bei Ryan auch. Und zwar öffentlich. Und du wirst der Schulleitung sagen, dass du und nur du allein Professor Crawfords Affäre publik gemacht hast. Und vergiss nicht, wir haben dich auf dem Video, wie du dich in Ryans Zimmer geschlichen hast.«

»Wie ...?«, stotterte Evan.

Sophie deutete hinter sich, wo eins von diesen blöden iBabys herumstand. Aus irgendeinem Grund fingen sie alle an zu lachen.

Evan verstand überhaupt nichts mehr. Das Blut rauschte in seinem Kopf. Sagen konnte er nichts. Es war aus. Er war wieder in dem Dreck gelandet, aus dem er doch hatte kriechen wollen. Er hasste das alles. Er hasste sie alle hier.

Chloe drehte sich um und öffnete die Tür. Wie war sie eigentlich hier reingekommen? Auch das verstand er nicht. Das Mädchen war ihm unheimlich. Einer nach dem anderen gingen sie raus, nur Chloe drehte sich noch einmal um. »Idaho also«, flüsterte sie. »Ich bin schon gespannt.«

Evan schluckte. Als die Tür zufiel, konnte er die Tränen nicht mehr zurückhalten.

Caitlin

 Evan war der größte Loser des Jahrhunderts. Es war nicht zu fassen. Wie hatte sie sich nur so täuschen können? Caitlin stürmte quer durch die verdunkelte Game Arena, wo eine Horde Schüler sich gerade bei Lasertag austobte und mit ihren Phasern herumfuchtelten, durch den Glasgang des Aquariums, folgte dem Indoor-Running-Track, der sich über eine Meile hin durch die Schule wand, und dann an der Studierzone für die Myriad-Seniors vorbei, die man aus unerfindlichen Gründen wie Berghöhlen in den Rocky Mountains gestaltet hatte. Sie lief den extralangen Weg zu Mathe, weil sie auf diese Weise nicht so viele Leute traf, die sie blöd angaffen und hinter ihrem Rücken über sie lachen würden.

Beinahe wäre sie mit Mega-Loser Nummer eins zu Homecoming gegangen. Und wie Allyssa gegrinst hatte, als alles rausgekommen war. Sie hatte es von Anfang an gewusst, dachte Caitlin. Allyssa hatte gewusst, dass Evan die volle Lachnummer war, und hatte es ihr nicht gesagt. Allyssa war ein Biest, und doch wollte Caitlin nichts mehr als auch so sein. So überlegen. So wissend. So unangreifbar. So wunderschön. Bald würde sie auch so sein. Wenn das mit Damian was Festes wurde, dann hatte sie offiziell einen Studenten als Freund und nicht nur einen kindischen Highschool-Schüler. Das konnte nicht mal Allyssa toppen. Er drängelte immer öfter, sie endlich zu treffen, und langsam gingen ihr die Ausreden aus. Was sollte sie nur tun?

Sie rannte ein bisschen schneller, auf diese Weise verbrannte sie noch ein paar Kalorien mehr und passte vielleicht doch wieder in ihr Homecoming-Kleid, das seit einer Woche irgendwie spannte. Ach, verdammt, sie hatte ja jetzt gar keinen Partner mehr. Alles wegen Evan, diesem Idioten. Von einem Tag auf den anderen hatte sich sein Stand in der Schule um hundertachtzig Grad gedreht. Caitlin hatte die Zusammenhänge nicht ganz kapiert, irgendwie hatte Evan das Therapievideo von diesem Dings, wie hieß er gleich, dem Adoptivsohn von Dr. Steiner, öffentlich gemacht. Aus Jux oder so. Eigentlich hatte Caitlin das ja auch lustig gefunden, aber da schien sie mittlerweile die Einzige zu sein. Und das mit Professor Crawfords Affäre war ebenfalls durch Evan rausgekommen, wie auch immer, aber Fakt war, dass auf einmal alle Evan blöd fanden. Und dann hatte der noch die Frechheit gehabt, sie als fett zu bezeichnen, als sie ihm verkündet hatte, dass sie unter diesen Umständen auf keinen Fall mit ihm zu Homecoming gehen konnte. Eine Beleidigung hoch zehn. Was glaubte er denn, wer er war? Er sah eigentlich total lächerlich aus, warum war ihr das nicht schon früher aufgefallen? Und irgendwie kam er auch aus Idaho, aus irgendeinem Kuhkaff, hatte sie jetzt erfahren. Oh Gott, sie wollte nicht mehr darüber nachdenken. Sie schäumte innerlich so, dass sie gar nicht richtig aufpasste, wo sie hinlief, und mit jemandem zusammenprallte.

»Hey, hey, nicht so stürmisch«, sagte eine Stimme. Es war Kyle. Er grinste. Gott, der hatte ihr jetzt gerade noch gefehlt. Trotzdem rang sie sich ein Lächeln ab und reckte automatisch ihre Brust ein bisschen mehr heraus.

»Hey, Kyle. Alles okay?«

»Klar. Hab gehört, du hast Loser-Evan abserviert?« Kyle leckte sich genüsslich die Lippen. Die ganze Angelegenheit war absolut nach seinem Geschmack.

»Aber so was von«, murmelte Caitlin und quetschte nervös ihren Rucksack.

»Hast du denn jetzt jemand Neues für Homecoming gefunden?«, erkundigte sich Kyle.

»Nein, ich …« Dann kam ihr eine Idee. Soweit sie informiert

war, hatte Kyle ebenfalls noch niemanden, hauptsächlich, weil ihm niemand gut genug war und weil es bei Allyssa nicht geklappt hatte.

Kyle dachte ganz offensichtlich gerade dasselbe. »Na, das trifft sich doch gut«, meinte er und kniff ein Auge zu.

Caitlin überlegte blitzschnell. Kyle war nicht der Hellste, hatte aber irgendwie das Sagen. Und er war groß und breit wie ein Schrank und nicht so ein dünnes Hemd wie manche von den Jungs. Neben ihm würde sie garantiert nicht *fett* aussehen. Da wirst du staunen, Evan, du Pfeife.

Sie grinste zurück. »Da hast du eigentlich recht.«

Matt

Matt betrachtete die E-Mail. Sollte er sie öffnen? Er hatte ehrlich gesagt überhaupt nicht damit gerechnet, dass jemand ihm antworten würde. Aus einer Laune, nein, aus einer Neugierde und auch einer gewissen Verzweiflung heraus hatte er die Schule von dem Jungen mit dem Muttermal kontaktiert. Und ihnen irgendwas vorgelogen über ein Schulprojekt, bei dem identisch aussehende Leute auf der ganzen Welt zu einer großen Aktion zusammengeholt wurden. Als Beweis hatte er ein Foto von sich selbst angehängt. Sogar einen klangvollen Titel hatte er sich für sein fiktives Projekt ausgedacht. »Fremd und doch gleich – ein Projekt von Matt Steiner.« Und jetzt schrieb ihm jemand zurück. Matt holte tief Luft und klickte die E-Mail an. Sie war kurz und enthielt lediglich eine Telefonnummer. *Schick mir 'ne SMS*, stand da.

Matt zögerte kurz, dann schickte er eine Nachricht an die Nummer.

Hi. Hier ist Matt. Der Junge, der so aussieht wie du.

Kurz darauf kam eine Antwort.

Wer bist du? Hast du mein Foto geklaut? Ist das irgendein Joke oder was?

Nein. Ich sehe wirklich so aus wie du.

Als Beweis schoss Matt ein Selfie und schickte es dem Jungen.

Alter, voll krass, kam es zurück. *Wie kann das sein? Was ist das für ein Projekt?*

Matt zögerte erneut. *Es gibt kein Projekt*, schrieb er dann. *Ich wollte dich kennenlernen.*

Ey, ich bin nicht schwul.

Verdammt, wie sollte Matt nur ausdrücken, was er wollte?

Ich auch nicht, schrieb er schnell zurück. *Ich bin adoptiert. Ich suche meine wahre Familie. Und dann hab ich dich entdeckt.*

Diesmal dauerte es eine Weile, bis der Junge antwortete.

Matt? Du heißt Matt? Ich hab noch nie von dir gehört. Ich kenne niemanden in Kalifornien. Ich heiße Dylan. Bin Sioux. Du auch?

Dylan. Sioux. War Matt auch ein Sioux? Woher sollte er das wissen? Er überlegte eine Sekunde lang. Sollte er? Natürlich sollte er. Er musste es einfach fragen.

Wann bist du geboren?

Dritter März 2002.

2002. Dasselbe Jahr, auf das man Matts Geburt geschätzt hatte.

Wie sind deine Eltern so?

Hab keine. Meine Mutter ist verschwunden, als ich drei Jahre alt war, mein Alter hat sich im Reservat totgesoffen vor zwei Jahren.

Matt hatte das Gefühl, in ein schwarzes Loch zu fallen. Keine Eltern. Genau wie er. Eine Mutter, die verschwunden war, als Dylan drei war …

Wie sah deine Mutter aus?

Hinter ihm ging die Tür auf und seine Adoptivmutter kam mit einer Schwester in sein Krankenzimmer. Er hatte das Piepen gar nicht gehört. Reflexartig versteckte er das Handy unter der Decke. Deborah Steiner hatte es trotzdem gesehen, aber sie lächelte ungewohnt milde. »Deine Freundin?«, fragte sie nur. »Hannah?«

Matt nickte.

»Du kannst nach Hause«, erklärte die Schwester. »Aber noch nicht zu wild treiben, okay? Schon dich noch ein bisschen.«

Matt nickte gehorsam. Wegen Homecoming morgen würde er gar nicht erst fragen. Er verließ sich darauf, dass seine Mutter sowieso nicht mitkriegen würde, dass er ging. Die Schwester legte ein paar Sachen auf ein Tablett und verließ das Zimmer.

Matt spürte, wie das Handy unter seiner Bettdecke vibrierte, als eine weitere SMS ankam. Von Dylan?

»Habt ihr eigentlich damals je in Erfahrung gebracht, wer meine Eltern waren?«, fragte er seine Mutter unvermittelt, obwohl er ihr diese Frage schon tausendmal gestellt hatte.

»Nein.« Sie wirkte erstaunt. »Darüber haben wir doch schon so oft gesprochen.«

»Ich glaube, ich habe meine Adoptionsurkunde noch nie gesehen«, sagte Matt. Es war ihm plötzlich eingefallen – tatsächlich hatte er noch nie irgend so etwas gesehen.

Seine Mutter versteifte sich unmerklich. »Wozu brauchst du die?«

»Ich …« Er verhaspelte sich. »Ich würde sie einfach nur gern mal sehen.« Er stand auf und zog seine Turnschuhe an.

»Da gibt es nichts zu sehen«, erklärte sie knapp. »Einfach ein Blatt Papier. Ich weiß gar nicht, wo das ist.«

Matt starrte sie an. Das konnte nicht sein. Seine Adoptivmutter wusste *immer,* wo alles war. Sie hatte praktisch ein fotografisches Gedächtnis, verdammt noch mal. Warum log sie ihn an?

»Ich warte draußen«, sagte sie jetzt. »Soll ich dich ins Internat fahren oder willst du zu uns nach Hause?« Matt dachte an das ständig leere, riesige Haus seiner Adoptivmutter, diese sterile Festung voller technischer Geräte. »Ins Internat.«

Sie nickte, als hätte sie nichts anderes erwartet, und verließ das Zimmer. Augenblicklich zog Matt sein Handy heraus und las die letzte SMS.

Erinnere mich nicht mehr so sehr an meine Mutter. Hab aber Fotos.

Mit einem Summen kündigte sich die nächste SMS an. Diesmal war es nur ein Foto. Von einer Frau. Matt wurde es erst heiß, dann kalt und schließlich so schwindlig, dass er sich am Bett festhalten musste. Das Foto zeigte die Frau aus seinen Träumen.

Hannah

 »Du siehst toll aus. Absolut wunderschön.« Sophie warf Hannah einen bewundernden Blick zu.

»Na, und du erst!«

Die beiden Mädchen drehten sich vor dem großen Spiegel in ihrem Zimmer nach links und rechts, strafften sich, strichen Stoff glatt und blickten über die Schulter, um einen Blick auf ihre Rückseite zu erhaschen. Hannah fand, dass Sophie in ihrem kurzen dunkelroten Kleid regelrecht atemberaubend aussah. Richtig erwachsen und total sexy. Ihre langen gebräunten Beine steckten in schwarzen Sandalen mit mindestens zehn Zentimeter Absatz, auf denen Sophie sich so sicher und elegant bewegte, als hätte sie Turnschuhe an. Hannah wäre schon mindestens dreimal umgeknickt. Wenn Ben nicht langsam kapierte, was er da eigentlich für ein Juwel von Mädchen ergattert hatte, dann war er echt bescheuert.

Hannahs eigenes Homecoming-Kleid war aus dunkelblauem Seidenstoff und endete ebenfalls kurz über dem Knie, wie Sophies. Die Haare hatte sie sich von ihr zu einer komplizierten Frisur hochstecken lassen, die hoffentlich den ganzen Abend halten würde. Make-up hatte sie allerdings nur spärlich aufgetragen, wahrscheinlich im Gegensatz zu den meisten Mädchen, die beim Ball heute Abend kaum wiederzuerkennen sein würden. Am Handgelenk saß das kleine Ansteckssträußchen von Matt. Weiße Mini-Rosen mit einer dunkelblauen Schleife, die farblich auf Hannahs Kleid abgestimmt war. Matt würde die Zwillingsschwester des Sträußchens als Blumengesteck in seiner Brusttasche tragen.

Sie checkten sich ein letztes Mal im Spiegel. »Los.« Hannah

versetzte Sophie einen freundlichen Stups. »Du Homecoming-Prinzessin.«

»Ach was …«, murmelte Sophie, aber Hannah konnte sehen, dass sie sich freute. Es stand so gut wie fest, dass Ben und Sophie gewählt wurden, es sei denn, es hatte sich in den letzten Tagen noch groß etwas verändert, aber das war ja wohl nicht anzunehmen.

»Echt schade, dass Chloe nicht mitkommt«, meinte Sophie. »Ich verstehe das nicht. Wie kann man sich so was entgehen lassen? Wir hätten doch bestimmt jemanden für sie gefunden. Wo steckt sie überhaupt?«

»Keine Ahnung. Vielleicht in der Bibliothek?« Hannah wusste es wirklich nicht. Chloe war vor ungefähr drei Stunden mit einem Grinsen im Gesicht verschwunden und hatte ihnen beiden einen schönen Abend gewünscht, mit einer Stimme, die Hannahs Meinung nach vor Ironie triefte. Ein kleiner Teil von Hannah beneidete Chloe. Sich einfach nicht um all das scheren, sich einen schönen Tag machen, wenn sämtliche anderen Mädchen im Internat vor Stress fast zusammenklappten, sich hysterisch vor Spiegeln drehten und Lippen nachzogen, kollektiv mit Haarspray und Nagellack und Haarbürsten und Selbstbräuner herumfuchtelten, Bäuche einzogen und Push-up-BHs umschnallten. Ein Teil von Hannah hätte jetzt gern den ganzen Fummel ausgezogen, sich einen Badeanzug übergestreift und in dem völlig leeren Pool in der Abendsonne ein paar Bahnen gezogen. Denn dann müsste sie nicht unweigerlich heute Abend auf Ryan treffen, dem sie seit der Sache am Strand tunlichst aus dem Weg gegangen war. Er hatte sich angeblich eine neue Partnerin organisiert und das war ja auch gut so, aber trotzdem blieb ein Schuldgefühl zurück. Und nicht nur das. Hannah hatte sich nicht nur für Matt als Homecoming-Partner entschieden. Irgendwie waren sie in den letzten Tagen zusammengekommen wie zwei Magneten, die jahrelang allein durch die Welt getaumelt waren und dann innerhalb kürzester Zeit mit rasender Geschwindigkeit durch eine enorme Anziehungskraft aufeinander zugestürzt waren. Sie *gingen* jetzt zusammen und es war wunderschön und gar nicht so kompliziert, wie Hannah immer gedacht hatte, und jeder in der Schule wusste es. Auch Ryan.

Eine SMS kündigte sich mit einem Summen auf Sophies Handy an. Sie warf einen Blick darauf. »Die Jungs sind da, sie warten unten.«

»Na dann, los. Tschüss, Daisy.« Hannah küsste das kleine Kätzchen auf den Kopf, das auf seinem Kissen döste. Es antwortete mit einem schläfrigen Miauen. Hannah warf einen letzten Blick in den Spiegel. Wenn ihr Dad sie so hätte sehen können … Sie beschloss, in den nächsten Tagen mal wieder in seinem alten Büro vorbeizugehen, sie hatte ja noch die Chipkarte dafür. Dort war noch alles unverändert und manchmal schloss Hannah sich dort ein, setzte sich in den Sessel ihres Vaters und ließ das Zimmer auf sich wirken. Obwohl sie oft weinen musste, war sie ihrem Dad dann trotzdem immer wunderbar nahe.

Vor dem Haupteingang standen Ben und Matt in ihren Anzügen, die sie fremd und erwachsen wirken ließen. Ben sah aus wie ein steifer Bräutigam und hatte sich die Haare mit Gel gestriegelt. Matt warf Hannah einen bewundernden Blick zu, an seinem Revers prangte eine kleine weiße Rose, die genau zu Hannahs Blumenbukett passte. Er sah mindestens fünf Jahre älter aus mit seinem markanten Gesicht und den zum Zopf gebundenen halblangen Haaren. Er küsste sie auf die Wange. »Du siehst toll aus«, flüsterte er ihr ins Ohr.

»Hey, Sexy«, begrüßte Ben Sophie. »Genau so muss eine Homecoming-Prinzessin aussehen.«

Sophie lächelte geschmeichelt.

»Komm, wir fahren in meinem Auto«, sagte Matt zu Hannah. »Ich muss dir sowieso noch was erzählen. Du glaubst nicht, was ich herausgefunden habe. Das Foto von dem Jungen, du weißt schon.«

»Was denn?«, fragte Hannah gespannt.

Neben einer Palme vor dem Eingang zum großen Ballsaal, aus dem bereits laute Musik erschallte, stand niemand anderes als Chloe. Hannah traute ihren Augen kaum. Sie trug ein silbernes Kleid, einen dazu passenden Haarreifen und hatte sich das erste Mal in ihrem Leben geschminkt.

Für einen Moment vergaß Hannah Matts unglaubliche Entdeckung, die er ihr eben im Auto erzählt hatte. »Chloe, du bist ja doch da. Und du siehst umwerfend aus! Ich kann es gar nicht glauben, wo hast du denn auf einmal das Kleid her?«

»Warte mal kurz.« Chloe berührte prüfend ihren Haarreifen. »Da kommt mein Date.«

Hannah, Sophie und die Jungs fuhren herum. Wer da auf Chloe zulief, war niemand anderes als Connor Merrell. Playboy Connor mit dem Millionen-Daddy, dem Helikopter, Gastgeber gigantischer Partys und der begehrteste Junge der ganzen Highschool.

»Hey, Con«, grüßte Chloe ihn lässig.

Connor deutete eine scherzhafte Verbeugung an und reichte Chloe eine Orchidee an einem Armband. »Siehst gut aus«, sagte er mit einiger Verspätung. »Das Kleid von meiner Schwester passt dir ja sogar.«

Hannah stieß Sophie an. »Träume ich gerade?«

»Glaub nicht.« Sophies Augen leuchteten. »Chloe«, machte sie sich dann bemerkbar, als Connor sich einen Moment lang abwandte, um irgendjemanden zu begrüßen. »Wie um alles in der Welt …?«

»Ich weiß schon, was du wissen willst. Ich hab ihn einfach gefragt«, schnitt Chloe ihr das Wort ab. »Gestern. Erst wollte ich ja alleine gehen, aber dann habe ich Con mit einem seiner Computer geholfen, und da stellte sich raus, dass er noch keine Partne-

rin hatte. Er hat es total vergessen. Normalerweise regeln ja immer andere Leute alles für ihn. Tja, und da haben wir halt beschlossen, dass wir zusammen gehen.«

»Irre romantisch«, flüsterte Sophie. »Ich freue mich so für dich. Oh mein Gott, sag nicht, dass ihr jetzt zusammen seid. Seid ihr etwa zusammen?«

»Unsinn«, wehrte Chloe ab, aber Hannah nahm einen kleinen wehmütigen Zug um Chloes Augen wahr. Nur für einen winzigen Moment, aber dennoch zeigte er Hannah, dass Chloe dem Gedanken nicht abgeneigt gewesen wäre, die Realität aber leider anders aussah. Für Connor war sie nur ein Kumpel.

Hannah suchte mit den Augen die Umgebung ab. War Ryan irgendwo? Ja, da vorn stand er. Er trug einen dunkelblauen Anzug, der prima zu Hannahs Kleid gepasst hätte, und seine Buddy-Holly-Brille und sah aus wie ein Filmstar. Wo war seine Partnerin? Sollte Hannah hingehen und etwas zu ihm sagen? Irgendwas Unverbindliches, um diese schreckliche Spannung zwischen ihnen wieder zu lösen? Ja, das war sicher eine gute Idee.

»Ich komme gleich wieder«, sagte sie zu Matt. »Ich muss noch was klären.« Sie atmete tief durch und ging zu Ryan.

»Hey«, grüßte sie ihn, so lässig und locker es ihr möglich war.

»Hey«, grüßte er zurück. Er musterte sie, lächelte aber nicht. Eine Verlegenheitspause trat ein.

»Deine Brille gefällt mir«, brachte Hannah schließlich heraus. »Retrostil. Steht dir gut.«

»Danke.«

Was jetzt? Gott, sie sollte sich auf dem Absatz umdrehen und weggehen, aber das konnte sie nicht. Eigentlich, so stellte sie fest, hätte sie ihn jetzt gern umarmt. Geküsst. Verdammt. Ein beklommenes Ziehen setzte in ihrem Bauch ein. Seine Hand, die abwesend einen Programmzettel vom Homecoming-Ball faltete, würde sie nie wieder halten, sein Gesicht nie wieder so nah an ihrem spüren, seine Lippen nie wieder küssen. Sie würden sich beide in Kursen, auf Partys und zu den verschiedensten Veranstaltungen treffen, zunicken, einen Meter Abstand halten und belangloses Zeug reden. Es würde Hannah innerlich zerreißen, aber man konnte nicht zwei Jungs gleichzeitig haben. So lagen die Dinge nun mal.

»Dein Kleid …« Er sah sie jetzt ganz merkwürdig an.

»Was ist denn damit?«

Ryans Handy summte und er zog es aus der Tasche. »Sorry. Nur eine SMS von …« Er stockte. Sein Gesicht wurde plötzlich ganz weiß.

»Von wem? Was ist denn?« Hannah trat näher, vergaß für einen Moment ganz, dass sie ja eigentlich einen angemessenen Abstand halten wollte.

Statt einer Antwort hielt Ryan ihr sein Handy hin.

Mein kleiner Jimi. Ich bin's. Ich brauche deine Hilfe.

»Jimi?«, Hannah verstand nicht, was das bedeuten sollte, doch dann sah sie Ryans Gesichtsausdruck und erinnerte sich an das, was er ihr am Strand erzählt hatte. *Er hat mir Gitarrespielen beigebracht. Aus dir wird mal ein richtiger Jimi Hendrix, hat er immer gesagt. Manchmal hat er mich aus Jux sogar Jimi genannt.*

»Dein Va …« Ryans Blick brachte sie zum Schweigen.

»Ich habe keine Ahnung«, murmelte er. Er starrte auf sein Handy, aber es kamen keine weiteren Nachrichten.

»Hey, Babe«, erklang eine Stimme hinter Hannah. Sie fuhr herum. Allyssa Snyder stand dort, sie sah aus wie ein Model und sie trug genau das gleiche Kleid wie Hannah. Nur dass es bei Allyssa hundertmal besser aussah. Sie hatte auf zu viel Klimbim verzichtet und wirkte in ihrer Schlichtheit nur noch umwerfender. Sie trug ein schwarzes Samtband um den Hals, auf dem ein funkelnder kleiner Stein saß, ihre Haare waren lang und glatt und unglaublich glänzend. Auf ihrem vollen Mund schimmerte nur ein Hauch von Lipgloss, und mit den Augen hatte sie irgendwas gemacht, dass diese dunkel und verführerisch wirkten. Als sie Hannahs Kleid bemerkte, verfärbten sich ihre Wangen einen Moment lang zu einem hektischen Rot und ihre Augen verdunkelten sich, doch dann hatte sie sich sofort wieder im Griff. Sie ignorierte Hannah und strahlte Ryan an. »Gehen wir rein?«

Hannah stand da und konnte sich nicht rühren. Allyssa? Allyssa war Ryans Homecoming-Partnerin? Und das auch noch im gleichen Kleid? Wie zum Teufel war das passiert? Es schnürte ihr den Hals zu, sie wollte etwas sagen – nonchalant, witzig, schlagfertig, aber nichts kam heraus. Das Kleid. Das hatte er gemeint. Sie kam sich vor wie ein Vollidiot. Wie ein Kind, das die viel zu erwachsenen Klamotten seiner Mutter anzog. Ihr Gesicht brannte, als hätte ihr jemand eine Ohrfeige verpasst. Ryan warf ihr einen letzten undefinierbaren Blick zu, dann ging er mit Allyssa in den Saal.

»Alles klar?« Matt schlang von hinten seine Arme um Hannah und küsste sie auf die Haare.

»Bestens«, krächzte Hannah. Und dann begaben sie sich an Fackeln und Palmen vorbei in die tropische Atmosphäre des Homecoming-Balls hinein. Schmuck glitzerte, Gelächter und Gesprächsfetzen schwirrten durch die Luft, es gab eine Menge wunderschöner Mädchen und übercoole Jungs, die entspannt an Säulen lehnten. Kleine elektronische Glühwürmchen schwärmten umher, Musik erklang, wenn auch noch etwas gedämpft, die richtigen Dance-Rhythmen gingen erst später los.

Dann signalisierte eine Fanfare die Verkündung des Homecoming-Königshofes. Ein Mädchen mit Quietschstimme und

Hornbrille, das Vorsitzende des Homecoming-Komitees und wahrscheinlich noch fünfzig anderer Vereine und Clubs war, zog eine auf antik gemachte Papierrolle heraus und entrollte sie.

»Wir fangen mit den Homecoming-Prinzen und -Prinzessinnen an. Für die neunte Klasse sind das …« Sie legte eine dramatische Pause ein. Hannah lächelte Sophie zu, die mit Ben am Rand stand und aufgeregt hin und her wippte.

»Allyssa Snyder und Ryan Sutter«, verkündigte das Mädchen. »Tada!«

Die Band blies einen Tusch und von der Decke wirbelte Konfetti in den Saal hinunter. Jubel brandete auf. Allyssa schritt mit siegessicherem Lächeln hoch auf die Bühne und zog Ryan hinter sich her, der eher scherzhaft nach allen Seiten winkte. Hannah fühlte sich, als hätte ihr jemand in den Magen geboxt. Bestürzt sah sie zu Sophie, die ganz bleich geworden war. Tränen glitzerten in ihren Augen, sie zitterte. Ben neben ihr hatte seine Gesichtszüge noch weniger gut unter Kontrolle. Er ließ Sophie los, seine Hand krallte sich in seinen Hosenstoff. »Wie jetzt?«, fragte er.

»Nicht so schlimm«, piepste Sophie, obwohl jeder sehen konnte, dass gerade eine Welt für sie zusammengebrochen war.

»Ich brauch 'nen Drink«, murmelte Ben und ging einfach weg. Hannah konnte sehen, wie er an der Tür stehen blieb und sich mit einem blonden Mädchen unterhielt. War das die von neulich? Sieh mal an, jetzt konnte er bereits wieder lachen und Witze reißen, während Sophie sich bemühte, ihre Tränen zurückzuhalten.

Jemand reichte ihr ein Taschentuch. Es war Yella, in einem Kleid, das auf beunruhigende Weise wie aus Disteln geknüpft aussah.

»Homecoming-Kronen made in China«, sagte sie und verzog verächtlich das Gesicht. »Umweltfeindlich produziert und voller

Chemie. Braucht kein Mensch. Ich lade dich hiermit herzlich ein, zu unserem Bio-Hal-Treffen zu kommen. Donnerstag um 15 Uhr in der Cafeteria.«

»Bio… was?«, fragte Sophie und sah sich nach Ben um.

»Biologisch abbaubare Halloween-Dekorationen für unsere Schule.«

Sophie starrte sie entgeistert an, aber Yella kriegte das gar nicht mit.

»Mann, guckt mal. Caitlin kann nicht mal bis zum Büfett warten«, sagte ein anderes Mädchen da. »Die futtert jetzt schon.«

»Ich hab ihr schon tausendmal gesagt, dass diese Sorte Erdnüsse viel zu hohe Cadmiumwerte hat, aber die hört ja nicht auf mich.« Yella wirkte beleidigt.

Etwas löste sich in Hannah. »Woher weißt du denn, welche Sorte Erdnüsse Caitlin immer isst?«

Yella verdrehte die Augen. »Hab ich auf der Riesentüte gesehen, die bei Caitlin und Allyssa im Zimmer steht. Made in China, wie die verdammte Krone.«

»Tatsächlich«, krächzte Hannah.

»Eben. Total verantwortungslos.« Yella schnaufte verächtlich.

Caitlin

Caitlin hatte sich einen Kaffee vom Coffeestar geholt. Schwarz, ohne alles. Er schmeckte widerlich und sie wünschte, sie hätte wenigstens etwas Süßstoff dazu genommen. Zucker verkniff sie sich seit Neuestem. Am besten, sie aß gar nichts mehr, sie nahm ja doch nur dauernd zu, selbst wenn sie nur Allyssas Erdnüsse aß, dabei waren das doch reine Proteine oder so ähnlich. Selbst Kyle hatte sich angemaßt, beim Homecoming-Ball vor ein paar Tagen zu fragen, ob ihr Kleid irgendwie eine Nummer zu klein wäre. Der hatte es nötig. Er hatte den ganzen Abend lang nonstop Hotdogs und Pizza gefressen und dazu ein Rootbeer nach dem anderen runtergekippt, ihr dauernd seinen Pizza-Atem ins Gesicht geblasen und beim Tanzen geschwitzt wie ein Gorilla, sodass sie verzweifelt versucht hatte, ihm nicht zu nahe zu kommen.

Blöd war nur, dass sich seit Evan kein anderer Junge für sie interessiert hatte. Jedenfalls nicht auf dem Campus. Außerhalb ja schon. Im College. Dort spielte sich sowieso das wahre Leben ab. Wie aufs Stichwort summte eine SMS herein. Von Damian, na endlich. Augenblicklich bekam sie gute Laune. Damian fand sie sexy und hot und wollte sie endlich sehen. Ihr Herz fing wild an zu klopfen. Aber sie durfte ja nicht raus, also nicht mit dem E-Auto, nur mit dem Bus, und dafür hätte sie dann einen triftigen Grund gebraucht und eine Genehmigung ihrer Eltern und eine Kopie ihrer Krankenversicherung und was nicht alles noch. Andererseits – Allyssa haute ständig ab, sie hatte nämlich den Code für die Ein- und Ausfahrt in Erfahrung gebracht. Allyssa war noch nie erwischt worden. Caitlin las die Nachricht.

Können wir uns in Newport Beach treffen? Heute Nachmittag, so um 15 Uhr? Ich hab frei. Baby, ich sterbe, wenn ich dich nicht bald sehe. Ich will dich endlich in meinen Armen halten.

Ich dich auch, dachte sie. Und vor allem will ich den anderen zeigen, was für einen coolen Freund ich habe. Und doch zögerte Caitlin. Da war ein Ziehen in ihrem Bauch, eine Sehnsucht nach Damian, nach seiner Berührung, nach seinen Liebesschwüren. Er sah besser aus als alle Jungs auf Myriad High, sie hatte ja Fotos von ihm gesehen – nicht nur eins, sondern Dutzende. Er war sogar Kapitän der Basketballmannschaft am College, sie hatte ihn selbstverständlich gleich gegoogelt. Mann, er hatte sogar sein eigenes Apartment. Natürlich würde er mehr als nur ein bisschen rumknutschen wollen, das war klar. Sie war ja nicht blöd und außerdem hatte sie gar nichts dagegen. Sie hatte schließlich schon Erfahrungen gesammelt. Damian fand sie nicht zu fett wie diese Idioten Evan und Kyle. Er fand sie atemberaubend.

Aber eigentlich durfte sie ja nicht raus. Sie biss sich auf die Lippe. Sollte sie trotzdem? Egal. Sie chatteten jetzt schon eine Weile und sie wusste fast alles über ihn. Sie kippte den ekligen Kaffee weg, steckte sich einen Kaugummi in den Mund, zog ihre Lippen nach und ging zu ihrem Auto. Sie fuhr zur Ausfahrtsstraße des Campus und betete, dass dieser froschäugige Wachmann heute nicht da war. Sie hatte Glück. Sie gab den Code ein, den Allyssa ihr verraten hatte, und fuhr raus, sobald das sich öffnende Tor genug Platz bot. Es war 14 Uhr, in einer Stunde war sie locker in Newport Beach.

Chloe

Chloe trat zu Hannah, die auf dem Balkon saß und ein Buch las,
aber Chloe wusste, dass Hannah nicht richtig bei der Sache war. Seit mindestens zehn Minuten hatte sie die Seite nicht mehr umgeblättert, sondern vor sich hin gestarrt oder nach unten auf die Wiese, wo ein paar Jungs eins der neuen Hoverboards ausprobierten, die es seit gestern im School-Shop zu kaufen gab. Sie waren unheimlich teuer und sie schwebten auch nur knappe fünfzig Zentimeter über dem Boden, und das nicht mal besonders schnell, aber dennoch wollte selbstredend jeder bei Myriad eins haben oder zumindest ausprobieren. Chloe hätte für ihr Leben gern so ein Ding zumindest einmal aus der Nähe betrachtet, aber die da unten waren alle vom Kaliber Kyle und sie würde sich eher die Zunge abbeißen, als die zu fragen.

»Alles klar bei dir?«, fragte sie Hannah.

Die nickte stumm.

»Was liest du da?«

»Geschichte der Sioux.«

»Freiwillig?«, fragte Sophie entsetzt.

»Für Matt.« Hannah sah nicht hoch.

»Ist der jetzt ein Sioux?« Sophie tauschte einen verwirrten Blick mit Chloe.

»Vielleicht.« Hannah wurde immer einsilbiger. Chloe spürte, dass sie kurz vor dem Heulen war, dabei müsste sie doch eigentlich im siebten Himmel schweben, weil sie endlich mit Matt zusammen war. Chloe ahnte, dass der Grund für Hannahs schlechte Laune irgendwie mit Ryan und Homecoming und Allyssa zusammenhing, aber sie verkniff sich eine Bemerkung.

»Guckt mal, wer da läuft«, sagte sie stattdessen, um Hannah

abzulenken. Sie deutete auf eine kapuzenvermummte Gestalt, die in einiger Entfernung vom Internat durch den Park schlich. »Evan.«

»Dass der noch hier ist?«, wunderte sich Sophie. »Ich wäre schon längst in meine alte Schule zurück.«

Chloe lag es auf der Zunge zu sagen, dass Evan ganz bestimmt nicht in seine alte Schule zurückgehen würde, eher würde er wahrscheinlich von der Golden Gate Bridge springen. Aber sie hielt den Mund. Was sie herausgefunden hatte, behielt sie erst mal für sich. Sie hatte sich mit einem heimlich installierten Virus in seinem Computer umgesehen und war auf ein paar interessante Details gestoßen. Dann noch ein bisschen online gesucht und gelesen, und sie wusste Bescheid. Letztes Jahr war es in einer Highschool in Idaho zu einem Eklat gekommen. Ein Schüler aus der neunten Klasse namens Evan White war offenbar über einen längeren Zeitraum hin systematisch von anderen Schülern gemobbt worden, ganz besonders von irgendwelchen Großkotzen aus dem Footballteam, die ihn in der Woche vor den Frühjahrsferien über Nacht in den Keller zu den Müllschluckern gesperrt hatten. Er musste einiges durchgemacht haben, aber das Schlimmste war eigentlich das Nachspiel. Denn als ihn endlich jemand entdeckte und befreite und seine Eltern Anzeige erstatteten, wurde diese wie durch Zauberhand abgeschmettert. Die Jungs aus dem Footballteam waren die Söhne der örtlichen Anwälte und Firmenbosse. Es passierte ihnen nichts. Evan allerdings wechselte Bundesstaat und Schule, um die neunte Klasse zu wiederholen. Jemand hatte dafür gesorgt, dass er bei Myriad reinkam, obwohl er gar keine Eltern hatte, die hier arbeiteten. So eine Art Blutgeld, dachte Chloe. Um eine Anzeige wegen Körperverletzung abzuwürgen. Sie verstand trotzdem nicht, wieso ausgerechnet jemand wie Evan die Campusregeln hatte umgehen können. Wieso hatte man ihn hier aufgenommen? Irgendwas daran war seltsam. Und Evan hatte das Ticket zu Myriad nicht mal zu würdigen gewusst, denn anstatt seinen Neustart als eine Chance zu begreifen, das Alte hinter sich zu lassen, hatte er offenbar nichts Besseres zu tun gehabt, als seine Drohne für allen möglichen Mist zu benutzen. Chloe hatte die Videos gesehen, die seine Drohne gefilmt hatte. Kaum Vögel oder Rehkitze oder gar Wale, sondern fast nur andere Leute. Evan hatte alle Videos fein säuberlich in einem Ordner abgespeichert, versehen mit Kommentaren wie »unbedingt öffentlich machen, Lacherfolg« oder »eventuell spätere Verwendung, um das Arschloch zu erpressen« usw. Sie hatte Ryan auf den Filmen gesehen, wie er jeden Morgen joggte, Sophie bei tausend verschiedenen Gelegenheiten, Professor Crawford mit Mrs Webber in eindeutiger Umarmung, Caitlin, die sich vollstopfte und danach hinter einem Busch alles wieder auskotzte, Allyssa, wie sie sich bei offenem Fenster umzog, Kyle, wie er in der Nase bohrte, Hannah, wie sie abends alleine vor dem Hologramm ihres Vaters stand und weinte. Material für ein ganzes Schuljahr von Erpressungen. Er wollte offenbar unbedingt endlich mal einer der Leute sein, die den Ton angaben. Wenn es sein musste, auch mit radikalen Mitteln. Nun, das war gründlich in die Hose gegangen. Chloe hatte selbstverständlich alle Aufzeichnungen sofort gelöscht und die Drohne war er ohnehin losgeworden. Aber Chloe würde ihn im Auge behalten. Diskret natürlich. Genauso diskret, wie sie die Sache mit Allyssas Tätowierung angegangen war, die sie zufällig in Mrs Gomez' langweiligem Unterricht entdeckt hatte. Was sie herausgefunden hatte, war ziemlich verstörend, vervollständigte aber das Bild, das sie von Allyssa hatte. Die Tätowierung bestand aus den Buchstaben LAC, der Nummer 14 und drei kleinen Punkten, die im Dreieck angeordnet waren. Zuerst hatte Chloe LAC für das Kürzel eines Footballteams gehalten, aber weit gefehlt. Es war ein Gang-Tattoo. Genauer gesagt die Tätowierung einer Mädchengang, den *Los Angeles Cobras*. Eine berüchtigte Gang, angeführt von einem bulligen Mädchen mit Spitznamen Thunder-Girl, das von der Polizei gesucht wurde und mit seinen achtzehn Jahren bereits eine beachtliche Liste von kriminellen

Vergehen vorweisen konnte. Das erklärte auch die Nummer 14, die für Nordkalifornien stand. Und die drei Punkte im Dreieck waren eine Art Statussymbol, sie bedeuteten, dass man erfolgreich geklaut hatte. Für bewaffneten Überfall gab es drei Punkte in einer geraden Linie, für Mord vier Punkte im Quadrat. Allyssa hatte offenbar noch ganz am Anfang ihrer Karriere bei den Cobras gestanden, als man sie aus irgendwelchen Gründen ausgerechnet von L.A. auf den Myriad Campus verpflanzt hatte. Als einzige Neue mit Evan und Ryan. Gab es da einen Zusammenhang?

Es klopfte an der Tür.

»Ein Geschenk für Chloe Walker«, meldete sich MISSI auf einmal, die die ganze Zeit über milde vor sich hin gelächelt hatte. »Die Genehmigung dafür ist schon eingeholt worden.«

»Genehmigung?« Chloe sah ihre Freundinnen fragend an. Schickten ihre Eltern ihr etwa jetzt ein Haustier oder was? Sie ging zur Tür und öffnete sie. Davor stand ein Campusbote in seiner kakifarbenen Uniform. Er hielt ein riesiges unförmiges Paket in der Hand. »Miss Chloe Walker?«

Sie nickte verblüfft.

»Bitte hier mal den Fingerabdruck. Danke.« Damit war er schon wieder weg.

Chloe wuchtete das Paket in das Zimmer hinein und fing an, es auszupacken.

Hannah und Sophie kamen neugierig näher.

Chloe schälte Lage um Lage von braunem Papier ab, bis ein kleines Kärtchen zum Vorschein kam, das an einem Kasten klebte:

Für Chloe. Aber flieg mir nicht davon. Ich brauche dich noch. Connor

Chloe spürte, wie ihr das Blut in den Kopf schoss. War das etwa …? Sie öffnete die Box. Es war ein Hoverboard. Eins der absoluten Spitzenklasse von einem so schwindelerregenden Preis, dass er nicht mal in Katalogen abgedruckt war.

»Wow«, entfuhr es Sophie. »Das ist ja geil.«

Geil war gar kein Ausdruck. Es war großartig, unglaublich, sensationell. Chloe fing vor Freude fast an zu heulen. Aber noch besser als das Hoverboard war die kleine Karte. Connor hatte sie selbst geschrieben, dabei schrieb er so gut wie nie irgendwas mit der Hand, wenn es nicht unbedingt sein musste.

Hannah grinste. »Also, wenn mich nicht alles täuscht, Chloe, dann ist Connor …«

»Liebe Myriad-Schüler, dies ist eine dringende Durchsage«, wurde sie plötzlich von MISSI unterbrochen. Der Bildschirm flackerte in einem grellen, aufgeregten Orange und MISSIS Lächeln war eindeutig um mehrere Grade heruntergedreht worden. »Seit gestern wird Caitlin Barlow vermisst. Sie ist gegen 14 Uhr ohne Erlaubnis in ihrem Auto aus dem Myriad-Campus gefahren und seitdem spurlos verschwunden.«

Chloe glitt das Kärtchen aus der Hand.

»Ihr Auto wurde offen und verlassen an der Steilküste kurz vor Newport Beach gefunden. Ihr Handy lag daneben und es gibt Hinweise darauf, dass sie sich mit jemandem treffen wollte. Wir bitten euch daher dringend, mit allen Informationen zum Verbleib von Caitlin zur Campus-Security zu gehen. Alle Hinweise werden vertraulich behandelt.« MISSI verschwand, stattdessen erschien ein Foto von Caitlin.

»Was glaubt ihr, was mit ihr passiert ist?«, flüsterte Sophie erschrocken.

Niemand antwortete.

Evan

»Hallo, Evan. Schön, dich wiederzusehen. Es freut mich, dass du dich doch noch entschlossen hast, die Therapie weiterzuführen.«

Evan antwortete nicht. Er deutete das minimalste Nicken an, das er fertigbrachte, nur damit sie ihm nicht weiter auf den Keks ging. Entschlossen. Die hatte ja keine Ahnung. Wenn er diesen Scheiß hier nicht mitspielte, musste er wieder zurück nach Idaho, und das wäre das Allerschlimmste. Die Schulleitung hatte prompt seine komplett ahnungslosen Eltern darüber informiert, dass er sich in den Schulcomputer gehackt und seine Drohne in einer Zeit hatte fliegen lassen, in der es verboten war. Er hatte eine einmalige Warnung und die Auflage zur Therapie erhalten. Beim nächsten Vergehen, selbst wenn es ein verdammter Strafzettel für Falschparken war, flog er von der Schule. Gott, wie er das hier verabscheute. Diese Loser-Tussi mit ihrem Strickpullover voller kleiner Kürbisse und Halloween-Applikationen. Selbst ihr idiotisches Psycho-Zimmer hatte sie für Halloween geschmückt. In der Ecke stand ein ausgehöhlter Kürbis und grinste ihn hämisch an. Loser-Evan bei Loser-Abercrombie im Loser-Club. Er war so wütend auf alle – auf diese Chloe, der er nicht das Wasser reichen konnte, auf die Mädchen, die nur Spott für ihn übrighatten, auf Connor, diesen reichen Playboy, der keine Ahnung vom wahren Leben hatte. Und auch auf Caitlin, diese fette Kuh, die überall rumerzählt hatte, dass sie niemals auch nur im Traum ernsthaft daran gedacht hatte, mit ihm zu Homecoming zu gehen.

Am Tag des Balls hatte er alleine in seinem Zimmer gesessen, Chips gegessen und an einem My-Movie gebastelt, in dem er von allen Mädchen aus Myriad High umschwärmt wurde, aber so richtig befriedigend war das auch nicht gewesen, denn sobald der Film zu Ende war, saß er wieder alleine in seinem Zimmer. Womit hatte er nur so ein Scheißleben verdient? Was machte er nur falsch? Es war doch nicht seine Schuld. Nichts war seine Schuld.

»Möchtest du mir verraten, woran du denkst?«, erkundigte sich Miss Abercrombie sanft. »Als ich dich am Anfang des Schuljahres gesehen habe, warst du dir sicher, die schrecklichen Erlebnisse in deiner alten Schule bald verarbeiten zu können. Ich will dir nicht zu nahe treten, aber im Moment wirkst du ziemlich geknickt. Was ist passiert? Denkst du immer noch an die Ereignisse vom letzten Jahr?«

Das wüsstest du gern, Miss Psychocrombie, was? Evan heftete seinen Blick auf den Kürbis in der Ecke, damit er sie nicht ansehen musste und sich mit seinem Gesichtsausdruck verraten würde. Sollte sie doch zappeln und rätseln. »Vielleicht denke ich an letztes Jahr«, erwiderte er schließlich. »Vielleicht aber auch nicht.«

Miss Abercrombie sah ihn verwirrt an. »Wie genau meinst du das?«

»Na, so, wie ich es sage.« Er verschränkte die Arme vor der Brust. »Dass ich momentan an alles Mögliche denke. Und dass die Gedanken frei sind.«

Hannah

Hannah zog ihre Chipkarte durch den Scanner und betrat das Büro ihres Vaters. Sofort stürzten verschiedene Gefühle und Erinnerungen von allen Seiten auf sie ein. Es roch immer noch schwach nach *Old Spice* und auch nach Leder und Büchern. Ein Geruch, den Hannah ihr Leben lang mit ihrem Dad, mit Geborgenheit, mit Kindheit und mit Wissensdrang verbinden würde. Wie oft hatte sie hier auf der Couch gelümmelt, die scharfen Eukalyptusbonbons gelutscht, die ihr Dad immer in seinem Schreibtischfach aufbewahrte, und ihm zugehört, wie er ihr die Welt erklärte.

»Man findet jeden Tag etwas, worüber man sich freuen kann, Hannah«, hörte sie ihn sagen. »Man muss nur die Augen aufmachen und bereit sein, zuzuhören. Selbst am schwärzesten Tag deines Lebens wird die Sonne wunderbar scheinen, wird irgendwo ein Kind lachen, ein Kätzchen spielen oder jemand von einer schrecklichen Krankheit geheilt.«

Am schwärzesten Tag ihres Lebens, am Tag seiner Beerdigung, war Hannah hierher geflüchtet und hatte nach etwas Schönem gesucht. Sie hatte nichts gefunden, nur ihre Trauer.

Hannah sah sich um. Das würde sie heute wiedergutmachen. Sie strich durch das Zimmer, fand einen Aktenordner ihres Vaters, auf dessen Hülle er eine chemische Formel gekritzelt hatte. Bei näherem Hinsehen hatten die Buchstaben kleine Beinchen und Gesichter. Hannah lächelte. Garantiert hatte ihr Dad dabei telefoniert und geistesabwesend die Formel verschönert, wie er es immer gemacht hatte. Überall lagen vollgekritzelte Zettel von ihm herum, auf denen Männchen herumtorkelten, Zweige wuchsen, Vögel flatterten. Das Zeichentalent hatte sie eindeutig von ihrem Vater geerbt.

Hatte er noch Eukalyptusbonbons im Schreibtisch? Sie zog die Schublade auf und lächelte wieder. Schönes Fundstück des Tages Nummer zwei – ein letztes scharfes Eukalyptusbonbon. Sie würde es mitnehmen und heute Abend lutschen.

»Du hattest recht, Dad«, sagte sie laut in das Zimmer hinein.
»Man findet jeden Tag etwas Schön ...« Sie verstummte. Starrte auf die immer noch offene Schublade. Konnte nicht glauben, was da lag. Der Epi-Pen. Unschuldig, als wäre er nie verschwunden, als hätte er die ganze Zeit dort in der Schublade gelegen. Aber das hatte er nicht! Zum Zeitpunkt des Todes von ihrem Dad war in seinem Büro kein einziger Epi-Pen zu finden gewesen, Hannah hatte überall gesucht, immer hektischer, weil sie wusste, sie *wusste* es einfach, dass er immer einen Epi-Pen hier aufbewahrte. Aber niemand glaubte ihr, wer hörte schon auf ein 14-jähriges Mädchen? Und jetzt war das Ding auf einmal wieder da. Oder hatte es die ganze Zeit da gelegen? War sie damals vor Kummer blind und verrückt gewesen? War der Epi-Pen irgendwie zwischen die Fächer gerutscht? Doch wie war er dann wieder zurück in die Schublade gelangt?

Hannah starrte ihn an, bis ihre Augen brannten. Nein. Ein Epi-Pen hatte kein Eigenleben und begab sich auf Wanderschaft. Jemand hatte ihn weggenommen und dann wieder hingelegt.

»Dad?«, flüsterte sie heiser.

***